KB260071

땅은 글이 되고 물은 시가 되고

국립중앙도서관 출판시도서목록(CIP)

땅은 글이 되고 물은 시가 되고 : 비평으로 읽는 경기문인
들의 문학세계 / 엮은이: 경기문화재단. -- 파주 : 한울
, 2006
    p. ;   cm

ISBN   89-460-3491-2 03810

810.9-KDC4
895.709-DDC21   CIP2006001672

비평으로 읽는 경기문인들의 문학세계

경기문화재단 엮음

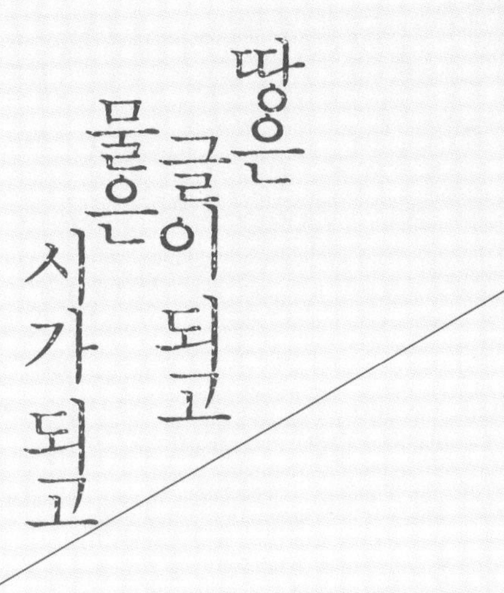

한울

경기문화재단의 지원으로 '경기도 지역 문학현황' 조사를 실시한 결과가 이 책으로 엮어졌다. 지방자치제 실시 이후 모든 지역이 내건 기치는 '문화의 고장'이면서도 정작 그간 이룩된 성과라고는 엄청난 예산을 들여 해당 지역 출신 문학인의 문학관 건립이 고작인 게 우리의 현실이다. 그만큼 형식적인 지역문화행정의 가시적인 성과에 급급하다는 뜻이다.

아무리 유명한 문학인일지라도 개인 명의의 문학관보다는 지역출신 모두를 위한 문학관이 우선되어야 한다는 게 다수 문학인들의 뜻이리라. 과연 이런 지역문학 개발지원정책이 바람직한 것일까란 질문에서 이 작업은 출발했다. 안이한 예산집행이 이런 유명인 위주의 경쟁적인 지역문학 정책을 유행시킨 결과를 빚었기에 여기서 탈피하는 방법을 모색하는 일환으로 시작되었다.

지역문학 연구나 기념사업에서 우선되어야 할 것은 무엇보다 해당 지역 주민들과 정서적인 공감대가 있는 문학작품을 부각시키는 일일 것이다. 이를 위하여 우리는 아래와 같은 연구 계획을 세웠다.

1. 근대 경기도 출신 문학인 명단 총정리.
2. 현재 경기도 거주 문학인 명단 총정리.

3. 경기도 출신 문학인 중 작고한 작가 명단만 선택.
4. 작고한 작가 중 정서적 공감대를 가진 작가 10명만 선택하기.
5. 이들의 작품 중 경기도를 배경으로 한 작품만 추출해 내기.
6. 이를 중심으로 작가론 쓰기.

이상 6단계로 나눠 연구를 진행했다. 이 연구의 목표는 유명인 위주의 문학관 건립 풍조를 탈피하고 지역주민들의 정서와 생활과 밀접한 문학작품을 기념할 수 있는 문학유적 발굴, 건립사업을 추진하려는 기초 작업이었다.

물론 출신 지역에 상관없이 모든 문학인의 작품 중 그 배경에 경기도가 등장하면 그걸 기념하는 방법도 있으며 실지로 이런 사업도 몇몇 지역에서는 이뤄지고 있다. 그러니 가장 시급한 것은 해당 지역 출신 문학인이 쓴 해당 지역 배경의 작품이어야 한다는 데 이의가 없었다. 생존인이 더 유명할 수도 있지만 일단 작고한 작가에게 우선권을 준 것은 기념사업 추진에서의 평등성과 공평성을 부여할 수 있기 때문이다. 그리고 되도록이면 시대적으로 고찰하기 어려운 영역부터 미리 손을 대야 한다는 당위성도 작용했다.

아마 이 연구 작업 방식은 앞으로 모든 지역문학 사업 추진에 적용될 수 있는 선례가 될 수 있을 것이다. 이런 점에서 경기문화재단은 단연 선구적인 기획을 했다고 감히 평가해도 지나치지 않을 것이다.

여기 실린 10명의 문학인은 근대 신소설의 대가인 이해조부터 일찍 작고한 박석수까지 고른 분포도를 나타내고 있다. 경기도는 서울의 변경지대라는 문학적 불리함이 작용하기도 하지만 민족사의 시련이 직접적으로 거쳐감으로써 현장의식이 가장 두드러지는 특성도 지니고 있다. 특히 광복 이후 분단시대에는 바로 비극의 현장으로 일부 지역이 북녘에 편입되어버린 미완성 지역이기도 한 점을 고려하면 엄청난 문학 유적지로 예견되는 지역이다.

10명의 작가 선택에 있어 이런 여러 조건을 고려하여 우리 민족문학사가 당면한 문제점을 전형적으로 이해할 수 있도록 했다. 개화기 작가 이해조와 여성주의 작가인 나혜석, 낭만주의 시인 홍사용, 월북문학인 박세영과 박승극, 서정시인 박두진, 도시적 서정시인 조병화, 분단 시대의 증인 유주현과 박석수, 아동문학가 마해송을 통하여 아쉬우나마 민족문학사의 편린을 감지할 수 있을 것이다.

이 책은 본격적인 작가론이라기보다는 경기도를 배경으로 한 작품을 중심으로 구성한 것이다. 이제 후속작업은 이 작품들의 배경 탐구와 그 현장에 걸맞은 기념 유적을 건립하는 일일 것이다.

아쉬운 대로 이 작업은 지역문학 기념사업 추진 방법에서 새로운 방향을 모색한 연구란 점에서 그 의의가 크다고 하겠다.

이런 연구를 지원해 준 경기문화재단과 기초자료 조사와 이를 바탕한 작가론 집필 등에 직간접적으로 도움을 아끼지 않은 여러분들에게 깊이 감사드린다.

2006년 8월
임헌영

차례

책머리에 • 5

문학지리학 서설【경기도의 문학지리】장석주 ································· 11

근대전환기 지식인으로서 이해조의 현실인식【이해조】고명철 ················· 33

나혜석과 근대이행기의 여성적 자의식【나혜석】이명원 ····················· 55

돌모루에 핀 꽃 한 송이【홍사용】임영봉 ······························· 77

자연과 민중에 대한 애정과 강인한 낙관성【박세영】서영인 ················· 99

전래동화와 현대동화를 잇는 디딤돌【마해송】고인환 ····················· 125

"리얼리즘의 길은 길고도 넓은 것이다"【박승극】오창은 ··················· 147

고장치기로 열려있는 천국의 문【박두진】홍기돈 ························· 177

고독한 보헤미안, 조병화【조병화】이경수 ····························· 201

전쟁 체험과 그 기억에 대한 지리적 상상력【유주현】오윤호 ··············· 225

미군 기지촌 체험과 쑥고개의 한【박석수】최강민 ······················· 251

부록 • 276

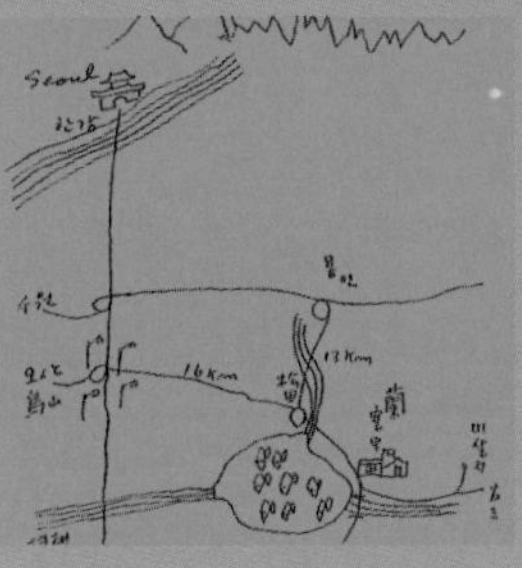

경기도의 문학지리

문학지리학 서설
경기도의 문학지리

장석주(시인·문학평론가, 경희사이버대 강사)

문학지리학을 위하여

문학지리학(literary geography)은 문학 작품 속에서 지리적 공간에 대한 경험과 의식이 어떻게 표현되었는가를 살피는 일이다. 이 용어는 1907년 영국의 샤프란 사람이 단행본으로 출판된 개인 저서 제목에 붙임으로써 처음 세상에 나타났다. 1970년대에 들어 지리에 대한 인간주의적 접근을 시도한 일단의 지리학자들이 나타남으로써 "지리학적 현상으로서의 문학 작품을 연구하는 것"으로 그 의미가 확장되었다.[1] 사람은 누구나 땅과 더불어 산다. 땅은 장소와 지각공간의 인지와 경험이 이루어지는 바탕이다. 삶은 그것을 구체적이고 직접적으로 경험하고, 그것과의 연관성 안에서 인성이 형성되고 감정이 영향을 받는 일을 배제하고는 성립될 수 없다. 몸이 공간에 속해 있으며, 경험의 인지와 대상에 대한 지각은 공간의 지각에 의해 또렷해진다는 사실은 이미 메를로퐁티가 지적한 바 있다. 말할 것도 없이 지리적 공간의 인지는 장소라는 틀 안에서 이루어진다. 기원전 5세기의 그리스 철학자 아키타스는 "모든 육체는 장소를 점유하며, 장소가 없다면 존재할 수 없다"라고 썼다. 이렇듯 장소는 몸과 그 실존을 품고 그것이 피어나게 하는 자리며, 모든 원초적 경험의 토대이다. 장소의 의미화는 장소와 상호 연관을 맺고 거기 사는 사람의 태도·경험·의도의 연속성이라는 구조 안에서 만들어진다.

한 장소에 오래 살다 보면 그 장소와 연관된 실존의 질서와 맥락이 길러지고 한 장소에 뿌리를 내리고 사는 것의 안정감이 생겨난다. 장소는 선험적인 것이 아니라 서서히 되어지는 것이다. 의미 있는 경험이 발생하는 장소에 대한 애착은 자연스러운 현상이다. 실존의 안정적 토대로서의 장소에 대한 애착은 장소애(topophilia)로 이어지고, 장소와 자아의 능동적 융합의 바탕 위에서 사람의 지적·도덕적·정신적 가능성은 길러진다. 그래서 폴 쉐퍼드는 사람의 "사고, 지각, 의미의 조직화가 특정 장소들과 밀접하게 관련되어 있다"고 말한다.[2] 우리는 '여기'의 지리와 경관을 익숙하게 받아들이는데, 그 익숙함에 대한 의식과 감정이 한결같은 것은 아니다. 때로는 익숙함이 끔찍한 구속으로 여겨져 '여기'를 벗어나 한 번도 가보지 않은 낯선 '거기'를 꿈꾼다. 그것은 현대인들이 반복되는 '일상'에 대해 품는 끔찍함과 유사하다. 이처럼 여행이란 장소의 속박에서 벗어나고 싶다는 무의식의 욕구와, 실존의 의미 있는 사건들을 경험하는 초점으로서의 새로운 장소를 경험하고 싶다는 욕구가 겹쳐질 때 일어난다.

실존 공간에서 집이 있는 장소는 의미 속에서 경험되는 정체성의 토대 공간이며, 의미의 심원한 중심이다. 그러므로 장소는 '인간의 모든 의식과 경험으로 구성된 의도의 구조에 통합'된다.[3] 장소에 대한 욕망의 본질은 의미를 향해 열린 욕망이며, 이것은 살아가면서 끊임없이 겪는 근원적 현상이다. 백석의 「통영」, 고은의 「문의」, 신경림의 「목계」, 황동규의 「몰운대」와 「미시령」, 이성복의 「남해금산」 등은 바로 그런 장소에 대한 욕망이 빚은 시들이다. 장소에 대한 욕망 중에서 사람의 내면에 가장 끈질기고 깊이 고착된 것은 고향을 향한 것이다. 고향은 심미적 희열, 그리고 의미와 본래성의 심연이다. 20세기의 위대한 문학작품 중에 나타나는 실존의 기획에서 가장 감동적이며 극적인 것이 고향으로의 회귀라는 기획이란 사실은 자연스러운 일이다.

문학지리학의 범주

세월이 흐르면 땅이 바뀌고 그에 따라 사는 이들의 의식과 살림 형편도 변화하는 것은 자연스러운 현상이다. 사람과 땅은 상호 조응하는 가운데 생리와 지리가 서로 닮는 까닭이다. 산과 들의 형세, 흙의 빛깔, 초목의 우거짐, 물의 들고 나감, 취락의 모양이 총체적으로 어우러진 풍경을 음미하고 거기서 생기는 생기와 감응을 제 것으로 삼을 때 풍경은 주체의 내면을 규정하는 하나의 외연으로 작동한다. 지형지세가 순하고 풍광이 수려한 곳에서 인재가 난다는 옛사람들의 믿음은 자연이 사람의 심성을 어질게 하고, 참 사람을 만든다는 산수인물양육론(山水人物養育論)에 그 배경을 두고 있다.

사람이 산다는 것은 지리적 공간, 즉 장소와 관계를 맺는 것이다. 의미화된 장소들의 세상에서 사는 것이 잘사는 것이다. 사람은 몸과 정신, 그리고 감정과 기운이 땅에서 오는 자력(磁力)과 진동, 땅과 그 위에 있는 사물의 변화에서 영향을 받지 않을 수 없다. "장소는 인간 실존이 외부와 맺는 유대를 드러내는 동시에 인간의 자유와 실재성의 깊이를 확인하는 방식으로 인간을 위치시킨다."[4] 거처를 삼고 삶을 일구는 자신만의 장소(땅)를 확보해야 사람은 사람다워질 수 있다.

현대인들은 점점 더 뜻있는 장소들을 잃어버리고 공허한 무장소로 밀려나가고 있다. 고향 상실이 그 대표적인 예이다. 장소 상실은 심오한 인격이나 정체성이 길러지는 근본 바탕의 상실이고, 필연적으로 실존의 밀도가 희박해지며 삶은 들뜨고 그 뜻은 빈곤해진다. 필자가 문학지리학에 뜻을 둔 것은 시인들이 시 속에 새긴 의미 깊은 그 '장소들'에 대한 뜻을 짚어보며, 땅과 사람이 어떻게 상호소통하며 심원한 존재로 나아가는가를 살펴보고자 하려는 생각 때문이었다. 이것은 장소 상실로 인해 맞는 정체성의 위기를 극복해 보려는 작은 시도이며, 아울러 우리가 미처 보지 못한 국토의 아름다움을 재발견하려는 뜻도 함축한다. 자연 경관이란 장소의 물리적 외관이며, 그것은 자아와 교감하며 자아를 저 깊은 곳으로 데려간다. 사람은 저를 둘러싸고 있는 지형적 세계 공간을 이해하고 그것을 넘어가고자 한다. 초월의 계기를 구하며 의미를 지향하는 것은 모든 진지한 예술의 발생론적 욕망의 중요한 부분이다. 문학지리학은 "사람은 풍경(땅과 자연)을 낳고, 풍경은 사람을 낳아 기른다"는 믿음이 그 바탕이다.

문학지리학이란 무엇인가? 문학지리학은 문학과 지리가 경계를 넘어 만나는 개념이다. 모든 문학작품은 그것의 배태지로서의 장소를 머금고 있다. 문학지리학은 특정 지역에서 꽃핀 문학적 자산을 자연지리에 대한 관심과 연결해 그 지리의 위치, 지형, 인심, 풍속, 인물, 기후, 생태, 역사, 지역의 방언분화, 공동체의 체험 등을 전체로 아우르며 그것이 문학 상상력에 어떤 자양분을 공급하고, 미학적 숨결을 불어넣었는가를 따지고 캐는 것이다. 우리가 산다는 것은 행위와 의도의 중심점으로서 장소들을 겪어낸다는 것이다. 장소들은 행위와 의도들의 맥락이자 배경이다. 장소는 사회경험의 구조와 궤적을 제약하며 그것의 테두리로서 작용한다. 장소라는 맥락이 없다면 실존의 사건과 행위들 역시 그 자취와 의미가 흐릿할 터다. 시인이 "모란꽃 이우는 하얀 해으름 / 강을 건너는 청모시 옷고름 / 天桃山 / 수정그늘 / 어려보라빛 / 모란꽃 해으름 청모시 옷고름"(박목월, 「모란여정」)라고 노래할 때 두드러지는 것은 모란꽃이 이우는 늦은 봄 해 진 뒤 보랏빛 산그늘이 내리는 어느 고장의 그윽한 풍경이다. 향토의 한 때를 섬세하게 묘사한 이 시에서 알 수 없는 안정감과 더불어 근원적 질서감을 느끼는 것은 무엇 때문일까? 그것은 이것이 우리가 겪은 고향의 모습과 닮은 데서 오는 친밀감 때문이다. 고향은 그곳에서 나고 자란 사람과 별개의 것이 아니다. 고향은 '나'의 정체성의 본질이요, 근원이다. 아울러 고향은 세계를 향해 나가는 출발점이라는 점에서 외부로 지향하는 '나'라는 존재의 시원(始原)이다. 이렇듯 문학들은 그 장소들에 뿌리를 내리고 피어나는 꽃이요, 열매다. 『세종실록지리지』·『동국여지승람』·『택리지』와 같은 뛰어난 인문지리지들은 문학지리학의 선구적 업적으로 우리 자연지리에 깃든 인문적 정체성을 밝혀내는 데 길잡이가 되었음은 널리 알려진 사실이다. 물론 조선시대의 지리지들은 대개는 지리, 인심, 생리, 산수 등을 두루 살피고 사람이 살 만한 땅을 고르는 기준을 제시하는 데 그 목적을 두었다. 땅은 저마다 타고나는 바가 다르고 그에 따라 복지(福地), 덕지(德地), 길지(吉地), 피병지(避兵地), 피세지(避世地), 경승지(景勝地) 등과 같이 쓰임도 달리할 수밖에 없다. 이중환이 지은 『택리지』 중 「복거총론」에서는 그 기준을 다음과 같이 제시한다.

사람이 살 만한 곳을 고를 대는 첫째로 地理가 좋아야 하고 다음 그곳에서 얻을 경제적 이익, 즉 生利가 있어야 하며, 다음 그 고장의 인심이 좋아야 하고 또 다음은 아름다운 산수가 있어야 한다. 이 네 가지에서 하나라도 충족시키지 못한다면 살기 좋은 땅이 아니다. 지리는 비록 좋아도 그곳에서 생산되는 이익이 모자란다면 오래 살 곳이 못 되고, 생산되는 이익이 비록 좋을지라도 지리가 좋지 않으면 이 또한 오래 살 곳이 못 된다. 지리도 좋고 생산되는 이익이 풍부할지라도 그 지방의 인심이 후하지 않으면 반드시 후회할 일이 있게 되고, 가까운 곳에 소풍할 만한 산천이 없으면 정서를 화창하게 하지 못한다.

땅의 생긴 모양과 기운, 생산되는 물자, 그리고 거기 살아갈 사람과의 조화를 따지며 발전한 조선시대의 인문지리학은 이미 우리 삶에 지리적 감각이 중요한 부분이며, 지리학이 실존을 실현하기 위한 현상학적 토대라는 각성에 바탕을 두고 있다. 이런 근대 인문지리학의 맹아들이 있었음에도 불구하고 오늘날에 이르러 문학지리학이 크게 개화하지 못함은 안타까운 일이다.[5]

문학지리학의 영역은 크게 둘로 나눌 수 있다. 고향문학과 순례문학이 그것이다. 고향문학이란 나고 자란 탯자리에 바탕을 두고 그것을 문학적으로 형상화한 경우이다. 누구에게나 고향 체험은 피상적인 것일 수가 없다. 고향은 장소와 시간, 의미와 활동들이 하나의 통일체로 개별자의 내면에 침착(沈着)하며 저마다 고유한 정체성의 질료적 요소를 이룬다. 고향 체험은 심신 상관체에 각인된 실존의 알리바이요, 인성의 전체는 아니지만 형성적 요소요, 심오한 근원 체험이다.

김소월이나 백석의 경우 고향 정주를 노래한 시편들, 신경림의 『농무』에 나오는 소외된 농경공동체의 체험을 다룬 여러 시편들, 정지용의 「향수」나 서정주의 「질마재 신화」 연작들과 같이 유년기 고향의 지리적 풍토적 체험을 소재로 한 작품들이 고향문학의 대표적 범주에 들 것이다. 예를 들면 평생을 향토에 머물며 향토 체험에서 시적 상상력의 자양을 길어낸 박용래의 여러 시편들은 고향을 원체험으로 삼고 있다. "落葉 진 오동나무 밑에서 / 우러러보는 비늘구름 / 한 卷 冊도 없이 / 저무는 / 黃土길"(「黃土길」)이나, "木瓜나무, 구름 / 소금항아리 / 삽살개 / 개비름 / 主人은 不在 / 손만이 기다리는 時間 / 흐르는 그늘 / 그들은 서로 말을 할 수는 없다 / 다만 한 家族과 같이 어울려 있다."(「뜨락」), "눌더러 물어볼까 나는 슬프냐 장닭 꼬리 날리는 하얀 바람 봄길 여기사 夫餘, 故鄕이란다 나는 정말 슬프냐."(「故鄕」) 등과 같은 시에 나오는 여러 사물과 공간이 지어내는 정취에는 고향의 지리적 풍물들에서 비롯된 애틋함이 짙게 배어 있다.

> 꾀꼴 소리 넘치는 눈먼 石佛, 물고 보러 가듯 가고 없더라. 질경이 씹으며 동저고릿 바람으로
>
> 노을 잠긴 국말이집 상머리 너머 歲月, 앉은뱅이꽃.
>
> 언덕 하나 사이 두고 언덕, 징검다리뿐이더라.
>
> — 박용래, 「夫餘」[6]

　석불, 질경이, 앉은뱅이꽃, 언덕, 징검다리들이 있는 조촐하고 심상한 풍경은 어느덧 우리의 심상풍경으로 전화(轉化)한다. 그 고향은 "그 안존하고 잔잔한 영혼의 나라"(박목월, 「思鄕歌」)다. 고향은 각자의 내면에서 특권화된 지리적 공간이다. 이 세상은 온갖 장소들로 가득 차 있지만 고향을 대체할 수 있는 장소란 없다. 고향은 함께 살았던 사람들과의 유대, 토속

언어, 관습, 풍습 등에 의해 인격과 상징적 장소적 결속을 이루고 인격적 연대로 인해 특별한 의미를 얻는다. 어린 시절 부모나 친족들과의 따뜻한 유대, 그리고 잠, 음식물 섭취, 배설, 놀이, 거주의 기억들을 고스란히 간직한 원초적 정서와 인격의 토대가 형성되는 공간이다. 그렇기 때문에 고향은 문학지리학의 중심적 장소가 되는 것이다.

장소의 의미와 본질

지리적 공간이라는 용어는 단순히 실재와 인지의 대상인 장소, 혹은 지도상의 공간만을 뜻하지 않는다. 장소는 모든 삶의 발현의 자리며, 이 세계와 어떤 형태로든 관계를 맺고 삶에 의미를 부여하는 실체다. 사람은 심오하고 다양하게 분화된 의미의 공간을 경험하면서 살아간다. 장소는 경험의 자리며, 살아가는 데 필요한 지각과 인식의 기초적인 환경이다. 장소는 사람에게 본질적으로 영향을 미치며 삶의 의미를 만들고, 아울러 장소는 사람들에 의해 다양한 의미로 가득 차게 된다. 문학지리학이 성립되기 위해서는 먼저 그것의 현상학적 기초가 되는 시인과 작가의 작품에 나타난 자연의 지형지세와 풍토적 특성에 대한 경험에서 빚어진 감정, 관점, 태도, 가치판단에 대한 자료들을 살피고 그 뜻을 밝혀내는 일이 선행되어야 한다. 풍토적인 것은 거기서 낳고 자란 사람의 인성과 정서 형성에 큰 영향을 끼치는데, 그것들은 자연스럽게 정서적 근린성으로 스며들며, 그 속에서 오랜 관습과 도덕, 방언, 토속음식들은 속속들이 이해되고 포괄되는 것이다.

장소라고 할 때 대개는 국소적 지리공간[7]을 가리킨다. 개별적 신체를 핵으로 감싼 채 원근으로 펼쳐지며 생활환경 전반을 떠받치는 물적 토대다. 그것은 땅·자연·입지·경관을 아우르는 동시에 사람의 활동과 사물들이 얼크러지며 만드는 의미의 중심 영역이다. 장소는 너른 품으로 삶을 끌어안는 어머니-대지며, 존재의 둥지다. 아울러 장소는 "일상 사회의 생활공간의 맥락 속에서 의미 있는 경험의 중심"[8]으로 실존의 의미를 빚는 중요한 질료적 요소다.[9] 일찍이 조선 시대의 이중환은 장소가 존재의 양태를 규정하는 테두리로서 한계이기도 하다는 사실을 꿰뚫어 보았다. 「택리지」에서 "우리나라 지세는 동·남·서는 모두 바다이고, 북쪽 한 길만이 여진과 요동으로 통한다. 산이 많고 평야가 적어 백성은 유순하고 공손하나 기개가 옹졸하다"라고 쓰고 있는데, 자연과 지리가 정치, 경제, 교통의 조건적 기반일 뿐만 아니라 사람의 품성과 기질을 결정하는 한 원소임을 말해주고 있는 것이다. 사람은 장소와 분리되어 살아갈 수 없는 존재다. 그것은 '나'의 외부이면서 동시에 '나'의 신체에 복속되는 중력의 장 안에 수렴되는 내부다. 지방·환경·자연을 포괄하는 한 장소가 문학지리학의 발생론적 대상이 되는 것은 개별자의 사사로운 장소애가 개별화의 수준을 넘어서서 사회적 의미장 안에서 그 심리적·문화적 상징성이 공공적으로 기릴 만하다는 공증을 얻는다는 뜻이다.

장소애라는 것은 말 그대로 장소에 대한 사랑이다. 쉽게 말하자면 장소와 살 비비며 사는 동안 정분이 나는 것이다. 사회철학자 마틴 부버의 말을 빌리자면, '나'와 장소가 '나 - 그것'의 관계가 아니라 '나 - 당신'의 관계가 되는 것, 무의식과 실존 안에서 주체와 장소가 하나 되는 것이다. '나 - 그것'의 관계가 되는 장소는 진정한 장소감을 주지 못하는 장소다. 우리는 점점 이런 무장소에 포위되고 있다. 이를테면 무장소란 폐가와 같은 곳이다. 장소들은 사람과의 유대를 만들면서 의미화되는 것이다. 폐가는 더는 사람이 살지 않고, 그래서 어떤 의미 있는 실존의 활동도 깃들 여지가 없는 곳이다. 한 젊은 시인은 사람이 살다가 떠난 빈 집이 어떻게 무의미로 가득 찬 장소가 되는가를 다음과 같이 묘사한다.

> 부서진 지붕 위로 눈이
> 기러기 무늬를 찍고 있다
> 한때는 집주인의 마음처럼
> 세상을 향해 수없이 열렸다
> 닫혔을 문짝
>
> 날마다 자글자글 볕이 끓어
> 몸이 말간 무를 썰어 내말리기도
> 하던 그곳 식구들의 장독대
> 깨진 사금파리 위로
> 조바심치며 눈이 내린다
>
> 서둘러 궁색한 삶을 시래기처럼
> 묶어 싣고 떠나간 흔적들을
> 가만가만 쓸어 내린다
>
> — 권현영, 「폐가」[10]

  같은 길이라도 옛길은 장소의 확장이지만, 고속도로는 새로운 무장소의 지리들을 뱉어놓는다. 나날이 사람 숨결이 서리는 집은 심오한 실존의 중심영역이지만, 사람이 떠나간 자리는 의미가 없는 공간으로 전락한다. 하이데거는 "집을 상실하는 것이 세계의 운명이 되어가고 있다"라고 했지만, "살아온 기적이 살아갈 기적"(김종삼, 「漁夫」)을 만들어내는 집·사람·활동과 더불어 하나가 되는 진정한 장소들은 사라지고 있다. 장소들은 획일화되거나 유사화되면서 우리는 점점 더 장소를 잃고 무장소들을 떠도는 운명을 피할 수가 없다.

　장소는 실존과 정체성의 중심으로 경험되며, 감각의 밧줄에 묶인 기억에 의해 그 장소는 외롭고 힘들고 지칠 때 기댈 수 있는 존재의 심리적 지지대가 된다.[11] 문학지리학은 그 애달픈 정분의 심리적·문화적 맥락을 찾아내고 그것에 합당한 이름을 붙여주는 것이다. 뛰어난 시인들은 제 몸의 기억 저 안쪽에 새겨진 장소를 불러내 눈부신 상상력으로 지은 옷을 입혀 그것을 불멸화한다. 시인들의 상상 속에서 불멸화한 장소들은 원체험의 자리, 지울 수 없는 의미의 영역이다.

　　　물로 사흘 배 사흘
　　　먼 삼천리
　　　더더구나 걸어 넘는 먼 삼천 리
　　　삭주 구성은 산을 넘은 육천 리요

　　　물 맞아 함빡히 젖은 제비도
　　　가다가 비에 걸려 오노랍니다
　　　저녁에는 높은 산
　　　밤에 높은 산

　　　삭주 구성은 산 넘어
　　　먼 육천 리
　　　가끔가끔 꿈에는 사오천 리

가다오다 돌아오는 길이겠지요

서로 떠난 몸이길래 몸이 그리워
님을 둔 곳이길래 곳이 그리워
못 보았소 새들도 집이 그리워
남북으로 오며가며 아니 합디까

들 끝에 날아가는 나는 구름은
밤쯤은 어디 바로 가 있을 텐고
삭주 구성은 산 너머
먼 육천리

– 김소월, 「삭주 구성」[12]

심신 상관체의 기억에 새겨진 장소들은 더러는 심상공간이며 신체에 새겨져 정체성으로 몸과 분리가 불가능한 그 무엇이다. 삭주 구성은 시인의 외가가 있던 평북 구성군 서산면을 가리킨다. 연보에 따르자면 소월은 여기서 태어나 백일을 지낸 뒤 비로소 평북 정주군 곽산면 본가로 돌아와 성장한다. 화자와 삭주 구성은 서로 떨어져 있다. 화자와는 육천 리 거리 저 바깥에 떨어져 있는 삭주 구성은 결핍태로서 그리움의 대상이다. 그리움이 욕망의 대상이 빈자리에 생겨나는 마음의 한 형상이라면, 그리움은 결핍의 이상태(理想態)라 할 수 있다. 이 시를 주목하는 것은 먼 탯자리를 그리워하는 마음을 그려서가 아니라 탯자리-몸을 하나로 수렴해 향수(鄕愁)에 육감적 실감을 부여하는 그 상상력을 높이 사기 때문이다. 탯자리에 포개지는 몸은 그곳에 살다가 멀리 떨어져 이방을 떠도는 화자의 몸이자 동시에 아직 그곳에 살고 있는, 언젠가 돌아가 하나로 포개져야 하는 님의 몸이다. 이렇듯 한 장소에 두 몸이 포개지니 그 장소는 더욱 간절한 향수의 배태지가 되는 것이다. 바로 그렇기 때문에 "그 장소"들은 감각의 깊이를 얻어 정지용의 절창인 "그 곳이 참하 꿈엔들 잊힐리야"라는 구절에서처럼 꿈 속에서조차 잊을 수 없는 장소로 불멸화한다.

김소월과 동향인 백석의 토속적 음식의 정취에서 그 존재감을 오롯하게 드러내는 고향 정주, 오장환의 해방 전후의 서울, 정지용의 백록담, 서정주의 토속지리학에 의해 영원성을 얻은 질마재마을, 김영랑이 서남 방언의 뛰어난 음악성으로 살려낸 전라도, 유치환이 육지와 멀리 떨어진 절도(絶島)의 섬을 망국민의 표랑하는 자아 표상으로 포획한 울릉도, 김광섭의 문명과 자연의 불협화를 돌 깨는 소음으로 묘파한 성북동이 그러하며, 박목월은 근대 경주의 문학지리학에 『청록집』시대의 향토적 서정성을 비벼놓음으로써 도시 전체가 하나로 박물관화된 천년 고도 경주와는 또 다른 경주를 보여준다. 한하운의 팍팍한 삶의 제유로서의 끝이 없는 전라도 황톳길, 고은이 문득 깨달은 삶과 죽음이 만나고 헤어지는 실존의 자리로서의 문의마을, 신경림의 목계나루, 박용래의 소슬한 서정 속에 오롯하게 살아난 강경, 황동규의 주유(周遊)하는 시선이 잠시 스쳤던 몰운대나 미시령, 김지하의 좌절된 반역의 꿈이 원혼(冤魂)으로 떠도는 남도의 목포, 이성부의 차별과 따돌림의 기표적 장소로 호출한 전라도, 김준태가 영원한 청춘과 저항의 도시로 명명한 광주, 김명인이 저의 암담한 비관주의로 덧칠함으로써 더 어두워진 동두천은 기지촌이라는 오명 대신에 저 바다 건너 아메리카의 극지(極地)라는 우리 역사가 떠안고 있는 상처를 공공화한다. 이성복이 신화적 상상력으로 빚어 밝은 슬픔으로 투명해진 남해금산, 황지우의 극사실적 드로잉으로 그린 '화엄' 광주, 고형렬의 웅혼한 장자적 상상세계가 낳은 설악산 대청봉, 김혜순의 우파니샤드와 겹쳐서 펼쳐낸 즐거운 지옥 서울, 고정희의 이념적 지표로 우뚝 솟은 지리산, 임동확의 '매장(埋葬)' 무덤 광주, 이문재가 마음의 오지(奧地)로 찾은 저 소슬한 지명 등명, 유하가 시적 은유를 입힌 비급 대중문화의 온상인 청계천 세운상가, 함민복의 심상한 시선에 의해 말랑말랑한 생명을 얻은 뻘을 품은 강화도, 장석남의 탯자리인 덕적도, 이홍섭의 낭만적 상상력이 프라하와 함흥을 호명할 때 그 도시들은 카프카와 백석과 하나 된 그 무엇이며, 그 도시와 더불어 불러낸 강릉은 카프카와 백석에 대한 존경과 이끌림을 감추지 못하는 한 문학청년의 자아와 분리할 수 없는 장소의 기표가 된다.

시인들은 장소와 유대와 연고를 맺으며 그 곳을 살 뿐만 아니라 그 장소에 새로운 정체성을 만드는 자다. 위에 여러 시인들과 연고를 맺은 장소들은 위치와 영역을 표시하는 지리학상의 기표적 기호이며, 더 나아가 우리 시문학사에서 불멸화에로 현재진행형의 가속운동을 하고 있는 의미의 수원지(水源池)들이다. 시인들은 땅의 높고 낮음과 물의 들고 나감, 그 땅에 작용하는 기운의 영검함과 그 위에 일군 풍속과 역사의 곡절과 인재의 흥하고 쇠함의 연혁을 꼼꼼하게 살핀다. 제 삶의 기원이 되고 정체감을 부여한 장소들을 상상력 속에서 발효시켜 아득하고 현묘한 언어로 그것들을 새롭게 빚어낸다. 우리는 시인들의 총명박학(聰明博學)한 선행 작업에 힘입어 사는 지역과 경관들을 더 의미 있게 바라볼 때 삶은 풍요로워지고 깊어진다.

경기도의 문학지리

경기도는 서울을 핵으로 품고 있다. 서울을 중심에 두고 그 주변에 포진해 있는 경기도의 도시들은 서울의 위성도시(衛星都市)고, 서울의 변두리다. 서울의 막강한 원심력은 그 주변에 위치한 경기도에 그대로 전달되니, 경기도의 명운이 서울의 명운과 같이한다는 사실은 피할 도리가 없다. 서울의 직접적인 영향권역에 속하니 서울의 나쁜 풍속에 고스란히 노출되고 그 풍진(風塵)을 고스란히 뒤집어쓸 뿐만 아니라, 독자적으로 서지 못한 채 서울에 기댄— 기생경제를 꾸릴 수밖에 없는— 경기도인들의 살림살이는 서울의 경기에 따라 부침을 달리한다. 달걀이 노른자위와 그것을 감싸는 흰자위로 뚜렷하게 구별되듯 서울과 경기도는 표 나게 드러나는 억누름과 따돌림은 없다 해도, 그 행정적인 지위와 세력, 여러 면에서의 특혜는 확연하게 차이가 있다. 실속은 서울이 독점하고 남은 이삭을 차지하는 게 경기도다.

2003년도에 이르러 인구 1천만이 넘어선 경기도는 오늘날에도 여전히 서울에서 받는 것보다 내주는 것이 더 크다. 이렇듯 크고 작은 이권과 자본을 분배하는 서열의 위계에서 서울보다 한 걸음 떨어지는 경기도가 처한 이 지정학적 운명을 피할 수가 없다. 이를테면 경기도에 속하는 신도시인 서울 북쪽의 일산이나 남쪽의 분당은 서울 인구와 주택의 과포화 상태를 해소하기 위한 기획도시다. 서울에 사람이 넘쳐나기 때문에 그 잉여의 인구와 주거공간의 수요를 감당하기 위해 선택된 것이다. 땅과 자원이 한정된 서울이 필요한 땅과 자원을 경기도에서 빌려 쓰는 것은 불가피한 일이다.

경기라는 지명이 처음 등장한 것은 고려 현존 9년인 1018년이다. 개성을 중심으로 한 그 일대가 경기라는 행정 명칭을 얻은 것이다. 조선 왕조 때 수도가 개성에서 한양으로 옮겨지면서 한양을 중심으로 한 한강 하류 지역 일대를 포괄하는 지역 전체를 경기도라고 부르게 되었다.

예로부터 경기도는 한반도의 중심으로 이 땅을 차지한 나라가 곧 중심 국가가 되었다. 백제가 건국되면서 이 지역은 백제의 영토가 되었다. 고구려의 세력을 키우고 평양으로 천도하며 남진 정책을 편 장수왕은 마침내 기원 475년에 백제를 침공해 500여 년간 백제의 영토이던 한강 유역을 차지하였다. 이 뒤로 백제와 고구려는 한강 유역 일대를 두고 잦은 전쟁을 벌였는데, 기원 551년 백제와 신라가 동맹을 맺고 고구려를 쳐서 이곳을 되찾는다. 신라는 한강 상류 10개 군을 차지하고, 백제는 한강 하류 6개 군을 차지하였다. 이렇듯 삼국시대에는 경기도가 들어앉은 한강 유역은 전략적 요충지로서 백제, 고구려, 신라가 번갈아가며 차지하고, 조선이 세워진 뒤 권력의 중심이 고려의 수도이던 개성에서 한양으로 옮겨지긴 했지만, 고려에서 조선 왕조로 이어지는 천 년 세월 동안에는 왕도를 품은 땅이기도 했다.

해방 이후에는 삼팔선과 휴전선이 그어지며 남북 땅들은 경기도 안에서도 이북과 남북으로 갈려 분단의 벽에 가로막혀 서로 오갈 수 없는 땅이 되기도 했다. 연천군과 포천군의 일부가 휴전선 남쪽에 들어오고, 개성시와 개풍군, 장단군 등은 북쪽으로 넘어갔다. 본디 한강을 끼고 있어 물이 풍부하고 땅이 기름져 농사짓기에 알맞은 곳이었으나, 산업화 시대를 거치면서 많은 땅들이 상업지역과 공업지역으로 변하였다. 서울과 인접한 안양, 시흥, 부천, 성남, 광명, 안산, 과천 등은 도시나 공단으로 개발되면서 농경지를 찾아보기는 힘들다.

이중환은 「택리지」에서 경기도를 "함경도 안변부의 철령에서 나온 한 맥이 남쪽으로 500~600리를 달리다가 양주에 이르러 자잘한 산이 되고, 다시 동쪽으로 비스듬하게 돌아들면서 갑자기 솟아나 도봉산 만장봉이 되었다. 여기에서 동남방을 향해 가면서 조금 끊어진 듯하다가 또 우뚝 솟아, 삼각산 백운대가 되었다. 여기에서 다시 남쪽으로 내려가서 만경대가 되었는데, 여기서 한 가지는 서남쪽으로 가고, 또 한 가지는 남쪽으로 백악산이 되었다. 형가는 '하늘을 꿰뚫는 목성(木星)의 형국이며 궁성의 주산이다'고 하였다"라고 쓰고 있다. 『세종실록지리지(世宗實錄地理志)』는 이렇게 기록하고 있다. "경기도의 동쪽은 강원도 춘천과 원주에 이르고, 서쪽은 황해도 강음과 배천에 이르며, 남쪽은 충청도 죽산과 직산에 이르고, 북쪽은 황해도의 토산과 강원도 이천에 이르러서, 동서가 264리요, 남북이 364리가 된다. 목(牧)이 1이요, 군이 6이요, 현이 26이다. 명산으로 말하자면 삼각산은 도성의 진산(鎭山)이며, 백악(白岳) 북쪽에 있고, 성거산은 옛 서울의 송악(松岳) 동북쪽에 있으며, 화악(花岳)은 가평현 북쪽에 있고, 겸악(鉗岳)은 적성현 동북쪽에 있으며, 용호산은 임강현 남쪽에 있고, 오관산은 임강현의 임내(任內)인 송림 북쪽에 있으며, 마니산은 강화부 남쪽에 있다."

한반도의 동쪽에 치우쳐서 북 - 남으로 길게 가로질러 척추의 형국을 한 태백산맥이 경기도의 동쪽을 병풍처럼 둘러서고 서쪽으로는 그 산맥의 잔가지들이 뻗는다. 위로는 황해도, 아래로는 충청도와 경계를 이루고, 서쪽으로는 황해와 접한 해안선이고 동쪽으로는 강원도와 접해 있다. 지세가 동쪽은 높고 서쪽으로 나가면서 낮아진다. 경기도의 산세는 태백산맥에서 갈라져 나온 광주산맥을 축으로 이루어져 있다. 가평 쪽으로 명지산, 중봉산, 국망봉, 화악산, 광덕산이 이어지고, 양평 쪽으로는 용문산, 백운봉, 봉미산들이 뻗어나간다. 광주산맥은 서울 부근에 이르러 북한산, 도봉산, 인왕산, 관악산들을 일으켜 세워 산맥의 형세를 이어간다. 경기도를 거쳐나가는 수세는 대개는 동쪽의 산악지대의 계곡에서 발원한 물길들이 저마다 지류를 이루고 땅이 낮은 서쪽으로 흘러가면서 합수하여 폭과 양을 확장하고 마침내는 큰 강을 이룬다. 경기도의 북부인 파주 문산 지방을 거쳐 한강과 합수하는 임진강은 마식령 부근에서 발원한 강이다. 금강산에서 발원해 강원도와 경기도의 도계를 넘어 들어오는 물길은 홍천강 물과 합수하여 북한강을 이루고, 강원도 삼척에서 발원한 물길은 양평에 이르러 지류의 물길을 합수하여 남한강을 이룬다. 이 두 강은 양수리에서 한 물로 합수되어 덕소를 지나고 서울 동쪽에 해당하는 왕숙천, 한천, 탄천, 양재천 등에서 흘러나온 물들을 합하여 큰물을 이루고 늠름하게 황해로 흘러나간다.

경기도는 이 지역의 오랜 역사와 더불어 풍부한 물자와 사람만큼이나 문학예술 분야에서 뛰어난 인물을 많이 배출한다. 따라서 경기도의 문학지리는 살필 것도 많고 거둘 것도 많다. 우선 이 책에 실린 인물만 보더라도 19세기 말에서 20세기 초에 걸쳐 신소설의 주요한 작가로 활동한 이해조(포천), 우리나라 최초의 여성 서양화가이자 작가로 활동하며 "근대이행기의 여성 자의식의 그 복잡한 상처를, 현실에서의 자기희생을 통한 과격한 실천으로 온몸으로 밀고 나"간 나혜석(수원), "1922년 나빈 현진건, 월탄 박종화 등과 함께 문예동인지 ≪백조≫를 창간하여 이념과 양식에 있어 새로운 근대시 운동을 주도"한 시인 홍사용(화성), 해방기에 '조선프롤레타리아 문학동맹'에 가입해 주로 "빈궁한 현실과 프로계급의 참상, 계급대립과 계급투쟁"을 그려낸 시인 박세영(고양), 한국 창작동화의 선구자로 "동심천사주의의 상대적인 입장에서 시대의 특수 상황을 외면하지 않고" 현실 밀착적인 작품으로 아동문학의 기틀을 다진 마해송(개성), 해방기 좌파 문예운동 조직인 '조선프롤레타리아 예술가동맹'에 적극 참여하며 소설과 비평에서 두드러진 활동을 한 박승극(수원), 이른바 '청록파' 시인의 한 사람으로 문학사 안에 제 이름을 새긴 시인 박두진(안성), 대중에게 위안을

주는 시들로 한 시대를 풍미했던 시인 조병화(안성), 역사소설에서 큰 성과
를 거둔 소설가 유주현(여주), 특히 미군 기지촌을 중심으로 살아가는 약소
국 민중이 겪는 불평등한 현실과 그 상처를 통해 "비정한 현대도시의 물신
성과 인간 소외 현상"을 비판한 시인이자 소설가인 박석수(송탄) 등이 있
다. 이들 문학지리에 대한 성찰은 우리가 살고 있는 장소의 역사와 문화,
그 속사정과 내력에 대한 이해를 깊게 하고, 나아가 고장에 대한 자긍심을
키워 지역적 정체성을 강화하는 데 기여한다.

… 주석

1 이은숙, 「지리학과 문학이 만남」, 『문학지리·한국인의 심상공간』 중권(논형, 2005).

2 폴 쉐퍼드, 여기서는 에드워드 랠프, 『장소와 장소상실』, 김덕현·김현주·심승희 옮김(논형, 2005)에서 재인용.

3 에드워드 랠프, 『장소와 장소상실』, 김덕현·김현주·심승희 옮김(논형, 2005).

4 에드워드 렐프, 같은 책.

5 아직 문학지리학은 우리 학계에서는 낯선 분야다. 그래서 이혜순은 "문학지리학은 아직 우리 학계에서, 적어도 국문학계에서 그렇게 보편화되지 않은 영역이고 용어이기는 하지만, 16세기 『동국여지승람』을 편찬했던 문사들에 의해 이미 광범위한 문헌에 기초한 문학지리학적 접근이 시도된 것으로 볼 수 있다"고 말한다(김태준 편저, 『문학지리·한국인의 심상공간』 상권, 「발간에 부쳐」 참조). 현대 문학지리학의 연구는 이제 시작되었다고 말할 수 있다. 한국 문학지리의 연구는 국문학, 지방문학, 비교문학의 관점에서 다양하게 시도될 수 있다. 더 작게는 기행문학, 유배문학, 이민문학, 여행자문학의 관점에서 정치 경제적 시각과는 다른 "한국인의 의식 또는 무의식의 심상공간"의 관점에서 다룬다면 지리의 이제까지 알려져 온 것과는 크게 다른 본질과 특징을 드러내게 될 것이다.

6 박용래, 『먼 바다』(창작과비평사, 1984).

7 이 '국소적 공간'에 대해 와카바야시 미키오는 다음과 같이 말한다. "국소적 공간은 대지에 의해 지탱되는 자기의 신체를 중심으로 그 주위로 확대되는 삼차원적인 공간이다. 이 공간은 다음과 같은 특징을 지닌다. 첫째, 이 공간에는 신체가 어디를 향하고 있는가에 따라 상·하, 좌우의 구별 즉 방향성이 있고, 이 방향성은 신체가 서 있는 위치나 자세에 의해 시시각각 변화한다(상·하와 달리 항상적으로 결정된 '좌'나 '우', '앞'이나 '뒤'는 존재하지 않는다). 둘째, 이 공간은 개개의 신체를 중심으로 하여 펼쳐지는 모습으로 나타나기 때문에 다른 인간들 사이에서 국소적 공간이 보이는 방향성은 일치하지 않는다(나의 위치에서 보았을 때 '오른쪽'과 다른 사람의 위치에서 보았을 때 '오른쪽'은 반드시 일치하지 않는다). 셋째, 하나의 장소를 서로 다른 두 신체가 동시에 점할 수 없기 때문에

다른 인간이 같은 국소적 공간을 동시에 경험할 수 없다(따라서 내 공간과 타자의 공간은 언제나 다른 모습을 보인다)." 와카바야시 미키오, 『지도의 상상력』, 정선태 옮김(산처럼, 2006) 참조.

8 에드워드 렐프, 같은 책.

9 에드워드 렐프는 장소가 인간 실존의 심오한 중심임을 다음과 같이 요약하고 있다. "장소는 인간의 질서와 자연의 질서가 융합된 것이고, 우리가 세계를 직접적으로 경험하는 의미 깊은 중심이다. 장소는 고유한 입지, 경관, 공동체에 의하여 정의되기보다는, 특정 환경에 대한 경험과 의도에 초점을 두는 방식으로 정의된다. 장소는 추상이나 개념이 아니다. 장소는 생활 세계가 직접 경험되는 현상이다. 그래서 장소는 의미, 실재 사물, 계속적인 활동으로 가득 차 있다. 이것은 개인과 공동체 정체서의 중요한 원천이며, 때로는 사람들이 정서적·심리적으로 깊은 유대를 느끼는 인간 실존의 심오한 중심이 된다. 사실 장소와 인간의 관계는 사람들과의 관계와 마찬가지로 필수적이고, 다양하며, 때로는 불쾌한 것이다." 에드워드 렐프, 같은 책.

10 권현영, 『중독성 슬픔』(시와시학사, 1999).

11 아마도 그 대표적인 사례가 고향 땅에 대한 기억일 것이다. 대개의 경우 고향 땅에 대한 기억은 심신 상관체(psychosomatic entity)의 기억이다. 고향을 오래 떠나 있어도 고향과 관련된 기억들이 쉬이 잊히지 않는 것은 그것이 감각기관의 안쪽에 존재의 근원 경험으로 각인되기 때문이다.

12 김소월, 『초혼』, 송희복 엮음(솔, 1995).

이해조의 작품세계

근대전환기 지식인으로서 이해조의 현실인식

이해조

"(……) 사람이 세상에 나서 구구한 풍속을 벗어나지 못하여 사리에 부적당하고 인정에 최불명한 일을 구차로이 행하여 백년대계를 그릇되게 함은 비단 제 몸 하나의 낭패가 아니라 한 사람 두 사람으로 전국 동포가 모두 한 모양이면 국가의 낭패가 적지 아니한 법이올시다. 이 말씀은 다른 말씀이 아니오라 남녀가 취하는 일이오니 하늘이 사람을 내실 때에 남자와 여자의 권리가 조금도 기울도 틀리도 아니케 하셨고 남혼녀가는 인생의 제일 큰일을 행하면서 어찌하여 남자는 재취삼취를 하고 여자는 재가 곧 하면 실절(失節)이니 실행(失行)이니 하여 변괴로 여기오. 이는 다른 까닭이 아니라 동양에 전래하는 악습으로 남자가 여자를 압제하여 천리인정을 위배하고 자기의 욕심을 확충코자 하여 무한한 권리를 점령한 연고이라. (……) 두 집에서 정식으로 통혼하여 당당하게 성례를 하고보면 초취나 초가나 조금 다를 것이 무엇 있소. 미리 말씀하옵는 것이니 여러 어른이나 친구 중에서 구사상으로 나의 장가 들어오는 이직각의 딸을 개가하여 왔다고 일호 반 점이라도 나삐 여기어 말 한마디라도 상서롭지 않게 하시려거든 종금 이후로 상호와는 영영 격면을 하실 것이요 그렇지 아니하시고 초가한 여자와 조금도 틀림없이 대우하시려거든 불안하오나 손을 들으셔 가하다 하시옵소서."

— 「홍도화」 중에서

　호는 열재(悅齋), 이열재(怡悅齋), 동농(東濃). 1869년 2월 27일 경기도 포천군 신북면 신평리에서 출생하였다. 어릴 때부터 한학을 수학하여 19세에는 초시에 합격했으며, 25세 무렵에는 대동사문회(大東斯文會)를 주관했다. ≪제국신문≫, ≪황성신문≫, ≪매일신보≫에 근무했으며, ≪기호흥학회월보≫ 편집인으로 활약하는 한편, 양기탁·주시경·이준·노익형 등과 함께 광무사를 조직하여 국채보상운동을 전개하기도 했다. 1927년 5월 11일 포천에서 병사했다.

　미완의 한문소설 「잠상태」를 쓴 이후 신소설 창작을 시작하여, 「강명화실기」에 이르기까지 40여 편의 작품을 발표했다. 정치적 성향의 풍자 양식인 「자유종」, 동학 봉기를 소재로 하고 있는 「화(花)의 혈」, 미신 타파의 계몽성을 드러내는 「구마검」, 추리적 요소를 지닌 「구의산」 등이 그의 대표작이다. 그 외에도 「원앙도」, 「빈상설」, 「홍도화」, 「화세계」, 「월하가인」, 「모란병」, 「소양정」, 「쌍옥적」, 「춘외춘」, 「만월대」, 「탄금대」, 「홍장군전」 등의 작품이 있다. 한편, 명창 박기홍, 심정순, 곽창기 등의 구술을 산정하여 판소리계 소설들을 새로이 개작하기도 했는데, 춘향가, 심청가, 수궁가, 흥보가 등을 개작한 「옥중화」, 「강상련」, 「토의 간」, 「연의 각」 등이 그것이다. 시조집 『정선조선가곡』도 주목할 만하다. 『철세계』, 『화성돈전』 등의 역서를 발간하기도 했다.

근대전환기 지식인으로서 이해조의 현실인식

고명철(문학평론가, 광운대 교양학부 교수)

이해조의 생애

"한국계몽주의 최고의 작가"[1]라는 문학사적 평가가 말해주듯, 이해조 (李海朝, 1869~1927)는 19세기 말 20세기 초 신소설의 주요한 작가 중 하나로서 중세로부터 근대로 이행해 가는 전환기의 국면에 주체적으로 대응하였다. 이해조의 본관은 전주이고, 조선조 16대 인조의 3남 인평대군의 4자 복평군(福平君)의 10대손으로서, 아버지 이철용과 어머니 청풍 김씨 사이에 장남으로 1869년(고종 6년) 2월 27일 경기도 포천군 신북면 신평리 121번지에서 태어났다. 이해조의 조부인 이재만은 대원군의 참모였으며, 이해조의 부친인 이철용은 대원군 집정시절 참판을 지냈고, 이철용은 대원군에게서 신평리 일대를 하사(下賜)받아 지방의 토호로 자리하였다. 그러다가 대원군이 실각하고 민비가 집권한 이후 이재만은 처형당하고, 이철용은 경기 포천으로 귀양을 갔는데, 바로 그 포천에서 이해조가 태어난 것이다.

그는 근대전환기의 새로운 근대적 문물을 받아들이고, 근대적 계몽의식을 실현하기 위해 포천을 떠나 서울로 이주한 후 대부분의 생애를 익선동(임낭골), 와룡동, 도렴동 등에서 살았다.

이해조의 호는 열재(悅齋), 이열재(怡悅齋), 동농(東濃) 등이며, 그의 필명으로는 선음자(善飮子), 하관생(遐觀生), 조춘자(措春子), 신안생(神眼生), 해관자(解觀子), 우산거사(牛山居士) 등이 있다. 그는 다양한 호와 필명으로 많은 글을 발표하였다. 가령, 선음자(「화세계」), 하관생(「월하가인」), 조춘자(「화의 혈」), 신안생(「구의산」), 우산거사(「소양정」), 이열재(「춘외춘」), 해관자(「옥중화」, 「강상련」, 「연의 각」, 「토의 간」, 「봉선화」, 「비파성」), 동농(「고목화」, 「화의 혈」), 열재(「구마검」, 「원앙도」) 등으로 발표된 작품들을 들 수 있다.

이해조는 19세에 과거 초시(初試)에 급제하였고, 25~26세에는 '대동사문회(大東斯文會)'라는 한시를 즐기던 유학자들의 모임을 주관하면서 그 동호인들의 글을 모아 편집하는 것을 중요한 계기로 하여 문학의 길로 점차 들어서게 된다. 그의 이러한 한학 실력은 부친 이철용과 한학자였던 김윤식의 영향에서 비롯하였는데, 그가 ≪소년한반도≫에 백화체 한문소설 「잠상태」(1906. 11~1907. 4)를 연재한 데서도 알 수 있듯, 이해조의 문학적 자질은 이후 신소설의 왕성한 창작활동에서 빛을 더욱 발산한다. 한학 외에도 일본어를 독학으로 습득하여 『철세계』(안동서관, 1908), 『화성돈전』(안동서관, 1908), 『누구의 죄』(보급서관, 1913) 등과 같은 번역작품을 간행하기도 하였다.

이해조는 1898년 창간한 ≪제국신문≫의 기자로 활동하였는데, 그의 소설 『고목화』(1907. 6. 5~10. 4), 『빈상설』(1907. 10. 5~1908. 2. 12), 『구마검』(1908. 4. 25~7. 23), 『홍도화(상)』(1908. 7. 24~9. 17), 『모란병』(1909. 2. 13~?) 등이 ≪제국신문≫에 연재되었다. ≪제국신문≫에서 기자 활동을 하던 이해조는 한일합방 직전 ≪제국신문≫이 휴간에 들어선 후 ≪황성신문≫과 ≪매일신보≫의 편집부장 및 문화부 일을 맡으면서 일련의 신소설을 신문에 연재하였다. 대부분이 ≪매일신보≫에 연재되었는데, 연재된 작품으로는 『화세계』(1910. 10. 12~1911. 1. 17), 『월하가인』(1911. 1. 18~4. 5), 『화의 혈』(1911. 4. 6~6. 21), 『구의산』(1911. 6. 22~9. 28), 『소양정』(1911. 9. 30~12. 17), 『춘외춘』(1912. 1. 1~3. 14), 『옥중화』(1912. 1. 1~3. 16), 『탄금대』(1912. 3. 15~5. 1), 『강상련』(1912. 3. 17~4. 26), 『연의 각』(1912. 4. 29~6. 7), 『소학령』(1912. 5. 2~7. 6), 『토의 간』(1912. 6. 9~7. 11), 『봉선화』(1912. 7. 7~11. 29), 『비파성』(1912. 11. 30~1913. 2. 23), 『우중행인』(1913. 2. 25~5. 11) 등이 있다.

이처럼 많은 신소설을 발표했던 이해조는 출판인으로서도 주목할 만한 활동을 하였다. 경기 출신인 이해조는 신채호, 안국선과 함께 기호흥학회(1908년 2월에 결성)에 가입하여 여기서 발간하는 ≪기호흥학회월보≫ 편집을 담당하였다. 그러면서 그는 ≪기호흥학회월보≫ 5호(1908. 2. 25)부터 12호(1909. 7. 25)까지 논설「윤리학」을 연재하면서 자신의 근대적 계몽의식을 피력하였다.

이외에도 이해조는 애국계몽기의 지식인으로서 애국계몽운동을 펼치기도 하였다. 1908년 2월에 양기탁, 이준, 노익형, 주시경과 함께 광무사라는 단체를 조직하여 ≪제국신문≫사에 임시사무소를 두고 국채보상운동을 전국적으로 전개하였던 것이다.

그런가 하면, 이해조는 신교육을 가르친 교육자로서 혹은 교육운동가

로서의 면모도 보여주었다. 이해조의 부친 이철용이 포천에 신교육 기관
으로서 사립학교인 '화야의숙(華野義塾)'을 설립했고, 이해조는 이 '화야의
숙'을 '청성제일학교(靑城第一學校)'로 개명하여 운영하였다. 그런데 ≪매일
신보≫ 1911년 9월 17일자 기사에 의하면 "이달중에 抱川郡 私立 靑城第一
學校(前 華野義塾)는 東大門外에서는 자못 우수한 학교이었으나 경영난과 군
청에서 一個 公立學校만 設置한다는 方針에 의해 廢校하였다"하여 9월 30일
자로 폐교된 사실을 밝히고 있다. 그 당시 일제의 식민지 교육정책의 한
단면을 살필 수 있겠다. 이러한 교육에 대한 그의 관심은 1909년 7월 기호
학교의 교감으로 취임했던 데서도 여실히 드러난다.

한편, 이해조는 판소리계열의 소설을 신소설로 재구성한 작품들을 많
이 남겼는데, 당대의 국악인(명창 박기홍, 심정순, 곽창기 등)들과 밀접한 만
남을 통해서 신소설의 주요한 창작 모티브를 얻었다.

친일파의 노골적 행보를 걸었던 이인직(1862~1916)과 달리 이해조는
뚜렷한 친일 행적을 보이지는 않았다. 하지만 1920년 친일유생단체인 '대
동사문회'에 관여하면서 보수적 유생으로 퇴행하는 측면을 보인 것이라
든지, 1921년 친일유생단체 유도진흥회의 기관지 ≪유도≫ 창간호에 「온
고이지신」이란 글을 발표한 것 등을 통해 짐작할 수 있듯, 애국계몽기에
보였던 근대적 인식과 일제 침략이 노골화되면서 보인 그의 근대적 인식
사이의 편차에 대해서는, 좀더 보완된 전기적 고찰이 뒤따라야 할 터이다.

이해조는 59세인 1927년 5월 11일, 뇌일혈로 경기 포천 고향에서 죽음
을 맞이하였다.

이해조의 작품세계: 중세 봉건주의적 삶에 대한 갱신

친일파인 이인직과 달리 이해조는 "한국의 주체적 발전 가능성에 대한 기대를 버리지 않는"2 근대 전환기의 지식인이다. 이인직의 경우 그의 일련의 신소설 작품을 관통하고 있는 근대적 인식이, 일본을 통해 이식된 서구의 근대화된 문명에 대한 맹목에 기반한 채 중세의 낡은 삶의 양식을 폐기처분하는 데 궁극의 목적을 두고 있다면, 이해조의 경우는 근대를 향한 한국의 주체적 선택과 갱신에의 의지를 서사화하고 있다. 이것이 바로 이해조가 이인직과 대별되는 커다란 차이다.

우선, 이해조의 이러한 근대적 인식을 살펴볼 수 있는 작품으로『구마검』(대한서림, 1908)과『자유종』(광학서포, 1910)을 들 수 있다. 이들 작품은 이미 곪을 대로 곪아 터진 중세 봉건주의적 삶의 폐단을 여지없이 고발하고 비판한다. 이들 작품 전반을 통해 일관되게 흐르는 문제의식은『구마검』의 경우 미신타파이며,『자유종』의 경우 자유와 평등에 대한 갈망이다. 우리는 이 같은 주제를 통해 이해조가 근대를 추구하는 과정에서 중세의 봉건주의적 삶의 양상 중 무엇을 척결하려고 하는지 그 본질을 탐색해야 한다.

『구마검』에서 중심인물은 함진해, 최씨, 금방울(무당), 임진사(지관), 함종표인데, 이들 인물 사이이 중요한 갈등 양상은 미신의 신봉 여부이다. 함진해는 처음에 미신을 배척하였으나, 결국 그의 부인 최씨와 함께 열렬한 미신 신봉자가 된다. 그리하여 금방울과 임진사의 간교에 빠져 아들을 잃고 가세(家勢)마저 기울게 되기에 이른다. 그러나 영특한 함종표로 인해 금방울과 임진사는 부당한 행위에 따른 대가를 치르게 된다.

사실『구마검』에서 보이는 이러한 미신타파의 주제는 조선 후기 연암 박지원의 한문단편「호질」을 통해 이미 문학사에서 다루어졌다. 그러나

「호질」에서의 미신타파의 경우 비현실적 가공의 존재(상상속의 동물)에 의해 알레고리라는 문학적 기교를 통해 실행되었다면, 『구마검』에서는 함종표라는 구체적인 현실적 인물을 통해 실행되고 있다는 점이 결코 간과할 수 없는 본질적 차이다. 특히 미신을 근대적 제도 장치인 법에 의해 축출시킨다는 점이 『구마검』에서 중요한 서사적 요인으로 작용한다. 이것은 중세 봉건주의의 일상생활에 팽배해 있는 미신을 발본적으로 제거할 때 진정한 근대의 생활세계를 창출해 낼 수 있다는 작가의 문제의식에 기인한다.

"무릇 나라의 진보가 되지 못함은 풍속이 미혹함에 생"3긴다고 진단하는 이해조에게 무엇보다 시급한 것은 전근대적 일상성을 계몽하는 것이었다. 왜냐하면 근대 전환기에 중세 봉건주의 체제를 지탱시켜준 지배이념인 유교는, 이인직의 작품에서 읽을 수 있는 바 지배계층인 양반의 모순으로 인해 그 이념이 점차 와해되는 단계에 이르렀기 때문이다. 이미 중세 봉건주의적 생산양식의 토대는 가속도로 붕괴되고 있으며, 따라서 이러한 사회경제사적 변화에 따른 지배이념이 동요되고 해체되는 것은 자연스런 귀결이다. 이제 문제는 중세의 질서를 견고하게 지탱시켜 준 지배이념이 아니라 어쩌면 중세 이전부터 자생적으로 면면히 그 명맥을 강하게 유지해 온 민간신앙에 대한 선험적 믿음이다. 이해조에게 근대화에의 자생적 의지를 실천하는 데 걸림돌로 자리 잡은 게 바로 이 전근대적 민간신앙에 대한 맹목적 믿음이다. 때문에 이해조는 근대적 이성의 주체로서 자격이 부여된 함종표로 하여금 근대의 일상성을 규정짓는 법제도를 통해 미신을 타파케 한다.

이처럼 『구마검』을 통해 이해조는 미신타파에 대한 계몽의지를 일상성의 차원에서 사실적으로 형상화해 냈다.4『자유종』 역시 마찬가지인데,

다만『구마검』과 달리 서사양식에서 큰 차이점을 보여준다.『자유종』은
매경, 설헌, 금운, 국란이란 네 명의 신여성이 시종일관 대화체 형식으로
이루어진 이른바 토론체소설이다.

> 천지간 만물 중에 동물되기를 희한하고, 천만 가지 동물 중에 사람되기 극난
> 하다. 그같이 희한하고 그같이 극난한 동물 중 사람이 되어 압제를 받아 자유를
> 잃게 되면 하늘이 주신 사람의 직분을 지키지 못함이어늘, 하물며 사람 사이에
> 여자되어 남자의 압제를 받아 자유를 빼앗기면 어찌 희한코 극난한 동물 중
> 사람의 권리를 스스로 버림이 아니라 하리요.[5]

『자유종』의 맨 앞부분으로 작품 전반에 걸쳐 있는 주제를 단적으로 읽
을 수 있다. 작품의 맨 앞머리에서 이처럼 주제를 표면적으로 노골적으로
제시한 신소설을 좀처럼 찾아볼 수 없는 바, 인간의 자유와 여자의 자유에
대한 문제의식이 선명히 드러나 있다. 이 소설의 작중인물들 모두 여성임
을 감안해 볼 때, 이러한 문제의식은 이 소설에서 나누어지고 있는 대화의
내용을 이해하는 데 중요한 실마리를 제공해 준다. 무엇보다 종래의 소설
담론에서 작중인물 모두 여성화자로 등장한 적이 없던 점을 상기해 본다
면, 이 자체만으로도 우리 소설사에서 중요한 문학사적 가치를 갖는다.
더욱이 여성화자들의 대화 내용이 견고한 중세 봉건주의적 지배질서에
대한 신랄한 비판이 대부분을 차지하고 있다는 점은 가히 혁명적이다.
남녀평등과 근대교육을 주창하고 유교의 폐단을 비판하며, 여기에 머무
르지 않고 미래의 전망까지 모색하는 내용이 여성화자를 통해서 강렬하
게 표방되기 때문이다. 이에 대해 최원식은 “국권 회복운동과 여성해방운
동의 메시지를 결합하고 있는 이 선구적 페미니스트의 작품은 남성에 의

해 독점되어 온 당시의 민족운동들이 참담한 실패로 귀결되는 것에 대한 뼈아픈 반성을 내포하고 있는 것"6으로 평가한다.

이러한 강렬한 주제의식은 다른 신소설에서는 찾아볼 수 없다. 여기에는 대화체의 형식을 통해 직접적으로 작가의 근대적 의지를 담아내려는 욕망에 기인한 것인 바, 작가 특유의 논설을 문학적 표현으로 변용시켜 근대화에 대한 선전과 선동의 효과를 높이려는 노력이 이러한 여러 형식의 시사토론소설로 나타난 것이다.7

근대적 의지를 실현시키기 위한 이해조의 신소설 중 주목해야 할 또 다른 작품으로는 『홍도화』(상권, 유일서관, 1908; 하권, 유일서관, 1910)를 들 수 있다. 우리는 『홍도화』를 통해 근대적 교육, 근대의 결혼관, 근대의 일상 등과 관련된 근대적 풍속의 면모를 살펴볼 수 있다. 무엇보다 이 소설의 주요한 서사는 몰락양반과 정략적으로 결혼한 태희가 젊어서 과부가 된 후 심학도와 재혼을 하게 되기까지의 어려운 과정과, 재혼 후 고부간의 심각한 갈등으로 인해 불행한 삶을 살다가 근대적 지식인인 태희의 외삼촌 김참서의 도움을 받음으로써 그동안 태희를 옭아매었던 온갖 누명과 오해를 불식시키고, 심학도와 행복한 삶을 누린다는 내용이다. 대강의 서사에서 알 수 있는 것처럼 『홍도화』를 지배하고 있는 주요 사건은 태희의 재혼이다. 『홍도화』의 모든 사건은 태희의 재혼으로부터 비롯되었다고 해도 과언이 아니기 때문이다. 특히 태희의 재혼을 적극 권장하고 있는 인물은 태희의 외삼촌 김참서인데, 그는 "외국에 많이 다녀 개화의 선도자로 우리나라 전래하던 제반 악풍을 일체 개혁하기로 열심 창도하는 중 제일 급선무가 개가법을 실행하는 일"8이라고 생각하는 근대적 관료로서 역할을 맡고 있다. 태희의 아버지 이직각은 이른바 '얼개화꾼'으로서 김참서의 말을 적극 신봉하던 터라, 김참서의 말을 듣고 마침내 태희를 심학도와 재혼시키게 된다. 물론 재혼은 김참서 혼자만의 의지로 이루어질 수는 없다. 아직까지 중세적 봉건질서가 생활세계를 지배하고 있는 현실에서, 근대적 교육의 수혜자인 태희와 심학도의 존재가 없다면, 재혼은 꿈도 꿀 수 없는 일이다. 하지만 근대적 교육을 받은 태희와 심학도는 주위의 따가운 시선에도 아랑곳하지 않고 당당히 재혼을 한다. 여기서 주목해야 할 것은 심학도가 태희와의 재혼을 위하여 일가 친척 앞에서 재혼의 필연성과 당위성을 당당히 말하는 대목이다. 말하자면 다음과 같은 심학도의 발언은 근대전환기의 국면에서 근대적 지식인의 의지를 세계에 천명한 것으로 볼 수 있다.

"(……) 사람이 세상에 나서 구구한 풍속을 벗어나지 못하여 사리에 부적당하고 인정에 최불명한 일을 구차로이 행하여 백년대계를 그릇되게 함은 비단 제 몸 하나의 낭패가 아니라 한 사람 두 사람으로 전국 동포가 모두 한 모양이면 국가의 낭패가 적지 아니한 법이올시다. 이 말씀은 다른 말씀이 아니오라 남녀가 취하는 일이오니 하늘이 사람을 내실 때에 남자와 여자의 권리가 조금도 기울도 틀리도 아니케 하셨고 남혼녀가는 인생의 제일 큰일을 행하면서 어찌하여 남자는 재취삼취를 하고 여자는 재가 곧 하면 실절(失節)이니 실행(失行)이니 하여 변괴로 여기오 이는 다른 까닭이 아니라 동양에 전래하는 악습으로 남자가 여자를 압제하여 천리인정을 위배하고 자기의 욕심을 확충코자 하여 무한한 권리를 점령한 연고이라. (……) 두 집에서 정식으로 통혼하여 당당하게 성례를 하고보면 초취나 초가나 조금 다를 것이 무엇 있소 미리 말씀하옵는 것이니 여러 어른이나 친구 중에서 구사상으로 나의 장가 들어오는 이직각의 딸을 개가하여 왔다고 일호 반 점이라도 나삐 여기어 말 한마디라도 상서롭지 않게 하시려거든 종금 이후로 상호와는 영영 격면을 하실 것이요 그렇지 아니하시고 초가한 여자와 조금도 틀림없이 대우하시려거든 불안하오나 손을 들으서 가하다 하시옵소서."9

심학도의 발언은 작가 이해조의 근대적 인식이 투영된 것이나 다를 바 없는 것으로, 『자유종』의 여성해방적 시각과 동일한 맥락에 있다 해도 과언이 아니다. 중세의 봉건적 억압으로부터 벗어나 근대적 개인이자 근대적 여성으로서의 삶에 대한 작가의 문제의식이 드러나 있는 것이다. 물론 『홍도화』는 이러한 문제의식 외에도 『구마검』에서 보았던 미신타파와 관련된 것도 보인다. 심학도와 재혼한 태희는 시어머니가 미신을 숭배하는 데 대한 부정으로 시어머니가 심학도와 함께 지방으로 내려간 사이에 미신과 관련된 집안의 모든 것을 불태워 없앤다. 이 사건을 계기로 태희와 시어머니 사이의 갈등의 골은 매우 깊어진다. 말하자면 중세봉건/근대계몽의 대립·갈등은 첨예해진다.

이러한 갈등은 태희가 부딪치는 현실과의 관계를 드러낸다. 그리하여 태희는 현실 속에서 중세봉건의 세계로부터 온갖 위협을 받는다. 하지만 태희를 위협하는 중세봉건의 물리적 및 상징폭력은 근대계몽의 상징인 김참서의 도움을 받고 스러진다. 비록 소설의 억지 결말을 위한, 즉 고대소설의 구태의연한 결말구조인 해피엔딩을 연상케 하는 김참서의 작위적 개입이 문제점이지만, 태희가 재혼을 하여 근대적 삶을 살게 했던 김참서가 그 재혼 때문에 위기에 봉착한 태희를 구원하게 된 자격을 갖게 된 것은 필연성을 띤다고 볼 수도 있다. 왜냐하면 태희에게 근대적 삶의 지평을 열어주었던 김참서가, 중세봉건의 위협에 처한 태희의 삶을 구원하기 위한 적절한 인물이기 때문이다.

이해조는 이렇듯 『구마검』, 『자유종』, 『홍도화』 등 외에도 근대적 인식의 각성에 기반한 작품들을 발표하였다.

경기도와 관련된 이해조의 삶과 문학

이해조의 생애에서 알 수 있듯이, 그의 부친 이철용이 대원군 시절 경기 포천 신평리 일대를 하사받아 지방의 토호로 자리를 잡은 이후 이해조는 그곳에서 태어났으며, 서울에서 활동을 하다가 고향으로 돌아가 그곳에서 죽음을 맞이하였다. 부친이 포천에 세운 근대적 교육 사립학교인 '화야의숙'을 '청성제일학교'로 개명하여 운영하였는가 하면, 기호(畿湖)출신인 신채호, 안국선과 함께 '기호흥학회'(1908년 2월에 결성)에 가입하여 여기서 발간하는 ≪기호흥학회월보≫ 편집을 담당하는 등 경기도와 관련된 주요 역할을 한 적이 있다.

이해조의 작품들에서도 경기도와 관련된 면모를 살펴볼 수 있다. 우선 『홍도화』를 살펴보자. 『홍도화』의 주인공 태희는 그녀의 아버지가 그녀를 양반가와 정략결혼시키는 바람에 경기 양평에서 결혼생활을 시작한다. 그녀가 시집을 간 양반 홍생원은 근대전환기의 국면에서 가세가 급격히 기울어진 몰락한 양반으로서 "구사상(舊思想)을 버리고 신지식(新知識)을 넓혀 크게 사회를 붙들고 작게 자기 집을 유지할 줄은 모르고 가장 청고한 체하여 서울을 하직하고 십승지지(十勝之地)나 찾아가는 듯이 영평 바모로 동리로 낙향"[10]을 한 사람이다. 이렇게 경기 양평에서 몰락 양반 홍생원과 혼인한 태희는 홍생원이 죽은 이후 과부로서 자신의 서글픈 운명을 개탄하면서 근대적 삶의 한 양상인 재혼의 욕망을 품으면서 산다.

이렇게 『홍도화』에서 경기 양평은 주인공 태희의 불행과 희망을 동시에 간직하고 있는 공간으로 설정되어 있다. 그런데 『홍도화』에서 경기도와 관련된 주요 사건이 있는데, 그것은 태희의 재혼을 적극 권장한 그녀의 외삼촌 김참서가 태희의 배필감으로 주목하고 있었던 심학도와 태희가 우연한 만남을 가진 사건이다. 태희는 시댁인 경기 양평을 떠나 친정인 서울로 올라오는 길에 경기 양주에서 납치 사건을 당한다. 바로 그 때 심학도를 납치 괴한으로 오해하게 된다. 심학도는 태희와의 재혼 준비를 위해 그의 외삼촌을 만나고 오는 길에 태희를 납치하는 괴한으로 오해를 받은 것이다. 태희가 정략결혼을 하기 전 이미 서로 연정을 품어오던 태희와 심학도는 경기 양주에서 불미스런 관계로 인연을 만든다. 정리하자면, 『홍도화』에서 경기 양평과 경기 양주는 태희의 곡절 많은 인생사에 주요한 공간으로 설정되어 있다.

경기도와 관련하여 『월하가인』(보급서관, 1911)과 『모란병』(박문서관, 1911)에서는 인천에 주목할 필요가 있다. 『월하가인』은 1905년 멕시코에 끌려간 우리나라 노동이민의 참상을 그린 작품이다. 동학으로 인해 고향을 떠나 서울로 피신을 온 심진사는 빈곤에서 벗어나기 위해 그의 친구를 따라 멕시코 이주 노동을 결심한다. 멕시코 이주 노동을 떠나는 곳이 바로 인천항이다. 근대적 문명의 전초기지인 인천항은 이렇게 『월하가인』에서 멕시코로 이주 노동을 떠나는 역사적 공간으로 조명되고 있다. 이 점과 관련하여 『월하가인』이 다른 신소설과 비교했을 때 각별히 주목해야 할 것은 멕시코 이주 노동의 참상이 고발되고 있다는 점이다. 영국인 마야스와 일본인 다이쇼의 협잡으로 자행된 멕시코 이주 노동에 대해 우리 정부는 속수무책이었으며, 그 피해는 멕시코로 이주 노동한 동포들에게 고스란히 다음과 같이 전가될 따름이었다.

그때 심진사는 빈한에 속이 상하던 차에 윤조의 풍치는 말을 듣고 큰 수나 날듯이 개발회사 모집에 자원투입하여 평생에 듣도 보도 못하던 묵서가(멕시코 -인용자) 땅에를 이르렀는데, 그곳은 아직도 문명진화가 못다 되어서 인류를

그런가 하면 청일전쟁을 배경으로 하고 있는 『모란병』에서는 극심한
가난에 시달리는 현고지기의 딸 금선이가 민며느리로 출가하였으나, 변
가의 속임수에 넘어가 민며느리는커녕 결국 금선이는 기생으로 팔려간다.
기생으로 팔려간 금선은 또 다시 인천의 화개동에 있는 벽도네 술집으로
팔려가고, 그곳에서 도망을 가 인천 송순검의 도움으로 기생의 신분에서
벗어난다. 말하자면 금선에게 인천은 기생으로서 살아갈 수밖에 없는 삶
의 비극성을 안겨주는 곳이되, 또한 기생의 삶으로부터 벗어나 자유를
되찾는 소생의 공간이다. 여기서 이해조는 금선을 구해준 송순검의 입을
빌려, 금선의 기생으로서의 노예적 삶으로부터 벗어날 수 없게 하는 인천
지방 관료인 감리를 신랄히 비판한다.

몸 의지하던 일이지 그 장한 것을 화직(華職)으로 알고 관상(棺上) 명정을 쓰자는
경륜이 아니요, 또한 사람이 의리가 있고서야 이런 불쌍한 일을 목도한 터에
구제하여 주지 않아서는 못 쓰겠다."12

이처럼 『월하가인』과 『모란병』에서 부각되는 인천은 이해조에게 문제
적 공간으로 설정되고 있다. 근대적 문물이 들어오는 전초기지로서의 인
천은 근대적 풍경을 목도할 수 있는 곳이면서, 근대의 상징 폭력과 중세의
봉건적 폐습이 남아 있는 이중의 모습을 보여준다.

이해조의 신소설과 근대적 풍속

이해조의 『화의 혈』(보급서관, 1911) 서두와 끝에는 소설에 관한 그의
생각이 다음과 같이 언급되고 있다.

무릇 소설은 체제가 여러 가지라 한 가지 전례를 들어 말할 수 없으니 혹
정치를 언론한 자도 있고, 혹 정탐을 기록한 자도 있고, 혹 사회를 비평한 자도
있고, 혹 가정을 경계한 자도 있으며, 기타 윤리, 과학, 교제 등, 인성의 천차만
사 중 관계 아니 되는 자가 없나니, 상쾌하고, 악착하고, 슬프고, 즐겁고, 위태하
고, 우스운 것이 모두 다 좋은 재료가 되어 기자의 붓 끝을 따라 재미가 진진한
소설이 되나, 그러나 그 재료가 매양 옛 사람의 지나간 자취나 가탁(假託)의
형질 없는 것이 열이면 팔구는 되는데, (……) 이제 또 그와 같은 현금 사람의
실적으로 『화의 혈』이라 하는 소설을 새로 저술할새, 허언낭설은 한 귀절도
기록지 아니하고 정녕히 있는 일동일정을 일호 차작 없이 편집하노니, 기자의
재주가 민첩치 못하므로 문장의 광채는 황홀치 못할지언정 사실은 적확하여

눈으로 그 사람을 보고 귀로 그 사정을 듣는 듯하여 선악간 족히 밝은 거울이
될 만할까 하노라.[13]

　　기자 왈, 소설이라고 하는 것은 매양 빙공착영으로 인정에 맞도록 편집하여
풍속을 교정하고 사회를 경성경성하는 것이 제일 목적인 중, 그와 방불한 사람
과 방불한 사실이 있고 보면 애독하시는 열위, 부인, 신사의 진진한 재미가 일
층 더할 것이요, 그 사람이 회개하고 그 사실을 경계하는 좋은 영향도 없지
아니할지라. 고로 본 기자는 이 소설을 기록하며 스스로 그 재미와 그 영향이
있음을 바라고 또 바라노라.[14]

　　소설의 소재, 내용, 양식 등에 대한 이해조의 생각이 집약되어 있다.
소설의 소재가 될 수 없는 게 없을 정도로 우리들 삶을 이루는 모든 것은
소설의 대상이 될 수 있다. 그런데 중요한 것은 소설은 당대의 삶에 초점을
맞추며, 소설은 결코 '허언낭설'이 아닌, 삶의 진실된 점을 포착함으로써
잘못된 풍속을 교화하는 역할을 지닌, 즉 계몽적 성찰을 띤다는 점이다.
　　이러한 소설에 대한 이해조의 입장은 그의 신소설 전체를 관통하고 있
는 일관된 주제의식이라 해도 과언이 아닐 것이다. 『화의 혈』만 하더라도
예외가 아니다. 전남 장성의 빼어난 기생 선초를 취하기 위하여, 삼남지방
을 암행 시찰하는 어사 벼슬을 일부러 얻은 이도사의 부정적 작태가 비판
의 도마 위에 오른다. 이도사에게는 처음부터 암행어사의 시찰이 중요한
게 아니다. 그는 암행은 고사하고 자신의 시찰 여정을 일부러 공개하고,
시찰한 지방 관료로부터 재산을 불리고, 어떻게 해서든지 선초를 자신의
품에 안고자 할 따름이다. 결국 이도사는 선초를 취한 후 선초를 떠난다.
이도사에게 선초는 한갓 기생일 뿐이었던 셈이다. 하여 선초는 이도사의
배신으로 급기야 자결하는 생의 비극적 종말을 맞는다. 선초의 억울한

한은 선초의 여동생의 도움으로 풀린다. 선초의 여동생 역시 기생인데, 선초는 이도사 앞에서 언니의 혼에 빙의(憑依)된 채 이도사에게 맺힌 원한을 풀어낸다. 말하자면 이도사로 대별되는, 중세의 봉건적 질서의 폐습과 작태를 비판한다. 이와 같은 비판은 "조선왕조가 이제 더 이상 회생의 가능성이 없다는 작가의 진단을 간접적으로 드러내는 것"15으로 볼 수 있다. 이도사란 부정적 인물을 통해 알 수 있듯, 중세 봉건주의적 질서는 이제 와해되고 갱신되어야 할 시점에 이른 것이다.

앞서 간략히 이해조의 몇 작품을 통해 그의 근대적 인식을 살펴보았다. 『구마검』과 『홍도화』에서는 미신타파의 문제를 정면으로 다루었으며, 『자유종』과 『홍도화』에서는 국권회복운동과 근대적 국민의 위상 정립에서 여성의 주체적 입장에 대한 관심을 보여주었다. 특히 여성의 권리 신장을 통한 국력의 확대, 신분 차별에 대한 반대, 적서차별에 대한 반대, 지역차별에 대한 반대와 같은 『자유종』의 주장은 인간 권리 확보에 대한 이해조의 전향적 신념의 구체적 표현이었던 것이다. 자유와 평등의 이념이 사회 각 부분에 삼투되지 않고서는 각 개인이 국민적 자각에 이르는 것은 불가능하다는 것이 그의 통찰이다.16 말하자면 이해조는 그의 신소설에서 근대적 개인으로서 국민적 자각이라는 점을 중요하게 생각한다.

다만 이해조의 신소설에서 보이는 한계는 고전소설에서 낯익은 서사전통과 아직 완전히 결별하고 있지 않다는 점이다. 위기에서 주인공을 구원해 주는 구원자와의 우연적 만남, 권선징악적 구조, 결말의 해피엔딩 등은 이해조의 신소설이 극복해야 할 고답적 서사전통인 셈이다.

하지만 이러한 문제에도 불구하고 이해조의 신소설에서는 근대적 풍속의 구체적 실상이 드러나고 있으며, 근대적 이성의 계몽주의로써 자유와 평등을 통한 근대적 개인에 초점을 맞추고 있다. 물론 이 근대적 개인의 창출은 근대적 제도에 기반한 국민국가에 대한 인식과 밀접한 연관을 맺고 있는 것이다. 끝으로 이해조의 문학세계에 대한 이해는 그의 생애에 대해 충분히 보완된 논의와 함께 그의 신소설 전반에 대해 심층적 연구가 뒤따라야 할 터이다.

··· 주석

1 최원식, 「다시 읽은 이해조」, 『홍도화(외)』(범우사, 2004), 561쪽.

2 한기형, 「신소설 작가의 현실인식과 그 의미」, 『한국근대문학연구』, 구중서·최원식 편(태학사, 1997), 377쪽.

3 이해조, 「구마검」, 『한국신소설전집』 2권(을유문화사, 1968), 130쪽.

4 「구마검」에 대한 긍정적 평가는 이인직의 신소설과 달리 우리의 역사지평에서 구체적으로 근대화에의 의지를 형상화시킨 데 주목하고 있다. 다음의 평가가 대표적이다: "「구마검」은 작중인물의 공허한 문명개화 타령이나 해외유학 행각이 아니라, 재물을 모으고 상식 있는 생활을 하는 중인 집안에서 일어나는 가정 소사를 사실적으로 묘사함으로써 봉건체제의 부패 몰락과 개화사상의 승리를 형상화했다는 점에서 우리나라 소설의 사실주의적 발전에 기여했다."(김재용 외, 『한국근대민족문학사』(한길사, 1993), 98쪽.)

5 이해조, 『한국신소설전집』 2권(을유문화사, 1968), 145쪽.

6 최원식, 『한국계몽주의 문학사론』(소명출판, 2002), 158쪽.

7 김재용 외, 『한국근대민족문학사』, 77쪽.

8 이해조, 『홍도화』(범우사, 2004), 53쪽.

9 같은 책, 59~61쪽.

10 같은 책, 15~16쪽.

11 「월하가인」, 같은 책, 346쪽.

12 「모란병」, 같은 책, 433쪽.

13 「화의 혈」, 같은 책, 474~475쪽.

14 같은 책, 560쪽.

15 최원식, 「다시 읽은 이해조」, 595쪽.

16 한기형, 「신소설 작가의 현실인식과 그 의미」, 382~383쪽.

나혜석과 근대이행기의 여성적 자의식

나혜석

정월(晶月) 나혜석(羅蕙錫)선생은 수원의 부유한 개명 관료의 딸로 태어나 우리나라 여성으로서는 최초로 일본 도쿄의 여자미술학교에서 유화를 공부한 최초의 여성 서양화가이다. 초창기 <이른 아침>(早朝)과 같은 목판화로 민중의 삶을 표현했으며, 1922년부터 1932년까지 해외 여행을 떠났을 때를 빼고는 매년 조선미술전람회에 출품하여 입선과 특선을 한 재주 있는 화가였다.

나혜석은 단지 화가에 그치지 않았다. 일본 유학 시절부터 여성이 각성하여 사람답게 살아야 한다는 주장과 그렇게 살기 위해서 여성들이 살림살이를 개량하는 구체적 방법까지 담은 여러 논설들과 신여성이 주변의 낡은 생각을 가진 사람들을 설득해 가는 과정을 담은 소설 「경희」를 쓴 근대 최초의 여성작가였다. 또한 3·1운동 때는 여학생들을 만세운동에 참가시키기 위해 활동을 하다가 다섯 달 동안 감옥살이를 겪었으며, 중국 안동현(현재의 중국 단동시) 부영사가 된 남편을 따라 안동현에서 살 때는 국경을 넘어 다니는 외교관 부인이라는 신분을 이용해서 독립운동가들의 편의를 보아주기도 한 민족주의자였다. 특히 나혜석은 여성도 인간이라는 주장을 글로 썼을 뿐만 아니라 그런 주장을 생활 속에서 온몸으로 실천해 나간 진보적인 여성해방의 사상가였다.

남편과 함께 유럽과 미국을 여행할 기회가 생기자 과감하게 1년 8개월간의 여행길에 올랐던 나혜석은 서구 여성들의 좀더 인간생활을 위한 노력을 목격하고 예술의 도시 파리에서 새로운 그림의 세계에 눈떠 갔다. 그런데 그 파리에서 남편이 아닌 함께 예술을 논할 수 있었던 남자와 사랑에 빠졌고 귀국 후 결국 사랑하는 아이들을 두고 빈손으로 집을 떠나야 했다. 이혼을 한 후 나혜석은 여성에게만 일방적으로 정조관념을 지키라고 하는 사회 관습을 비판하고 나아가 그런 관념은 상대적이고 사회적으로 구성된 것이기에 해체되어야 한다는 시대에 앞선 주장을 펼쳤다.

현모양처가 여성의 모범상으로 굳어버린 시대에 사회 관습에 도전한 나혜석이 연 전람회에 대한 조선사회의 반응은 차가웠고, 사회의 냉대 속에서 경제적으로 궁핍하고 쓸쓸한 생활을 하면서 나혜석의 심신은 서서히 병들어 갔다. 화재로 그림을 태워먹고 아이들을 보지 못하게 된 충격으로 신경쇠약과 반신불수의 몸이 된 나혜석은 자기만의 방을 갖지 못한 채 절집들을 떠돌아다녔고, 해방 후에는 서울의 한 양로원에 맡겨졌으나 그는 걸핏하면 몰래 빠져 나왔다.

여행을 떠나기 위해 짐을 쌀 때면 늘 기운이 솟아오른다고 했던 나혜석은 어느 날 양로원을 나선 뒤 종적이 묘연해졌다. 그리고 1948년 12월 10일 서울의 시립 자제원 무연고자 병동에서 아무도 모르게 눈을 감았고 그의 무덤은 어디에도 남아 있지 않다.

나혜석과 근대이행기의 여성적 자의식

이명원(문학평론가, 서울디지털대 초빙교수)

신여성에 대한 대중적 편견

작가 이상의 표현을 차용하자면, 나혜석(1896~1948)은 19세기적인 윤리에서 벗어날 수 없었던 20세기의, 조선적 근대의 분열증을 온몸으로 겪었던 작가였다. 그는 구한말인 1896년 경기도 수원에서 태어났다. 그의 부친인 나기정은 한일합방 전후 군수를 지낸 개명관료였다. 아마도 그러한 신분적 배경이 나혜석의 신교육을 가능케 한 문화사적 배경이 되었을 것이다. 나혜석은 1910년 수원의 삼일여학교를 졸업한 후, 그해 겨울에 서울에 있는 진명여학교에 진학해서 1913년에 졸업한다. 진명여학교를 졸업한 후, 도일하여 도쿄의 '사립여자미술학교'를 졸업하는데, 도쿄 유학 시절부터 재도쿄조선유학생 기관지인 ≪학지광≫에 「이상적 부인」을 비롯한 논설을 발표하는 한편, 당대의 조선인 유학생들과 광범위하게 교류

함으로써, 이후 조선에서의 신여성 문필가로서의 발판을 마련한다.

조선의 초기 신여성으로서의 나혜석의 면모를 이해하기 위해서는 당대 조선사회에서의 신여성에 대한 일반적인 인식을 파악할 필요가 있다. 그것은 이후 나혜석의 고통스러운 삶의 도정을 이해하는 데 소중한 참조점이 되기 때문이다. 당시의 신여성에 대한 대중적인 인식은 매우 열악한 것이었다. 당대의 조선사회가 전통적인 유학의 정신구조에서 벗어날 수 없었다는 사실은 자연스러운데, 특히 여성멸시의 풍조는 일반적인 현상이었다. 이러한 상황 속에서는 여성이 신교육을 받는다는 사실 자체도 결코 호의적인 평가를 받을 수 없었다. 당대의 신여성 교육기관인 신식여학교는 당대인들에게는 흔히 '기생학교'로 불렸다. 그것은 당시의 구지배계층이라 할 수 있을 양반계급들이 자신의 여아들에게는 신교육을 시키지 않았던 반면에, 역설적으로 봉건적 질서로부터 자유로웠던 기생들이 앞다투어 신식여학교에 입학했기 때문이다.

이런 사정과 함께, 당시로서는 급진적이라고밖에 할 수 없을 풍속의 변화 역시 신여성이 사회적 편견의 주인공으로 등장하는 데 일조했다. 당대의 계몽적 남성지식인들에 의해, 조선의 후진성을 극복하고 근대인이 되기 위한 대중적 캐치프레이즈는 이른바 '자유연애'라는 것이었고, 구가족제도의 모순으로부터 자유롭기 위한 '정조관으로부터의 해방'이라는 것이었다. 자유연애라든가 정조관으로부터의 해방이라는 것은, 그 주장 자체는 가치중립적인 것이라 할 수 있고 근대적 개인윤리에 걸맞는 것이라 할 수 있으나, 문제는 그들이 살고 있는 현실 자체는 여전히 19세기적인 봉건적 윤리가 지배적인 공간이었다는 점에 있다. 물론 남성지식인들은 이러한 봉건적 윤리의식의 끈질긴 내구력에도 불구하고, 자신들의 신념을 용이하게 펼쳐나갈 수 있었다. 그것은 연애감정을 포함해 정조의

수원에 조성된 나혜석 거리

문제라는 것이 적어도 봉건적 윤리라는 카테고리 안에서조차 남성들에게는 별다른 영향력을 발휘할 수 없는 것이었기에 그렇다.

　오히려 구조선의 봉건적인 윤리 속에서 남성들의 혼외정사나 축첩은 제도적으로 용인된 매우 정상적인 습속의 일부였고, 그런 까닭에 자유연애라든가 구래의 정조관으로부터의 탈피 문제를 존재론적으로 깊은 차원에서 고뇌한 것은 오히려 여성들이었기 때문이다. 물론 당대의 신여성들은 남성들이 주장했던 근대적 개인윤리의 문제에 대해 절대적인 찬동의 태도를 보였다. 나혜석도 이 점에서는 매우 치열한 면모를 보였던 것으로 판단할 수 있는데, 나혜석이 도쿄에서의 유학 시절 최승구와 열렬한 사랑에 빠지게 된 것 역시 이러한 관점에서 볼 수 있다. 나혜석을 포함한 당대

나혜석 동상과 시비

의 신여성들은 대체로 오늘날 우리들이 불륜으로 규정하고 있는 유부남과의 연애를 지속하곤 했다.

그런데 그것은 이들이 특별히 윤리적인 반항을 위해 펼친 행동이라기보다는, 당대의 신여성들이 처해 있던 불가피한 조건 때문에 그러했다. 신교육을 통해 근대적 가치를 내면화하고, 더구나 근대의 파출소라 할 수 있는 일본에 유학했던 그들의 입장에서는, 근대적 개인윤리를 이해하고 존중할 수 있는 파트너로서는 역시 근대적 신교육을 받았던 남성 지식인밖에는 없었을 것이다. 문제는 이들 남성지식인들 역시 구래의 봉건적 조혼제도의 영향 아래서 이미 공식적인 혼인관계에 있었다는 점이고, 이런 사실 때문에 이들의 '자유연애'는 당대의 평균적인 인식틀에서 보자면,

흔히는 도덕적 타락의 타매 대상으로 전락하곤 했던 것이다.

그런데 이것이 다만 봉건적 질서 아래 있는 대중적 차원에서의 문제인가 하면 그렇지 않다. 가령 당대의 계몽지식인 계층이라 할 수 있을 김동인의 『김연실전』을 보면, 당대사회의 계몽지식인들조차 '신여성'에 대한 기묘한 경멸감의 수준은 평범한 대중들과 대동소이했음을 알 수 있다. 즉, 이 소설 속에 등장하고 있는 신여성들은 정조관념 자체가 아예 박약한 몰윤리적인 존재로 그려지고 있을 뿐만 아니라, 지성적인 차원에서도 유행에 편승할 줄이나 알았지 도대체가 주체적인 사고 자체를 이해하지 못하는 무뇌아적 존재로 그려지고 있는 것이다. 거기서 더 나아가 자유연애라는 미명하에 이들이 자행하고 있는 섹스라고 하는 것 역시 도대체가 쾌락과는 무관한 불감증으로 점철되고 있다는 식으로 서술되는데, 이는 신여성에 대한 경멸적 편견이 대중들뿐만 아니라 지식인 계층에도 만연한 이른바 풍속적 일반문법이었음을 우리에게 상기시키고 있다.

'위안물'로서의 여성인식 비판

나혜석은 이러한 시대적 편견과 정면으로 부딪치는 면모를 보여준 작가라고 할 수 있다. 그의 첫 소설이라 할 수 있는 「경희」(『여자계』, 1918. 3)는 나혜석이 이러한 풍속적 일반문법과 충돌하는 초기양상이 잘 드러난 작품이다. 이 작품은 도쿄에 유학중이던 경희가 혼인문제로 귀국하여, 그의 부친과 갈등하면서 여성으로서의 선구자적 자기각성에 이르게 되는 과정을 그리고 있다. 이 소설에서 그의 부친은 여성의 행복이란 좋은 가문과 혼인하여 '삼종지도'의 예법을 따르는 것이라고 강변한다. 소설 속의 경희는 이러한 부친의 주장을 정면으로 부정하면서 자신이 "조선사회의 여자보다 우주 안 전 인류의 사람", 즉 평등한 근대적 개인이 되겠다는 선언을 피력한다. 이러한 경희의 결단과 신념 피력은 그대로 이후의 나혜석의 삶의 궤적과 일치하는 것은 물론인데, 그것이 나혜석의 개인사에서 다양한 파문을 불러일으키게 된다.

나혜석은 개인적 차원에서 인생의 커다란 전환기라 할 수 있는 결혼문제에 있어서도 심각한 고민을 전개시켰던 것 같다. 도쿄 유학 시절 그는 청년문사 최승구와 뜨거운 연애를 지속했다. 그런데 최승구가 26세라는 젊은 나이로 요절했다. 이때의 충격을 나혜석은 다음과 같이 추억하고 있다.

> 벌써 옛날 내가 19세 되었을 때 일이외다. 약혼하였던 애인이 폐병으로 사거(死去)하였습니다. 그때 내 가슴의 상처는 심하여 일시 발광되었고 연(然)하여 신경쇠약이 만성에 달하였었습니다(「이혼고백장」, 『삼천리』, 1934: 8~9).

나혜석이 이러한 충격에 빠져 있는 동안 그의 오빠인 나경석이 이후 나혜석의 남편이 되게 되는 경도제국대학 학생 김우영을 소개시켜 준다. 그때 김우영은 전 부인을 잃은 지 3년의 세월이 흐른 후였다. 최승구의 죽음에 따른 충격으로 고통스러워했던 나혜석은 김우영과의 만남에서 일말의 위로를 느꼈던 것 같다. 그의 「이혼고백장」을 읽어보면 도쿄 유학 시절의 수년간, 김우영과의 만남이 불러일으켰던 나혜석의 미세한 내면 변화가 잘 드러나 있다. 김우영은 나혜석을 만난 직후부터 지속적으로 결혼을 요구한다. 그러나 최승구에 대한 추억을 버릴 수 없었던 나혜석은 6년이 흐른 다음에야 김우영의 청혼을 받아들이지만, 이 역시 조건부 승

나혜석 상

낙이었다. 그 조건은 다음과 같았다. 첫째, 일생을 두고 지금과 같이 자신을 사랑해 줄 것. 둘째, 그림 그리는 것을 방해하지 말 것. 셋째, 시어머니와 전실 딸과는 별거케 해줄 것. 김우영은 이 조건을 수락했고, 1920년 그 둘은 결혼하게 된다. 나혜석의 결혼은 당대에도 많은 화제가 되었던 듯싶다. 그것은 그들이 신혼여행 중에 나혜석의 연인이었던 최승구의 묘지를 참배하고, 김우영이 그를 추모하는 비석까지 세워주었던 에피소드 때문이었다. 나혜석의 결혼을 둘러싼 이 에피소드는 염상섭의 소설 「해바라기」에서 풍자적으로 서술된 바 있다.

그러나 나혜석의 결혼생활이 평탄했다고는 볼 수 없다. 그럴 수밖에 없었던 것은 나혜석 자신이 김우영의 부인이기보다는, 개인 나혜석으로서의 자신의 예술적 재능을 펼치고 싶었기 때문이다. 물론 그것은 결혼의 조건이기도 했다. 그러나 결혼생활과 예술가로서의 나혜석의 집념이 조화롭게 동거하는 것은 어려운 일이었다. 최초로 문제가 된 것은 임신과 출산의 체험이 초래한 몸의 변화와 이를 통해 깨달은 모성애에 대한 나혜석의 인식이었다. 나혜석은 그의 첫 출산을 한 바로 그해에 「인형의 가(家)」(≪매일신보≫, 1921. 4. 3)라는 입센의 희곡 『인형의 집』에 노래를 붙인 가사를 발표하는데, 그 가사가 당시 나혜석의 내면풍경을 잘 보여주는 것으로 판단된다. 그 가사의 2절까지만 인용하면 다음과 같다.

1 내가 인형을 가지고 놀 때 / 기뻐하듯 / 아버지의 딸인 인형으로 / 남편의 아내 인형으로 / 그들을 기쁘게 하는 / 위안물 되도다 // (후렴) 노라를 놓아라 / 최후로 순수하게 / 엄밀하게 막아논 / 장벽에서 / 견고히 닫혔던 / 문을 열고 / 노라를 놓아주게 // 2 남편과 자식들에게 대한 의무 같이 / 내게는 신성한 의무 있네 / 나를 사람으로 만드는 / 사명의 길로 밟아서 / 사람이 되고저

위의 인용문에서 나혜석은 "노라를 놓아라"라고 말한다. 그때 노라는 나혜석 자신이 투사된 자아라고 볼 수 있고, 범위를 넓히면 봉건적 가족윤리에 여전히 포섭되어 있는 당대 여성 전체라고 할 수 있다. 그런데 그 여성들의 실존이란 결국 아버지와 남편의 '위안물'에 불과하다는 것이 나혜석의 판단이다. 그런 위안물로서의 여성에서 벗어나 나혜석은 "사람으로 만드는 / 사명의 길"을 가겠다고 말한다. 사람이 된다는 것은 종속적인 여성으로서의 삶을 뛰어넘어 자율적이면서 근대적 개인이 되겠다는 것을 의미한다.

그러나 근대적 개인은 그냥 주어지는 것이 아니다. 인류사가 증명하듯 근대적 개인은 정치적 투쟁을 통해서만 성취되는 것이다. 나혜석과 같은 근대이행기의 여성들은, 그 정치적 투쟁을 가부장적 봉건윤리와의 날카로운 대립을 통해서 진행시켜 왔다. 문제는 나혜석 당대의 조선사회가 나혜석의 이러한 선진적인 주장을 관대하게 받아들일 수 없었다는 객관적인 조건에 있었다. 선각자란 괴로운 것이다. 그의 괴로움은 자신의 의식적 신념의 선취(先取)와 무관하게, 그가 살고 있는 시대는 언제나 구체제의

습속과 윤리의 강고함만을 보여준다는 점에 있다. "노라를 놓아라"고 나혜석은 격렬하게 외쳤지만, 그 외침의 결과로 돌아온 것은 오히려 나혜석에 대한 대중적 편견의 강화였다. 나혜석에 대한 대중적 편견이 최초로 불거지게 되는 계기는 자연적 성정으로 간주되던 여성의 모성을 부정하는 나혜석의 논설이 피력된 1923년이었다.

> 세인들은 항용, 모친의 애라는 것은 처음부터 모된 자 마음속에 구비하여 있는 것같이 말하나 나는 도무지 그렇게 생각이 들지 않는다. 혹 있다 하면 제2차부터 모될 때에 있을 수 있다. 즉 경험과 시간을 경(經)하여야만 있는 듯싶다. (……) 그러므로 '솟는 정'이라는 것은 순결성 즉 자연성이 아니요, 가연성(假燃性)이라 할 수 있다. 이는 종종 있는 유모에 맡겨 포육케 한 자식에게는 별로 어머니의 사랑이 그다지 솟지 않는 것을 보면 알 수 있다. 환언하면 천성으로 구비한 사랑이 아니라 포육할 시간 중에서 발하는 가연성이 아닐까 싶다. 즉 그런 솟아오르는 본능성이 없다는 부인설이 아니라 자식에 대한 정이라고 별다른 것이 아니라고 말하고 싶다「모(母)된 감상기」, 『동명』, 1923: 11~21).

위의 인용문에서 나혜석은 모성성을 본능의 영역으로 간주하는 기왕의 시각을 비판하면서, 그것의 사회성을 강조하고 있다. 요컨대 모성이란 그것을 가능케 하는 사회적 조건에 의해 형성되는 것이지, 여성의 자연화된 본능이 아니라는 주장인 셈이다. 이러한 주장은 모성을 자연적이고 불변적인 여성의 본능으로 간주했던 당대의 통념과 날카롭게 충돌한다. 나혜석의 이 글이 발표된 직후 백결생이 「관념의 남루(襤褸)를 벗은 비애」라는 반론을 통해, 모성에 대한 나혜석 주장의 급진성을 비판한 것은 당대인의 평균적인 통념에서 보자면 자연스러운 반응이었다.

구미 만유를 통한 근대성의 내면화

나혜석의 여성으로서의 자의식이 더욱 예리하게 표출된 것은 김우영과의 3년여에 걸친 구미 여행에서 비롯된 듯싶다. 구미 제국을 여행하면서 나혜석은 근대정신의 본류를 경험하였고, 이를 통해 조선에서의 여성적 삶의 문제를 객관화한 계기가 되었던 것으로 보인다. 이 부분에서 우리가 잠시 생각할 필요가 있는 것은 '외부성의 자각'이라는 문제이다. 나혜석이 유학생활을 통해 일본적 근대의 일면을 발견한 것이 사실이고, 이를 통해 조선에서의 여성적인 삶 전체를 일시적으로 외부화 또는 타자화했던 것은 물론이다. 자신이 내부성의 일부를 형성하고 있을 때, 그는 스스로를 객관화할 수 없다. 나혜석은 도쿄라는 외부성을 접하면서 조선사회의 내부성의 문제를 객관화할 수 있었다. 그러나 유학생활을 끝내고 조선으로 돌아왔을 때, 나혜석에게 조선은 견고한 내부적 질서를 강요했다. 그 자신이 아무리 모성의 사회성을 강조하고, 노라적인 '위안물'로서의 삶을 비판한다고 할지라도, 이 견고한 내부성의 체계로부터 자유로울 수는 없었을 것이다.

이런 관점에서 더 큰 외부성이라 할 수 있는 3년여에 걸친 구미 만유(漫遊)는 나혜석에게 조선사회의 내부성을 근본적으로 비판하고, 자신을 철저하게 그것의 주변인 내지는 소수자로 정립하게 만드는 계기를 이루었을 것이다. 구미를 만유하면서 나혜석은 실로 근대정신의 핵심을 체질적으로 내면화했다. 영미 부인들의 참정권 운동을 직접 목격했고, 유럽의 개인주의 문화를 몸소 체험했다. 이와 함께 계약적인 것을 본성으로 하고 있는 결혼제도의 외부에서, 표면적으로는 불륜이기는 하지만 개인의 혼외연애에 상대적으로 관대한 구미의 자유로운 문화적 태도를 통해, 조선

개척자 ≪개벽≫ 1921년 7월호

사회의 불평등한 혼인제도의 문제성에 대한 비판적 의식을 내면화하게 되었을 것이다. 그런데 나혜석은 여기에서 더 나아가 그 자신이 혼외연애의 주인공이 되었다. 최린과의 연애가 그것인데, 이 연애는 귀국 후 김우영과의 이혼 문제에 있어 결정적인 빌미를 제공하게 된다.

당대의 조선 여성에게 있어서 이혼이라는 것은 사회적 영역에서의 사망선고와도 같은 것이었다. 오늘날의 현실이라고 해서 상황이 변한 것은 아니다. 표면적으로야 이혼율의 급작스런 증대를 대수롭지 않은 것처럼 바라보지만, 이를 대하는 양성에 대한 사회적인 시각은 매우 차별적이다. 나혜석 당대는 더욱 심각한 상황이었을 것으로 유추할 수 있다. 실제로 나혜석에게 최린과의 간통 사실을 들어 이혼을 촉구하고 있던 김우영 역시 혼외 관계를 유지하고 있었지만, 남성지배 사회의 특성상 그것은 큰 흠이 될 수 없었다. 나혜석은 이러한 현실을 긍정할 수 없었는데, 자신이 지나온 삶의 궤적과 김우영과의 결혼생활을 장문으로 르포르타주화한 글인 「이혼고백장」을 발표하게 된다.

조선 남성 심사는 이상하외다. 자기는 정조 관념이 없으면서 처에게나 일반
여성에게 정조를 요구하고 또 남의 정조를 빼앗으려고 합니다. 서양에나 동경
사람쯤 하더라도 내가 정조 관념이 없으면 남의 정조 관념이 없는 것을 이해하
고 존경합니다. 남의 정조를 유인하는 이상 그 정조를 고수하도록 애호해 주는
것도 보통 인정이 아닌가. 종종 방종한 여성이 잇다면 자기가 직접 쾌락을 맛보
면서 간접으로 말살시키고 저작(詛嚼)시키는 일이 불소하외다. 이 어이한 미개
명의 부도덕이냐. (「이혼고백장」, 『삼천리』, 1934: 8~9)

위에서의 나혜석의 주장은 당대의 차별적인 양성윤리에 대한 핵심적인
비판에 해당한다. 문제는 앞에서도 말했듯 이 차별이 구조적인 것, 요컨대
당대의 지배적인 모럴감각을 형성하고 있는 것이어서, 오히려 상황은 나
혜석에 대한 대중적인 규탄의 양상으로 전개되었다는 사실이다. 특히 이
러한 대중적 반응은 나혜석의 이후의 삶을 '상처뿐인 영광'으로 표현할
수 있을 지속적인 내리막길로 걷게 한 계기로 작용하였다. 화가 나혜석이
나 문인 나혜석의 존재가 아닌, 대중적 센세이셔널리즘의 희생자로서의
나혜석으로 그 이미지가 고정되었던 것이다. 더구나 독신여성으로서의
나혜석에게 닥쳐온 생활의 곤란은 매우 극심한 것이었다. 생활비를 벌기
위해 그림을 그리고 전시회를 개최했지만 그 결과는 전혀 만족할 만한
것이 아니었고, 이혼녀에 대한 대중적 편견으로 인해 사회적 활동이 어려
워졌다. 이러한 곤란은 나혜석을 심리적으로 위축시켰고, 물질적으로는
극심한 곤경에 처하게 하였다. 그가 말년의 거의 대부분의 시간을 같은
도쿄 유학생 출신이었지만, 승적에 몸을 의탁한 김일엽이 거하고 있었던
수덕사 인근의 수덕여관에 거했던 것은 그런 상황의 불가피성 때문이었
을 것이다.

목판화 <김일엽 선생의 가정생활>

나혜석이 자신의 인생에서 행복감을 느꼈던 것은 철저하게 조선의 19세기적 질서에서 자유로울 수 있었던 도쿄 유학 시절이나 구미 만유 시절이었던 듯하다. 그 시절은 나혜석이 조선적 질서의 하중으로부터 일시적으로 자유로웠던 때였고, 여성은 물론 예술가로서의 자신의 신념을 실천적으로 발현하기 적당한 조건에 놓여있었던 때이기도 했다. 그러나 한 인간의 가장 큰 행복감의 원천은 아마도 유년에 있지 않을까. 정신의 유년시절을 공간화하면 그것을 일컬어 우리는 고향이라고 말한다. 나혜석은 그의 글쓰기를 통하여 고향에 대한 의식을 노출하고 있지 않다. 아마도 그것은 당대의 조선사회가 나혜석으로 하여금 추억에 몰입하게 만드는 것을 어렵게 만들었기 때문이었을 것이다. 그런데 한 예외가 있으니 그의 고향인 수원성의 '화홍문(華虹門) 누상'에서 쓰여진 것으로 보이는 「냇물」이라는 시가 그것이다.

쫄쫄 흐르는 저 냇물
흐린 날은 푸르죽죽
맑은 날은 반짝반짝

캄캄란 밤 흑색같이

달밤엔 백색같이

비오면 방울방울

눈 오면 녹여주고

바람 불면 무늬 지어

아침부터 저녁까지

밤부터 새벽까지

춥든지 더웁든지

싫든지 좋든지

언제든지 쉬임없이

외롭게 흐르는 냇물

냇물! 냇물!

저렇게 흘러서

호(湖)되고 강되고 해(海) 되면

흐리던 물 맑아지고

맑던 물 퍼래지고

퍼렇던 물 짜지고

(華虹門 樓上에서)

－「냇물」, ≪폐허≫ 2호, 1921. 4.

위의 시는 김우영과의 결혼 직후 ≪폐허≫에 발표한 작품으로, 이 시와 함께 「사(砂)」란 작품이 함께 게재되어 있다. 화홍문(華虹門)이란 수원성을 남북으로 관통하는 개천이 흐르는 남북의 양 수문(水門) 가운데 북문을 일 컫는 이름이다. 이 북쪽 수문 주변의 풍광은 아름다울 뿐만 아니라 연못과 누각이 어우러져 있어 매우 조화로운 인상을 준다. 그 문을 관통하여 흐르 는 내가 대천(大川)이다. 나혜석은 결혼을 앞둔 어느 날 이 화홍문을 관통하여 잔잔하게 흘러가는 냇물을 바라보다가 감회에 빠졌던 것 같다. 흘러가는 냇물의 모습에서 나혜석이 발견한 것은 자신의 인생이었을 것이다. 20대 초반의 나혜석은 자신의 삶이 냇물과도 같은 것이라고 생각했던 것 같다. 인생이 시간의 흐름을 의미한다면, 그것을 물의 흐름에 견주어서 시화하는 것은 아주 자연스럽고 기본적인 발상이다. 냇물은 흘러 어디로 갈까. 아마도 호수가 되거나 강이 될 것이며, 급기야 바다로 스며들 것이다. 그때 바다란 원숙한 삶의 경지일 수 있겠다.

자신의 현재를 냇물로서 인식한다는 것은, 그의 미래를 가능성의 영역으로 점치고 있다는 것을 의미한다. 그런데 이 시를 보면 냇물의 상태가 매우 미묘하게 변화하고 있음을 알 수 있다. "흐린 날은 푸르죽죽"한데, "맑은 날은 반짝반짝"한다. "캄캄한 밤"엔 "흑색같이" 보이는데, "달밤엔" "백색같이" 보인다. 비오는 날이면 방울지고, 눈오는 날이면 녹여준다는 것은, 그처럼 젊은 날의 나혜석의 내면풍경이 섬세하게 요동치고 있음을 우리에게 암시한다. 그러나 인생이란 흘러가는 것이고, 이는 그 변화무쌍한 마음의 요동에도 불구하고 더 넓은 세계를 향하여 지속적으로 나아가고 성숙해 가는 것이다. 시의 진술처럼 "아침부터 저녁까지 / 밤부터 새벽까지 / 춥든지 더웁든지 / 싫든지 좋든지" 그렇게 "언제든지 쉬임없이 / 외롭게 흐르는" 것이 인생이라는 것이고, 그 외부환경 변화의 진폭에도 불과하고 외로운 모험을 계속하는 것이 삶이 아닌가. 나혜석은 그 냇물의 지침 없는 흐름에서 그가 당면해야 될 미정형의 미래를 유추해 보았을 것이다.

그 미래의 완성형을 나혜석은 부동심에서 찾고 있는 듯하다. 이 시의 종결부분에서 나혜석이 "흐리던 물 맑아지고 / 맑던 물 파래지고 / 파랗던 물 짜지고"라고 진술하고 있는 것은 그런 까닭이다. 그렇게 "맑아지고",

"파래지고", "짜지는" 물의 변화란 인생에 비유하자면, 질적 변화의 과정이자 계기적 성숙의 의미를 띤다고 할 수 있다. 이 젊은 날의 나혜석의 희망은 과연 성취되었는가.

나혜석의 문학사적 의의

기이하게도, 같은 지면에 발표된 「사(砂)」라는 작품은 나혜석의 미래를 예시하는 것처럼 느껴져 흥미롭다.

> 야원(野原) 가운데 깔려 있어 값 없는
> 모래가 되고 보면 줍는 사람도 없이
> 바람 불면 먼지 되고
> 비 오면 진흙 되고
> 인마(人馬)에게 밟히면서도
> 싫다고도 못하고 이 세상에 있어
> 이따금 저 천변에
> 포공영(浦公英: 민들레), 야국화(野菊花), 메꽃, 꽃다지꽃
> 피었다가 스러지면 흔적도 없이
> 뉘라서 찾아주랴
> 뉘라서 밟아주랴
> 모래가 되면 값도 없이

「냇물」에서는 부단히 흐르는 물이 바다가 되어 부동심의 성숙에 이를 것이라고 희망을 피력했던 나혜석이 이 시에 오면, 그 시간이 흐른 후에

"뉘라서 찾아주랴 / 뉘라서 밟아주랴"하는 미래의 우울을 현재로 앞당기고 있다. 특히 "인마(人馬)에게 밟히면서도 / 싫다고도 못하고 이 세상에 있어" 라는 부분은, 이혼 후 나혜석의 몰락하고 불행해진 개인사적 체험을 예견하고 있는 듯해 섬뜩한 느낌조차 든다. 실제로 나혜석은 1948년 12월 원효로의 시립 자제원에서 쓸쓸하게 죽음을 맞았고, 그의 죽음은 매우 외로운 것이었다. 살아생전의 그의 삶은 어쩌면 구시대적 편견이라는 "인마(人馬)"에게 짓밟히는 것과 유사한 느낌을 주었다. 그것은 나혜석 개인의 선구적인 불행인 동시에, 당대를 살아갔던 여성 모두의 불행이었다. 안타깝게도 현재라고 해서 그 불행의 근원이 완전히 제거된 것은 아니다.

나혜석은 중세에서 근대로 이행하는 조선적 맥락 안에서의 여성주의자로서의 선진성을 그의 삶 전체를 통해 실천해 나간 여성이었다. 그 실천은 계몽이라는 외부의 인식틀을 통해 조선적 현실의 개조를 꿈꾸었던 남성 지식인들의 곤란과 함께, 조선의 여성이 처해 있던 더욱 구조적인 모순으로서의 봉건적 가부장주의와의 날카로운 충돌을 불가피하게 했다. 문명이나 제도적인 장치, 그러니까 월러스틴의 용어를 원용하면 '기술의 근대성'이라는 측면에서 보면 나혜석이 원숙한 성인으로서 삶을 살아갔던 당대는 얼마간의 근대적 체제를 갖추었던 것으로 볼 수 있다. 그러나 관념의 내용물, 이를테면 정치적 의식이나 세계관, 이데올로기의 차원에서 보자면 나혜석 당대는 물론이고, 오늘의 현실 속에서도 우리는 '근대'를 살고 있기보다는 여전히 근대정신에 불철저한 '근대로의 이행기'를 살고 있다고 판단된다. 정치적 개인의식의 확립이 완수되지도 않았고, 성적 자기결정권과 평등권의 이념이 체질화되지도 않았을 뿐만 아니라, 불구적인 이데올로기적 폐쇄성 역시 온존하고 있는 것이 오늘의 한국 현실인 것이다.

이렇게 본다면, 나혜석의 문학사적 의의는 근대이행기의 여성 자의식의 그 복잡한 상처를, 현실에서의 자기희생을 통한 과격한 실천으로 온몸으로 밀고 나감으로써 극복하고자 했던, 정신적 밀도의 치열함에서 찾아야 할 듯하다. 그 치열성의 덕분인지 아니면 때문인지, 나혜석은 오늘날 여성해방의 선구적인 지식인으로 기억되고 있는 것이며, 여전히 짜디짜게 문학사의 대하를 향해 흐르고 있는 것이다.

홍사용의 작품세계

돌모루에 핀 꽃 한 송이

나는 왕(王)이로소이다 나는 왕(王)이로소이다 어머니의 가장 어여쁜 아들 나는 왕(王)이로소
이다 가장 가난한 농군의 아들로서……

그러나 시왕전(十王殿)에서도 쫓기어 난 눈물의 왕이로소이다. (……)

이것은 노상 왕(王)에게 들리어 주신 어머니의 말씀인데요

왕(王)이 처음으로 이 세상(世上)에 올 때에는 어머니의 흘리신 피를 몸에다 휘감고 왔더랍니다

그날에 동네의 늙은이와 젊은이들은 모두 "무엇이냐"고 쓸데없는 물음질로 한창 바쁘게 오
고갈 때에도

어머니께서는 기꺼움보다도 아무 대답도 없이 속 아픈 눈물만 흘리셨답니다

빨가숭이 어린 왕(王) 나도 어머니의 눈물을 따라서 발버둥질치며 "으아ー"소리쳐 울더랍니
다. (……)

누-런 떡갈나무 우거진 산(山)길로 허물어진 봉화(烽火)뚝 앞으로 쫓긴 이의 노래를 부르며
어실렁거릴 때에 바위 밑에 돌부처는 모른 체하며 감중연하고 앉았더이다.

아-뒷동산 장군(將軍)바위에서 날마다 자고 가는 뜬구름은 얼마니 많이 왕(王)의 눈물을 싣고
갔는지요

나는 왕(王)이로소이다 어머니의 외아들 나는 이렇게 왕(王)이로소이다

그러나 그러나 눈물의 왕(王)! 이 세상 어느 곳에든지 설움 있는 땅은 모두 왕(王)의 나라로
소이다

ー「나는 왕이로소이다」≪백조≫(1923. 9)

  호 노작(露雀). 수원(水原: 현재의 화성시)에서 출생하였다. 휘문의숙(徽文義塾)을 졸업하고 1922년 나도향(羅稻香)·현진건(玄鎭健) 등과 동인지 ≪백조(白潮)≫를 창간, 「백조는 흐르는데 별 하나 나 하나」, 「나는 왕이로소이다」 등 향토적이며 감상적인 서정시를 발표했다.

  신극운동(新劇運動)에도 참여하여 연극단체 토월회(土月會)를 이끌었고 희곡도 썼다. 시·수필·희곡 등 발표 작품은 많지만 책으로 되어 나온 것은 없고 ≪백조≫의 간행과 극단운영에 가산을 탕진한 후에는 가난 속에서 살다가 폐병으로 세상을 떠났다. 작품으로는 그 밖에 「꿈이면은」, 「봄은 가더이다」 등의 시작품이 알려져 있다. 시인의 고향인 경기도 화성시와 후손의 후원으로 2002년 노작문학상이 제정되었다.

돌모루에 핀 꽃 한 송이

임영봉(문학평론가, 중앙대 교양학부 교수)

생애

　식민지 시대의 중요한 시인이자 희곡 작가 중의 한 명인 노작 홍사용(洪思容)은 1900년 음력 5월 17일 경기도 용인군 기흥면 농서리 용수골에서 아버지 남양(南陽) 홍씨(洪氏) 철유와 어머니 능성(稜城) 구씨(具氏) 사이에서 외아들로 태어났다. 홍사용의 아호로는 노작(露雀), 소아(笑啞), 백우(白牛), 춘호(春湖), 원룡(元龍) 등이 있으며 돌부처, 고고(枯高) 문사, 대리석, 고양이, 열두 박사 등의 별명으로 불리기도 했다.[1]

　노작의 본적지는 경기도 화성군 동탄면 석우리 429번지이다. 노작은 생후 백여 일쯤 지날 즈음에 용수골에서 서울로 옮겨 머물다가 석우리로 내려와 이후 그가 서울로 유학을 떠나기 전인 16세 무렵까지 이곳에서 어린 시절을 보내게 된다.

홍사용이 석우리로 돌아온 것은 그의 나이 여덟 살 되던 해인 1907년의 일이었다. 태어난 지 백여 일 만에 대한제국 무관학교 1기생으로 합격한 부친을 따라 서울 재동으로 옮겨간 홍사용은, 정미7조약 체결 이후 경찰 치안권이 일본 헌병대로 넘어가고 군대마저 해산되자 아버지를 따라 석우리로 내려오게 되었던 것이다.

노작의 고향인 석우리는 흔히 돌모루로 불렸는데 남양 홍씨들이 모여 사는 씨족마을이었다. 돌모루는 그가 태어난 용수골과는 언덕 하나를 사이에 두고 있다. 이듬해 1908년 노작은 일찍 작고한 백부 홍승유의 양자로 들어간다. 노작의 부친 홍철유는 무관답게 기개가 당당하였으며 벼슬을 내놓은 뒤에 다시 상투를 틀고 평소에 마시지 않던 술을 마시며 나라를 걱정하다가 해방을 두 해 앞두고 모친과 함께 세상을 뜨게 된다.

노작의 생부 홍철유와 양모 한산 이씨가 용인 및 화성 일대에 많은 농토를 가지고 있던 대지주였기에 유년기의 홍사용은 유복한 환경 속에서 자라났다. 돌모루로 돌아온 홍사용은 휘문의숙에 입학할 때까지 향리에서 사숙을 하게 되는데 사랑에 독선생을 두고『맹자』,『통감』등 한학을 공부했다고 한다.

그의 나이 열세 살 되던 해인 1912년 홍사용은 두 살 연상의 원주 원씨(元氏) 효순(孝順)과 결혼한다. 노작이 돌모루를 떠나 상경하게 되는 것은 그의 나이 열일곱 살 되던 해인 1916년의 일이었다. 휘문의숙 2학년에 편입한 홍사용은 의주로에 하숙을 정하고 서울에서의 학창생활을 시작하게 된다. 1918년 휘문의숙은 휘문고등보통학교로 개칭되었고 이 무렵 홍사용은 학우 정백, 월탄 박종화와 ≪피는 꽃≫이란 등사판 회람잡지를 펴냄으로써 문학에 대한 관심과 자질을 드러내기 시작한다. 박종화의 회고에 의하면, 이 회람 잡지의 발간은 순문예동인지 ≪백조(白潮)≫ 탄생의 맹아에 해당하는 것이었다.

이듬해인 1919년 휘문학교 졸업반이었던 홍사용은 3·1운동이 일어나자 학생운동 대열에 참여하여 일경에 의해 피체되지만 곧 풀려나와 그해 6월 잠시 낙향한다. 이때 학우 정백과 함께 낙향한 홍사용은 돌모루에 은거하면서 합동 수필 「청산백운」과 시 「푸른 언덕 가으로」를 씀으로써 문학에 입문한다.

고향에 잠시 머문 홍사용은 이듬해인 1920년 다시 서울로 올라와 월탄, 정백 등과 함께 '서광사'에 관여하면서 동사에서 잡지 ≪문우(文友)≫를 발간하게 된다. 노작은 이 잡지에 「크다란 집의 찬 밤」을 발표한다. 그리고 노작은 재종형 홍사중을 설득하여 '문화사'를 설립, 문예지 ≪백조(白潮)≫와 사상지 ≪흑조(黑潮)≫ 창간 준비를 해나간다. 이런 노작의 노력으로 1922년 1월 ≪백조≫ 창간호가, 5월에는 2호가 각각 발행되었다. 이 시절, 노작은 ≪백조≫ 동인을 이끌면서 나도향, 박종화, 현진건, 이상화, 박영희 등과 교우관계를 맺어나갔다. 노작의 창작활동 또한 이때를 전후하여 본격화하기 시작한다. 시 창작에서 출발한 홍사용의 문학세계는 1923년 5월의 극단 토월회(土月會) 가입과 함께 연극분야로 확장된다. 이로부터 노작은 시인이자 연출가이며 희곡작가로서 다방면에 걸친 문학활동을 활발하게 전개해 나간다.

이후 1925년 들어 노작은 ≪개벽≫지에 소설 「봉화(烽火)가 켜질 때」를 발표하여 소설가로서의 면모를 보여주기도 하는데 토월회 중심의 신극운동에 참여하면서 박승희, 김복진 등의 연극인들과 교유하는 한편, 극단 산유화회를 조직하여 이소연, 김기진, 박진 등과도 가깝게 지내는 사이가 된다. 이 시기 노작은 ≪백조≫와 토월회를 중심으로 매우 정력적인 문학활동을 펼쳐나갔다. 이때의 홍사용을 박종화는 다음과 같이 회고하고 있다.

	노작의 성격은 꼬장꼬장하도록 강직했다. 고고한 선비의 모습이었다. 그러
나 노작은 사람을 끄는 힘이 많았다. 같은 학우 중에도 서상천, 윤희순, 안석주,
이승만, 조금 뒤늦어 이선근, 정지용, 박팔양 등의 후배들도 모두 다 그를 사모
했던 것이다.[2]

강직한 성격에 사람을 끄는 카리스마를 가지고 있었던 홍사용은 ≪백
조≫의 발간과 토월회 중심의 신극운동 과정에서 나름의 역할을 담당하
지만 20년대 후반 들어서면서 여러 가지 난관을 맞이하게 된다. 그동안
≪백조≫를 발간하고 극단을 운영하는 데 필요한 비용을 마련하기 위해
노작은 고향의 전답을 팔아야만 했고 그로 인해 가세는 급격히 기울어갔
다. 1928년 들어서는 설상가상으로 노작의 창작 희곡「벙어리 굿」이 검열
과정에서 전문 삭제를 당하는가 하면 건강마저 나빠져 각혈과 방랑생활
을 시작한다. 생활이 어려워진 노작은 연극인 박진의 집에서 잠시 기거하
기도 했다.
	1932년 노작은 황숙엽이라는 두 번째 부인과 만나게 되고, 1935년에는
자하문 밖 세검정 근처에 거처를 마련하고 틈틈이 공부해 온 한방의학으
로 생계를 유지해 나갔다. 그의 나이 40세 되던 1939년에 노작은 총독부
의 압력에 의해 시국홍보용 희곡「김옥균전」을 썼으나 일제 당국의 요구
를 충분히 반영하지 않았다 하여 주거까지 제한받는 처지에 놓이게 된다.
이때부터 노작은 창작활동을 중단하고 절필상태에 들어간다. 이후 홍사
용은 강경, 전주 등지에서 교사생활을 하면서 사찰을 순례하고 불경 연구
에 관심을 기울여 나갔다고 한다.
	8·15해방과 함께 근국청년단 운동에 참여하려 했으나 뜻을 이루지 못한
노작 홍사용은 1947년 1월 17일 폐질환으로 마포구 공덕동의 장남 집에

서 48세의 나이로 사망했다. 노작의 유해는 그가 유년기를 보낸 고향 마을인 경기도 화성군 동탄면 석우리의 남양 홍씨 가문 선영에 안장되었다. 현재 홍사용의 묘역은 향토유적 제14호로 지정, 보호되고 있다.

시로 대표되는 노작의 문학세계

노작 홍사용의 문학세계는 시에서 출발하여 소설과 희곡에 이르기까지 다양한 장르에 걸쳐 있는데 그 중심을 이루고 있는 것은 역시 시 장르에 해당한다. 시 창작은 홍사용 문학의 원점을 이루고 있는 것으로 볼 수 있으며 시인으로서의 노작의 면모는 그 문학세계의 핵심으로 독자들을 인도한다.

노작이 문학에 대한 관심을 보인 것은 휘문고보에 재학하고 있던 학창 시절의 일이었고 출발점은 시 쓰기였다. 노작이 처음 시를 썼던 것은 휘문고보를 막 졸업한 그의 나이 20세 때의 일인데「푸른 언덕 가으로」가 바로 그것이다. 이 시의 중심에 놓인 푸른 언덕 가를 흐르는 맑고 자유로운 물의 이미지는 "괴로운 냄새, 슬픈 소리, 쓰린 눈물"에 의해 환기되는 현실 세계와 대립하고 있다. 여기서 시적 화자의 욕망이 투영되어 있는 '푸른 언덕 가를 흐르는 물'의 흐름이 향하고 있는 것은 "꿈마다 맺히는 우리 시고을의 집"이다. 노작의 처녀 시편「푸른 언덕 가으로」가 드러내고 있는 것은 현실적인 것과 이상적인 것의 대립·갈등의식이다. 그리고 '꿈'은 두 세계의 균열을 드러내는 파열음을 표현하는 것으로 대두되고 있다. 노작의 이 시편은 '현실'과 '이상'의 갈등 의식과 '꿈꾸기'라는 초월적 욕망을 드러내고 있는데 이는 이후 홍사용의 시세계를 견인하는 낭만성과 애상적 감상의 원형이 된다.

「푸른 언덕 가으로」를 쓴 이듬해 1920년부터 토월회를 중심으로 신극운동에 뛰어들게 되는 1923년 5월까지 노작은 활발한 시 창작활동을 전개해 나간다. 「비 오는 밤」의 경우, 시적 화자 '나'는 '님'이 없는 집에서 '잠 속에 어린 꿈'을 꾸고 있는데 그 꿈의 정체는 '헛꿈'으로 그려지고 있다. 노작의 초기 시편의 기저를 이루고 있는 이러한 성격의 감상주의와 낭만성은 「백조(白潮)는 흐르는데 별 하나 나 하나」에 이르러 완결된 의미의 하나의 세계로 대두한다. 해 저물녘의 풍경을 소재로 하고 있는 이 시편은 노작의 감상주의가 환상을 매개로 한 낭만적 추구와 어떻게 결합하는지를 보여주고 있다. 여기서 시적 화자 '나'는 '금빛 노을'이 인도하는 환상의 세계로 나아가고 있다. '달콤한 저녁의 막이 내려오는 소리를 들으며 '가없는 희열의 나라'로 걸어 들어간 이 시의 화자는 그 끝에 이르러 그것이 '달콤한 비애'임을 토로함으로써 노작의 애상주의를 다시 한 번 환기시키고 있다. 노작 시의 낭만주의와 환상적 경향은 언제나 애상적 감정과 깊이 연결된다. 감상성과 환상성, 그리고 애상적 감정의 결합은 범박한 의미에서 낭만주의적 경향으로 지칭되어 온 홍사용 시세계의 정체에 해당한다.

노작 고유의 산문시적 스타일은 이런 주제 의식과 결합하여 형식적인 측면에서 이를 뒷받침하고 있는 요소로 작용하고 있다. 이야기체 혹은 대화체 형식을 빌려 온 노작 시의 산문성은 화려하고 유장한 느낌을 효과적으로 이끌어낸다. 「백조(白潮)는 흐르는데 별 하나 나 하나」를 비롯하여 「꿈이면은?」, 「봄은 가더이다」, 「그것은 모두 꿈이었지만은」 등의 시편이 이를 잘 보여주고 있으며 「나는 왕이로소이다」는 그 정점을 이루고 있다.

나는 왕(王)이로소이다. 나는 왕(王)이로소이다. 어머니의 가장 어여쁜 아들,
나는 왕(王)이로소이다. 가장 가난한 농군의 아들로서……

그러나 시왕전(十王殿)에서도 쫓기어 난 눈물의 왕이로소이다.

"맨 처음으로 내가 너에게 준 것이 무엇이냐?" 이렇게 어머니께서 물으시면
은 "맨 처음으로 어머니께 받은 것은 사랑이었지요마는 그것은 눈물이더이다"
하겠나이다. 다른 것도 많지요마는…….

"맨 처음으로 네가 나에게 한 말이 무엇이냐?" 이렇게 어머니께서 물으시면
은 "맨 처음으로 어머니께 드린 말씀은 '젖 주서요' 하는 그 소리었지요마는,
그것은 '으아'하는 울음이었나이다." 하겠나이다. 다른 말씀도 많지요마는…
…3

노작 시가 보여주는 이러한 시적 추구－낭만적 경향의 애상주의는 일
제의 식민통치 강화와 3·1운동 직후의 민족적 좌절감을 배경으로 한 것이
다. 이와 같은 의식은 그의 시, 시세계 속에서 토착적 서정주의의 형태로
은밀하게 발현되고 있다. 노작 시세계의 저변에 놓인 토착적 정서와 민족
적 미의식의 요소는 대표작을 이루고 있는 산문적인 자유시 형식의 시편
들보다는 「시악시 마음은」에서 출발하여 「흐르는 물을 붙들고서」, 「각시
풀」, 「붉은 시름」, 「고초 당초 맵다한들」에 이르는 민요조 시의 실험에서
뚜렷하게 나타나고 있다.

《백조》 3호에 자신의 대표작 「나는 왕이로소이다」를 발표하는 1923
년 이후 홍사용은 소설과 희곡 창작에 주력하는 모습을 보여주고 있다.
시인 홍사용에 비하여 소설가이자 극작가, 연출가로서의 노작의 면모는
잘 알려져 있지 않은 형편이다.

1923년을 기점으로 하여 노작은 시에서 소설과 희곡 창작에 심혈을 기

울여 나가게 되는데 이와 같은 장르의 교체는 당대의 성격과 긴밀한 대응 관계에 놓여있다. ≪백조≫를 중심으로 한 노작의 감상적 낭만주의 시 창작이 3·1운동 직후의 좌절감과 허무주의적 의식에 연결된 것이라면, 서사 양식의 적장자인 소설의 선택은 1920년대 중반 무렵에 이르러 가능했던 의식의 성장과 현실에 대한 응전력의 회복을 의미하는 것이다.

노작이 남긴 소설은 두 가지 경향으로 나누어진다.[4] 하나는 1920년대에 씌어진 「저승길」(1923, ≪백조≫ 3호), 「봉화(烽火)가 켜질 때」(1925, ≪개벽≫ 61호), 「귀향」(1928, ≪불교≫ 53호)과 같은 작품 계열이고, 다른 하나는 1930년대 후반에 씌어진 「뺑덕이네」(1938, ≪조선일보≫)와 「정총대」(町總代, 1939, ≪매일신보≫)이다. 전자의 경우가 사상 기생·백정출신 여성·노동자 등의 인물을 통해 식민지 조선의 현실을 고발하고 일제에 대한 저항 의식을 표현하고 있는 작품들이라면, 후자의 경우는 심청전의 패러디와 가난한 지식인 주인공을 내세워 1930년대 후반의 억압적 현실을 거부하고자 하는 의식을 우회적으로 드러내고 있는 작품들이다. 노작의 소설은 공통적으로 식민지 상태에 놓인 당대의 사회현실을 소재로 하여 항일 의식을 표출하고 있다는 점에서 특징적이다. 이는 시 장르에서는 나타나지 않는 노작의 민족주의 지향성을 고스란히 드러내고 있다는 점에서 주목을 요한다.

소설 창작과 더불어 노작은 근대적인 극단 토월회에 일찍이 참여하면서 신극운동을 이끌었던 주요 인물 중의 한 명이다. 토월회 창립 당시부터 노작은 극단운영에 필요한 재정적 지원을 아끼지 않았다. 토월회에서 노작은 문예부장으로 활동하면서 희곡 번역과 번안에서부터 연출과 연기 지도에 이르기까지 다양한 역할을 담당했다.

처음에 외국 희곡의 번역과 번안에서 출발했던 노작의 연극에 대한 관심

≪백조≫ 창간호

은 점차 희곡 창작이라는 극작가의 길로 나아갔다. 노작이 쓴 최초의 창작 희곡 「산유화」는 그의 시세계가 그러한 것처럼 짙은 낭만성과 민족적 정서를 담고 있는 작품인데 아쉽게도 현재 전해지지 않고 있다. 1927년 노작은 극단 '산유화회'를 결성하고 자신의 창작극 「향토심」(1927, 3막)을 공연하게 되는데 공연이 실패로 끝나자 다시 '화조회'를 조직하여 극단활동을 펼침으로써 초창기 신극 운동 전개과정에 매우 중요한 공헌을 하게 된다. 물론 당시의 상황에서 극단운영은 매우 어려웠고 그런 이유 등으로 인해 노작은 극단 운영에서 희곡 창작 쪽으로 관심을 돌리게 된다. 「할미꽃」(1928.6), 「벙어리 굿」(1928.7, 전문 삭제), 「흰젖」(1928.9), 「제석」(1929.2) 등의 작품이 바로 그것이다.

노작의 초기 창작 희곡 중의 하나인 「할미꽃」은 그가 지녔던 민족주의적 의식을 우회적으로 표출하고 있는 작품으로써 일요일 오전의 병원 당직실에서 벌어지는 사건을 다루고 있다. 사건은 일요일 아침 교회에 가던 한 노인이 발파작업으로 산이 무너지는 바람에 의식을 잃고 병원에 실려 오는 데서 시작된다. 병원에서 의식을 회복한 노인은 자신이 천국에 왔다고 착각하지만 간호원의 설명에 의해 현실을 깨닫고 절망하자 그의 행복한 환상을 유지시켜 주기 위해 젊은 의사가 나서 연극놀이를 꾸미고 노인은 편안한 죽음을 맞이하게 된다.

여기서 작가는 노인의 죽음을 모진 추위에 시달려 시들어 버린 할미꽃에 비유하고 있는데 추위에 굴하지 않고 피어난 이 할미꽃은 따뜻한 봄은 기어이 오고야 만다는 메시지를 전하고 있다. 그리고 이는 민족의 자주독립을 염원하는 노작의 의식을 그대로 드러내고 있는 경우에 해당한다.

「벙어리 굿」은 당시 잡지 ≪불교≫에 게재 예정이었던 작품인데 일제의 검열에 의해 전문 삭제되어 현재로서는 그 내용을 확인할 길이 없다. 당시의 기록을 참고할 때 '벙어리 굿'은 말 못하는 조선 민족의 울분을 상징하는 것으로서 민족적 감정을 강하게 드러내고 있는 작품으로 추측된다. 이 작품으로 인해 노작이 일경에 의해 구금을 당할 뻔했다는 이야기는 이를 뒷받침해 주고 있다. 불교에 입문하는 과정을 극화한 작품 「흰젖」또한 이차돈의 순교를 소재로 하여 민족정신을 일깨우는 작품으로 평가되고 있다.5

1930년대 후반 이후 더욱 강고해져 가는 식민체제하에서 홍사용은 창씨개명을 거부하고 "조선인은 조선 이름을 써야 한다"고 외쳤던 민족주의자였다. 1920년대 중반 이후 시인에서 소설가, 극작가의 위치로 나아간 노작 홍사용은 일제의 검열에 굴하지 않고 오히려 민족의식을 고취하는 작품을 써나갔다. 그러하기에 노작이 남긴 소설과 희곡 작품들은 시인의 면모에 초점을 둔 홍사용의 문학세계에 대한 재인식과 재평가가 요구된다.

노작 문학과 돌모루의 추억

수원에서 동남쪽으로 삼십 리 정도 거리를 두고 있는 경기도 화성시 동탄면 석우리(돌모루)는 노작 문학의 산실에 해당한다. 노작이 본격적으로 문학을 시작한 것은 3·1운동 직후부터였다. 당시 휘문고보 졸업반이었던 홍사용은 이 사건으로 인해 일경에 체포되어 3개월간 옥살이를 한 후 풀려나 친우 정백과 함께 고향 돌모루에 내려와 잠시 머물게 되는데 이때 노작은 정백과 함께 「청산백운(靑山白雲)」이란 합동 수필을 써서 발표한다.

대머리 달마옹 큰 재봉어른은 찬란한 저녁노을에 눈이 몹시 부시던지 한 어깨를 추석거리며, 고개를 돌이켜 현랑개 앞 벌을 내려다보는 그 그림자 밖으로, 서너 주(株) 세류지(細柳枝)는 연사(烟紗)의 엷은 선을 드리웠다. (……)
황혼의 파도는 석연(夕烟)이 비낀 주봉(朱鳳)뫼 골짜기로 슬슬 밀어 내려온다. (……)
서풍은 솔솔 불어온다. 먹실골서 내려오는 농부가는 바람결에 한 번 무더기로 들리자, 버드나무 숲 우거진 이쪽 저쪽 풀집에서 밥짓는 저녁 연기가 소르르 떠오른다. 이것이 시골의 정경이다. 더구나 저를 좀 보라. 평화롭고, 깨끗하고, 사람답고, 또 태고 맘인 저 연기. 순후한 촌부인, 사랑하는 어머니 같다. 나는 저를 안고 싶다. 안기고 싶다. 젖투정하던 어린 아기 어머니 품에 안겨 한 젖꼭진 입에 물고, 한 젖꼭진 어루만지며 어머닐 쳐다볼 때 사랑하는 어머니 마음이랴.6

1919년 8월에 씌어진 「청산백운」은 비록 합동수필이란 특이한 형태로 씌어졌지만 홍사용에게 있어 최초의 문학적 글쓰기라는 점과 그 내용이 자신의 고향 돌모루의 풍경을 그대로 묘사한 것이라는 점에서 눈길을 끄는데, 특히 노작 문학이 고향 이야기로부터 비롯되고 있다는 사실에 주목할 필요가 있다.

노작의 고향인 경기도 화성 지역은 북쪽으로 안산시와 수원시, 동남쪽으로는 용인시·평택시와 접해 있으며, 3·1만세운동으로 유명한 제암리와 남이 장군묘 같은 역사 유적과 화성 팔경을 비롯하여 서해안의 아름다운 해변과 섬 등 뛰어난 자연경관을 갖추고 있는 지역이다. 홍사용의 고향 석우리가 속해 있던 동탄면은 인근의 대도시 수원과 인접해 있었기에 노작은 학창시절 고향에 다니러 올 때 수원성 둑길을 걷곤 했다고 한다. 수원의 화성은 지난 1997년 12월 유네스코 세계문화유산으로 등록될 만큼 가치 있는 역사적 명소이다. 화성의 동문인 창용문의 성곽은 다섯 개의 봉화대 둑에 이어져 있는데, 학창시절 노작은 이 둑을 걸어 오가면서 문학에 대한 꿈을 키워나갔다.

「청산백운」에 묘사되어 있는 것처럼 홍사용이 어린 시절을 보낸 돌모루는 들판과 산, 시내가 흐르는 전형적인 조선의 농촌마을이었다. 노작의 고향 돌모루의 행정 지명은 석우리인데 이 마을은 골매골로부터 어은동에 이르는 규모가 비교적 큰 마을로서, 돌모루라는 마을 이름은 '들(野)의 모퉁이(隅)'에서 유래한 것이라고 한다.

시골 농촌마을의 목가적 삶이 가진 평화스러움과 생명성을 그리고 있는 수필 「청산백운」에서부터 시작하여 노작의 작품 속에서 자신의 고향 돌모루에 대한 기억은 소재와 배경으로 자주 등장한다. 시 「그것은 모두 꿈이었지만은」의 한 대목은 다음과 같다.

벌불, 산불, 주봉(朱鳳)뫼의 붙는 불이 쾌등형으로 치붙어…… 검은 하늘에는 날으느니 불꽃, 또다시 퉁탕 매화포,

고혹의 누린 내음새, 정열에 타오르는 불길, 피에 어린 눈동자 미쳐서 비틀
거리고, 두근거리는 가슴은 울듯이 "뛰자"
　"내 손을 잡아라 내 손을" 손에 손길, 불에 불길 "치마꼬리가 풀어지네요!"
　"대수……" "옷자락에 불이 붙네요!" "대수……" 아픈 발을 제기여 뜁니다.
"잡아라─ 쥐불 쥐불"
　그것은 모두 꿈이었지마는, 오늘이 쥐날인데 이상한 꿈도 꾸었다고 누님이
탄식하며 탄식하며 이야기하시던……7

　이 대목은 돌모루에서 보낸 노작의 어린 시절 기억이 시적 소재로 작용
하는 경우에 해당한다. 여기서 「청산백운」에 묘사된 바 있는 마을 뒷산
'주봉뫼'는 어린 시절의 쥐불놀이 기억과 결합하여 환상적인 시적 상상력
을 뿜어내고 있다. 노작의 시는 화려한 낭만적 감성을 드러내고 있는 한편
으로 토착적 정서와 자연친화적인 서정성을 보여주는데, 고향에 얽힌 추
억은 그러한 시편들의 주요 소재를 제공하고 있다.

　뒷동산의 왕대사리 한 짐 베어서
　달 든 봉당에 일서 잘하시는 어머님 옛이야기 속에서
　뒷집 노마와 어울려 한 개의 통발을 만들었더니
　자리에 누우면서 밤새도록 한 가지 꿈으로
　돌모루(石遇) 냇가에서 통발을 털어
　손잎 같은 붕어를 너 가지리 나 가지리
　노마 몫 내 몫을 한창 시새워 나누다가
　어머니 졸음에 단잠을 투정해 깨니
　햇살은 화안하고 때는 벌서 늦었어
　재재바른 노마는 벌써 오면서
　통발 친 돌성은 다·무너트리고

통발은 떼어서 장포밭에 던지고
밤새도록 든 고기를 다·털어 갔더라고
비죽비죽 우는 눈물을, 주먹으로 씻으며
나를 본다.[8]

위의 시 「통발」에 등장하는 것은 돌모루의 냇가에서 통발을 만들어 고기를 잡던 노작의 어린 시절 기억이다. 노작의 시 속에서 고향 돌모루는 아름다운 추억의 공간으로 형상화되고 있다. 소년 홍사용은 열일곱 살 때 고향을 떠나 이후 서울에서의 타향살이를 지속해 나가지만, 노작의 내면의식 속에서 돌모루는 항상 그리움의 대상으로 남아 있었던 것으로 보인다. 이와 같은 노작의 내적 의식을 잘 드러내주는 글 중 하나가 수필 「그리움의 한 묶음」이다.

시내 강변 흰 모래밭에서, 뜨거운 뙤약볕에 알장둥이를 다· 데어가면서 두 벌거숭이가 모래를 긁어모아 모래성을 서로 시새워 쌓을 제 세력을 서로 연장하느라고 가끔 국경을 침범하는 일이 있다. (……) 수수때 말을 타고 아주까리 총을 메고 앞개울 뒷개울을 진(陳)터로 잡아 동네의 동자군(童子軍)들이 전쟁놀이를 할 때에도 노상 의례히 선봉대장으로 자원 출마하는 이는 내 동생 대장이었고 운주 결승하는 참모의 직책을 맡은 이는 대장의 형 정승 나이었다.[9]

여기서 노작은 병을 앓고 있는 사촌 동생을 떠올리면서 돌모루에서 그와 함께 보낸 어린 시절의 추억을 섬세한 필치로 애절하게 묘사하고 있다. 노작의 마음 한 켠을 차지하고 있는 고향 돌모루에서의 삶은 '무섭고도 지겨운 서울' 생활의 저 반대편에 놓여있는 그리움의 대상이다. 노작은 이 글의 마지막 구절을 "아· 청솔밭 밑 황토밭가 실버드나무 우거진 속의

한 채의 초가 우리 집이 그리웁다. 보리 마당질 터에서 돌이깨를 엇메이는 농군의 얼굴이 그리웁다. 물동이를 이고 가는 숫시악시의 사랑이 그리웁다. 나는 모든 것이 그리웁다"는 영탄조의 아쉬움으로 끝맺고 있다.

'가장 가난한 농군의 아들'로서 눈물의 왕이기를 역설하는 「나는 왕이로소이다」의 탄생 역시 농촌마을 돌모루에서 자라난 노작의 유년기 체험이 일정한 역할을 했음을 확인시켜 주고 있다. 물론 홍사용은 대지주의 외아들로 태어난 덕택에 힘든 농사일을 한 적은 없다. 그렇지만 「통발」이라는 시에 표현되어 있듯이, 돌모루라는 시골 농촌마을에서 자라난 홍사용은 전원적인 자연체험과 함께 민중의 삶에 대한 깊은 이해 또한 남달랐다고 볼 수 있다. '민요 한 묶음'이라는 부제를 단 노작의 연작 시편들에는 노작의 이와 같은 정서가 잘 표현되어 있다.

1920년대 중반 무렵부터 홍사용은 소설과 희곡을 통하여 기생, 노동자, 농민, 가난한 지식인 등 민중적 인물형의 삶을 형상화하는데 이처럼 노작이 자신의 출신 배경을 초월하여 민중적·민족적 이념에 접근해 갈 수 있었던 근거 또한 이러한 측면에서 이해될 수 있다. 이 가운데서, 토호에서 노동자로 전락하여 칠 년 만에 시골의 고향마을을 찾아가는 남자 주인공의 이야기를 다룬 소설 「귀향」은, 그 소재나 배경의 측면에서 가공된 것이긴 하지만, 노작 자신의 모습이 투영되어 있다는 점에서 매우 흥미로운 작품이다.

이런 사연 저런 사설로, 원망도 있고 사랑도 있어, 아무튼 즐거운 하루의 해를 지웠다. 어찌하였든, 우리는 한시 바삐, 모두 고향으로 돌아와야만 하겠다. 그리워서라도 가엾어서라도, 또 내어달리기가 원통해서라도─. 그리해서, 거기에서 그대로 살 방법도 생각하고 깨달아서, 빛바래인 묵은 시골을 붙들어, 우리

가 살 새 시골을, 만들어야만 하겠다. 우리를 낳고 병들은 시골을 모른 척할
수 있으랴.10

　지주에서 노동자로 전락하여 주린 배를 움켜쥐고 마침내 고향마을을
찾아가는 주인공의 모습은 ≪백조≫ 발간과 극단운영 비용을 대느라 가
산을 탕진해 버리고 곤궁에 처한 당시 노작의 처지를 그대로 반영하고
있는 것으로 볼 수 있는데, 위의 구절에서도 고향은 방황의 종점, 정신적
회귀의 원점으로 그려지고 있다.

　지금까지 노작의 작품 속에서 자신의 출신 지역을 그 소재나 배경으로
삼고 있는 경우를 살펴보았다. 노작에게 있어 그러한 측면은 고향 돌모루
에서 보낸 유년기 체험을 중심으로 한 것으로, 주로 시와 수필 장르를
통해 표현되고 있음을 확인하게 된다. 노작의 문학세계 속에서 지역성
혹은 고향 체험을 직접적인 형태로 반영, 표출하고 있는 경우는 일부의
작품에 한정된 것으로 나타난다. 그렇지만 시각을 넓힐 때 노작의 유년기
고향 체험은 자신의 문학세계 전반에 심대한 영향을 끼친 것으로 판단된
다. 홍사용의 문학세계를 뒷받침하고 있는 일련의 정신들―토착주의와 전
통주의, 민족주의적 의식지향성이 궁극적으로 돌모루에서 보낸 유년기 체험―
농촌 공동체, 대가족제, 전원적 자연의 체험에 근거한 것으로 볼 수 있기
때문이다.

문학사적 위상

　경기도 용인에서 태어나 인근의 화성에서 유년기를 보낸 노작 홍사용

은 일제강점기하의 초기 한국 문단을 이끈 중요한 인물 중 한 명이다. 휘문의숙에 재학하던 학창시절부터 문학에 대한 관심과 자질을 드러내기 시작한 홍사용은 1922년 나빈 현진건, 월탄 박종화 등과 함께 문예동인지 ≪백조≫를 창간하여 이념과 양식에 있어 새로운 근대시 운동을 주도해 나갔다. 이 시절, 시인으로서 노작은 「백조는 흐르는데 별 하나 나 하나」, 「꿈이면은」, 「봄은 가더이다」, 「나는 왕이로소이다」 등 낭만적 감상과 향토적 정서를 바탕으로 한 서정시를 발표했다.

그뿐만 아니라 문학사적인 측면에서 빠뜨릴 수 없는 홍사용의 업적 중 하나는 극단 토월회를 중심으로 일찍부터 그가 신극운동에 뛰어들었다는 사실이다. 그는 연출가이면서 동시에 극작가로 활약했는데 「향토심」, 「할미꽃」, 「벙어리 굿」 등 다수의 창작 희곡을 남긴 바 있다. 노작은 극작가일 뿐만 아니라 소설가로도 활약했다. 「저승길」, 「봉화가 켜질 때」, 「귀향」, 「빵덕이네」, 「정총대」 등의 작품이 그것이다. 극작가이면서 소설가로서 노작이 가진 이러한 면모는 그의 시세계와 동일한 지평에서 재검토되어야 할 것으로 보인다.

한국 문학사 속에서 노작 문학이 놓인 위치는 다소 분명치 않은 것처럼 느껴진다. 문학사에서 홍사용 문학이 차지하는 주변적 위상과 불투명성은 어느 정도 노작 문학의 성격 자체에서 비롯되는 것으로 볼 수 있다. 당대의 여타 작가들과 비교해 볼 때 그가 남긴 작품은 매우 적을 뿐만 아니라 여러 장르에 걸쳐 있어 산만한 느낌을 준다. 노작 문학은 이러한 문제점을 가지고 있지만, 그가 남긴 작품 하나하나가 높은 완성도를 보여 주고 있다는 사실은 주목을 요하는 대목이다.

노작 홍사용은 '식민지체험 1세대'에 해당하는 이광수, 최남선과 비교하자면 연령상으로 각각 여덟 살과 열 살 연하이며 카프계열의 이념 지향적 문인이 중심을 이루는 '식민지체험 2세대'에 대해서는 연배가 올라간다. 홍사용 문학은 그 두 세대 문학의 '사이'에 놓여있으며 그것이 가지는 의미가 노작 문학에 대한 논의의 시발점이 될 수 있을 것이다. 그의 문학은 '이념'이 아니라 나름의 '실존' 그 자체에 뿌리를 두고 있기 때문이다.

　노작의 최후는 쓸쓸했다. 문예동인지 ≪백조≫의 간행과 극단 토월회 운영에 관여하면서 가산을 소비하고 가난과 병마와 싸우다 해방 이태 뒤에 세상을 떠났기 때문이다. 노작의 삶과 문학을 돌이켜 볼 때 그의 존재는 자신이 자라난 돌모루의 뜻이 그러한 것처럼, 들판 모퉁이에 피어있는 한 송이 들꽃을 떠올리게 만든다. 크게 주목받는 위치에 서있지 않지만 다가가면 아름다운 자태와 향기를 느낄 수 있게끔 하는 것이 노작의 문학이다.

··· 주석

1 노작의 생애와 관련된 사항은 이원규의 『백조(白潮)가 흐르던 시대: 노작 홍사용 일대기』(대영기획, 2000)에 잘 정리되어 있다.

2 박종화, 『달과 구름과 사상과』(휘문출판사, 1965)

3 노작문학기념사업회 편, 『홍사용 전집』(뿌리와 날개, 2000), 34쪽.
『홍사용 전집』은 1985년 김학동의 편집에 의해 처음 발간된 이래, 지난 2000년 노작 탄생 100주년을 맞이하여 '노작문학기념사업회'에서 새 전집을 발간한 바 있다. 이 글에서 필자는 후자의 판본을 텍스트로 삼았다. 이하 이 책에서의 인용은 글제목과 쪽수만 밝힌다.

4 송재일, 「식민지상황의 통찰, 그 서사화 — 홍사용의 소설 연구」, 『논문집』 18집, 공주전문대학, 1991. 12, 70~83쪽.

5 장혜전, 「경기도 현대극에 관한 연구」, 『기전어문학』, 수원대국어국문학회, 1996. 11, 746~749쪽.

6 「청산백운」, 264~265쪽.

7 「그것은 모두 꿈이었지만은」, 33쪽.

8 「통발」, 16쪽.

9 「그리움의 한 묶음」, 274쪽.

10 「귀향」, 294~295쪽.

박세영의 작품세계

자연과 민중에 대한
애정과 강인한 낙관성

박세영

너희야말로 자유의 화신 같구나,

너희 몸을 붙들 자 누구냐,

너희 몸에 알은 체할 자 누구냐,

너희야말로 하늘이 네 것이요, 대지가 네 것 같구나

(……)

멧돼지가 붉은 흙을 파헤칠 때

너희는 별에 날아볼 생각을 할 것이요,

갈범이 배를 채우려 약한 짐승을 노리며 어슬렁거릴 때,

너희는 인간의 서글픈 소식을 전하는,

이 나라에서 저 나라로 알려주는

千里鳥일 것이다.

산제비야 날아라,

화살같이 날아라,

구름을 휘정거리고 안개를 헤쳐라

― 「산제비」 부분

경기도 고양시에서 출생하였다. 1922년 고등보통학교를 졸업한 후 중국 상하이(上海)로 가서 혜령영문전문학교에 다니다가 중퇴하고 톈진(天津)에서 ≪화북명성보≫ 교열원으로 일하였다. 1924년 9월 귀국하여 진보적 문화단체인 염군사의 동인으로 참가하였으며 조선프롤레타리아예술가동맹에 가입하여 프롤레타리아 시인으로 활동하였다.

첫 작품으로 시 「해빈의 처녀」(1925)를 내놓은 후 「타작」(1928), 「야습」(1930), 「산제비」(1936) 등을 발표하였다. 1926년 말부터 프롤레타리아 아동잡지 ≪별나라≫의 편집을 맡으면서 동시극 「소병정」(1929), 동요 「풀을 베다가」(1928) 등 아동문학 작품도 창작하였다. 일제의 탄압으로 ≪별나라≫가 폐간되자 1935~1945년까지 중학교 사무원으로 일하면서 시집 「산제비」(1937)를 발표하였다.

1946년 6월 월북하여 북조선문학예술총동맹 서기장을 역임하면서 1947년 북한의 애국가를 작사하였으며 「빛나는 조국」(1947), 「승리의 5월」(1947) 등을 창작하였다. 6·25전쟁 때에는 종군작가로 활동하면서 「숲속의 사수 임명식」(1951), 「나팔수」(1952)를 비롯한 서사적인 시들을 발표하였다.

그 밖에 「밀림의 역사」(1962), 「광복거리에서 부르는 노래」(1988) 등의 시를 발표하였고 작품집으로 시집 『승리의 나팔』(1953), 『박세영 시선집』(1956), 『박세영 동시선집』(1962) 등이 있다. 1959년 공훈작가 칭호를 받았다.

자연과 민중에 대한 애정과 강인한 낙관성

서영인(문학평론가, 경북대 강사)

궁핍의 체험을 통해 형성된 시세계

박세영은 1902년 7월 7일 경기도 고양군 한지면 두모리에서 가난한 선비의 셋째 아들로 태어났다. 그가 열한 살 때까지 아버지는 무직이었으며 은행원으로 있는 맏형 덕으로 겨우 생계를 유지하였고, 가난한 가정형편은 이후로도 계속되었다. 그가 농민, 노동자, 유이민 등 식민지시기 하층계급들의 피폐한 삶에 관심을 기울이고, 현실의 모순을 뚫고 나가려는 의지의 시편들을 계속 창작할 수 있었던 것은 그의 빈궁한 생활체험과도 무관하지 않을 것이다.

1917년 배재고등보통학교에 입학하면서부터 그는 문학을 지망하고 ≪새누리≫라는 동인지를 발간하기도 하였다. 이 시기의 동창생들로는 나도향, 김복진, 박팔양, 김소월 등이 있었다. 이 시기 만났던 송영과의 교유는 이후의 그의 문학활동에도 큰 영향을 미친다. ≪새누리≫를 함께 만들었던 동창들은 이후 염군사 조직의 기반을 형성하게 되었다는 점에서 배재고보 시절의 문학활동은 이후 박세영의 활동에 중요한 의미를 지닌다. 그리고 3·1운동을 계기로 ≪자유신종보≫라는 등사판 신문을 수개월간 발간하기도 하였다. ≪새누리≫가 순수한 문학적 열망의 결과라면 ≪자유신종보≫는 3·1운동의 충격으로 인한 시대와 민족에 대한 새로운 인식을 반영한 결과물이었다.

1924년 배재고보를 졸업하고 같은 해 4월 중국 상하이의 혜령영문전문학교로 유학을 떠났지만 학비곤란으로 중퇴하고 1924년 9월 귀국하게 된다. 그의 중국체험 역시 이후의 문학활동에 중요한 기반을 이루게 된다. 심훈을 만나 민족의식과 저항정신에 눈뜨게 되었으며 당시 중국 사회주의 운동의 근거지였던 상하이, 톈진, 난징, 베이징 등을 순회한 경험은 그의 사상 선택과 문예운동에 큰 영향을 끼치게 된다. 당시 국내에서는 송영, 이호, 이적효 등이 주축이 되어 '무산계급 해방문화의 연구와 보급'을 목적으로 염군사가 조직되었는데, 박세영은 이 단체의 중국 특파원 역할을 하였다. 1924년 가을, 중국에서 돌아온 박세영은 염군사의 동인들과 교우하면서 프롤레타리아적 세계관을 확립하였던 것으로 보인다.

박세영은 1925년 연희전문학교에 편입하고 그해 카프에 가맹하게 된다. 1926년부터 박세영은 송영과 함께 아동과학문예잡지 ≪별나라≫의 편집을 담당하였다, 1935년 폐간된 이 잡지를 통해 박세영은 무산 아동들의 계몽에 큰 기여를 하였고, 프롤레타리아 동요를 다수 창작하기도 하였다. 이러한 동요 창작의 경험은 그의 시에서 쉽고 일상적인 시어와 간결한 리듬을 형성하는 바탕이 되었다. 본격적인 문학활동을 시작한 것은 1927년 1월 ≪문예시대≫ 2호에 「농부아들의 탄식」 외 3편의 시를 발표하면서

부터였다고 알려져 있다. 물론 1922년 염군 1호에「양자강반에서」를 발
표했다는 기록이 있지만 잡지 자체가 총독부에 의해서 발매금지처분되었
기 때문에 공식적인 데뷔로 보기는 힘들다. 그 작품은「양자강」이라는
제목으로 시집『산제비』에 실려 있다. 1928년에는 송영이 맡고 있던 경기
도 고양군 은평면(현 서울시 은평구 구산동)의 은평사범학교에서 빈농의 자
녀들을 가르쳤으며, 농민조합을 지도하기도 하였다.

　　당시 사회주의 문학운동을 하던 많은 문인들이 구속, 수감의 길을 걸었
던 것처럼 박세영 역시 두 차례의 검거, 구속을 겪었다. 1929년 동요극
「어린 소제부」와 관련된 필화사건으로 서울 용산경찰서에 체포, 구속되
었고, 1933년 카프 도쿄지부에서 발간한 잡지 ≪우리동무≫ 배포사건으
로 또다시 4개월간 구금되었다. 계속되는 체포와 일경의 감시에도 혁명적
지조를 굽히지 않았던 박세영은 카프의 해체가 논의되던 1935년 당시 마
지막까지 카프의 해산을 반대하였던 것으로 알려져 있다.

　　1935년 카프의 해산, ≪별나라≫의 폐간으로 예술운동의 제약이 따르
자 1937년경에는 모교인 배재학교에서 교편을 잡았고, 1938년에는 일제
강점기 그의 유일한 시집인『산제비』를 출간한다.『산제비』에는 그가 시
를 쓰기 시작한 1923년 무렵 초창기의 시 몇 편과 카프 해산 이후 몇 년간
의 시만이 수록되고 그 중간 시기의 시들은 수록되지 않았다. 프로문학활
동에 주력했던 시기의 작품들은 일제의 검열을 통과할 수 없었기 때문인
것으로 보인다. 시집 발간 후 박세영은 주로 배재고보에서 교편생활을
하면서 신년송과 기행수필 몇 편을 쓰는 데 그치고 거의 절필한다. 해방
전 그는 학교를 그만두고 만주로 건너가 지하운동을 전개하다가 일경에
체포되어 청진 감옥에서 해방을 맞는다.[1]

　　해방 후 활동을 재개한 박세영은 조선프롤레타리아 문학동맹에 가입

카프 동인

하여 작품을 발표한다. 1946년 권환, 김용활, 박아지, 박석정, 윤곤강, 이찬, 조벽암 등과 함께 해방기념시집 『횃불』을 펴내기도 했다. 조선프롤레타리아 문학동맹이 조선문학가동맹으로 통합될 때 중앙집행위원과 시부 집행위원, 아동문학부 집행위원으로 피선되지만, 남한에서 자신의 이상을 실현하는 것이 불가능하다는 판단하에 1946년 6월 월북한다.

월북 후 박세영은 북조선예술총동맹에 참여해서 북조선문학예술총동맹 출판부장, 북조선문학동맹 중앙상임위원을 거쳐 1948년 최고인민회의 대의원, 문예총 국가상임위원, 1961년 조국평화통일위원회 중앙위원, 1967년 작가동맹 상무위원 등을 지냈다. 1946년 시집 『진리』, 1953년 『승리의 나팔』, 1956년 『박세영 시선집』을 발간하였다. 1959년 북한의 「애국가」를 작사한 공로로 국기 2급 훈장을 수여받기도 하였다. 1970년대에는 주체사상 선전선양에도 활발하게 참여하여 북한문학사에서도 중요하게 평가받고 있으며, 시인, 극작가, 아동문학가로 활약하다가 1989년 사망하였다.[2]

자연과 민중에 대한 애정과 강인한 낙관성

앞서 언급했다시피 월북 이전 발간된 유일한 시집인 『산제비』(1938)에는 박세영이 카프에서 활동하던 시기의 시들이 상당수 누락되어 있어서 그의 시 전부를 확인할 수는 없다. 그러나 『산제비』를 통해서 그의 시세계를 대략적이나마 검토해 볼 수는 있을 것이다. 편의상 그의 시세계를 몇 시기로 나누어보면 다음과 같다. 첫 번째 시기는 카프에서 본격적으로 활동하기 이전의 시기로, 이 시기에는 주로 자연을 소재로 비애의 정서를 노래했다. 두 번째 시기는 카프에서 활동하던 시기로, 빈궁한 현실과 프로계급의 참상, 계급대립과 계급투쟁을 형상화하였다. 세 번째 시기는 카프 해산 이후부터 해방 전까지의 시기로, 모순된 현실에 굴하지 않고 자신의 길을 가겠다는 자유의지와 미래에 대한 낙관적 희망을 노래한 시기이다. 네 번째 시기는 해방 후부터 월북까지의 시기인데, 해방의 기쁨과 그 역사적 의미, 일제 잔재 청산을 주로 다루었다. 월북 이후의 시기에는 북한 문예운동의 주역으로 활동하였는데, 이 글에서는 월북 이후의 시를 구체적으로 확인하기 어려우므로 월북 이전까지의 그의 시세계를 간략히 정리해 보겠다.

초기의 시는 자연을 대상으로 하여 비애와 상실의 정서를 주로 노래하였다. 「봄피리」(1927)나 「잃어진 봄」(1926) 등을 통해 그 구체적 면모를 확인해 볼 수 있는데, 희망과 생동의 계절인 봄이 왔으나 현실에서는 그 봄의 활기와 희망을 확인할 수 없음에서 오는 비애감이 잘 드러난다. 즉, 자연의 질서와 그것과 일치되지 못하는 현실의 고통 사이의 괴리감을 기반으로 해서 기쁨과 희망을 노래할 수 없는 시적 자아의 비애를 표출하고 있는 것이다.

이러한 자연에 대한 비애감과 상실의 정서는 카프 활동 이후 좀더 구체적인 면모를 띠게 된다. 자연의 질서와 현실 사이의 괴리감을 막연한 정서로 표출하는 것을 넘어서서 구체적 현실의 삶을 적극적으로 시세계에 포함시킴으로써 비애의 정서를 분노와 비판의식으로 전환시키고 있는 것이다. 초기의 시에서 비애가 막연한 정서적 반응이라면 카프 활동 이후에는 이 비애의 기반에 놓인 것이 수탈과 압제에 의한 궁핍한 현실 때문임을 분명히 하면서 그러한 현실을 비판하고 수탈자에 대한 분노를 드러내고 있는 것이다. 이러한 시의 경향은 「타작」(1928)과 같은 시편에서 잘 드러난다.

> 절름발이의 걸음과 같은 이 가을은
> 그래도 모든 곡식을 여물이고 가는가
> 울타리와 지붕엔 파란 박이 구를 듯이 놓였더니만
> 굴러갔는가 터져서 X가 되었는가
> 지금은 지붕조차 빨간 물이 들었네
> (……)
> 타작이 다 마치기 전에
> 다시 한 번 하늘 탓이나 하였네 입과 입들은,
> 그러나 곱다란 마당에 한 톨 안 남게 쓸어갔을 때
> 하늘 탓은 잊었네 모두 잊었네 모두 잊어버렸네

오-해마다 오는 가을이여
언제나 절름발이로만 왔다 가려는가

—「타작」부분3

　자연의 질서는 가을이 오면 어김없이 들판의 곡식들을 여물게 하고 성숙과 수확의 기쁨을 선사한다. 그러나 이 성숙과 결실과는 반대로 사람들의 삶은 더욱 힘겨워지고 상실의 고통에 빠지게 된다. 가을걷이를 하여도 남는 것이 없는 가난한 현실, 자신이 수확한 곡식들을 모두 수탈당하고 마는 농민들의 척박한 삶이 자연이 가져다준 수확과 결실의 기쁨을 누릴 수 없게 하는 것이다. 이러한 현실에 대해 농민들은 처음에는 "하늘 탓이나 하였"지만 타작한 곡식을 "메 한톨 안 남게 쓸어"가는 자들을 구체적으로 인식하면서 "하늘 탓"은 잊게 된다. 문제는 운명이나 자연이 아니라 힘들여 거둔 곡식을 노동하는 자들이 갖지 못하고 타작의 기쁨을 누리지 못하게 하는 계급관계의 모순에 있음을 분명히 하게 되는 것이다. 그래서 가을은 "절름발이로만 왔다 가"게 되는 것이고, 자연의 질서가 가져다주는 성숙과 결실의 풍요로운 이미지에 대비되어 궁핍하고 고통스러운 현실은 더욱 부당한 것이 된다. 농촌에서 가장 풍요한 계절이라 할 수 있는 가을이 오히려 가장 참담한 상실감의 계절이 되어버리는 현실에 대한 분노와 저항의지는 자연과 현실이 결합된 구체적 시상 속에서 더욱 자연스럽고 분명한 것이 된다.

　박세영은 이러한 현실에 대한 인식을 바탕으로 농민, 노동자들의 빈궁과 부당한 계급구조의 모순을 고발하고 그에 대한 분노와 저항을 적극적으로 이끌어내게 된다. 서울 창의문 밖 부암동에 있는 모피공장의 파업을 제재로 한 「산골의 공장」(1932), 평양고무공장 총파업에 보내는 시 「야습」

(1930) 등은 자본가들의 가혹한 착취 아래서 자신의 계급적 위치를 자각하고 노동운동을 통해 그러한 현실의 모순을 이겨내려는 과정을 담고 있는 시이다. 박세영의 시에서 두드러지는 것은 계급모순에 대한 분노와 의식 각성, 투쟁의지 고양이 직설적 이념 주입을 통해 드러나지 않고, 구체적 노동현장의 열악한 현실을 통해 구체적으로 형상화됨으로써 생생한 현장성과 진실성을 갖추고 있다는 점이다. "아침이면 여섯시 밤이면 아홉시 / 들고날 때 쳐다보면 별과 달밖에 / 해라고는 보지도 못하였지요"(「산골의 공장」)과 같이 여성 노동자가 직접적 화자로 등장하여 자신들의 열악한 현실을 호소함으로써 파업투쟁의 당위성에 대해 더욱 자연스러운 공감을 불러일으키는 것이다. 그리고 이처럼 노동자들이 시적 화자로 등장한 시편들은 스스로의 계급의식을 확인하고 집단적 주체로 투쟁의 중심에 섬으로써 부당한 현실을 변혁할 수 있다는 프롤레타리아 계급의 확신과 의지를 형상화한다. 임화의 '단편서사시' 논의와 함께 당시 카프 내부에서는 시 속에 서사를 도입함으로써 노동자 농민이 현실을 더욱 용이하게 인식하고 그 속에서 자신의 삶을 각성할 수 있게 하는 단편 서사시 형식이 많이 창작되었다. 박세영 역시 노동자들을 시적 화자로 해서 노동자들의 구체적 현실을 생생하게 구현, 서술하는 형식을 통해 프롤레타리아 독자들이 시에 더욱 쉽게 공감할 수 있게 하고 그들에게 효과적으로 계급투쟁의 의지를 고무시킬 수 있었다. 또한 파업현장에서 극의 간막극과 같은 짧은 시형태로 낭송되어 노동자들의 투쟁의지를 높이고 효과적인 선전, 선동을 수행하기 위한 대중적 현장시 형식인 '슈프레히 콜'을 창작하기도 하였다.

1930년대 중반 일본의 군국주의는 더욱 확대되어 대륙침략전쟁을 향해 치달았으며 병참기지화정책으로 조선은 더욱 가혹한 수탈에 시달리게 된다. 또한 사상운동, 민족해방투쟁, 노동운동 등에 대한 탄압은 더욱 가중되어 문학이 구체적 투쟁현장과 계급의식을 형상화하는 것은 원천적으로 불가능한 지경에 이르게 된다. 카프의 해산 역시 이러한 시대적 분위기 속에서 일어난 일이며 당연히 박세영의 시에서 이전과 같은 투쟁현장의 구체성, 각성한 노동자 농민의 계급의식과 투쟁의지를 찾아보기는 힘들다. 박세영은 이러한 열악한 현실 속에서도 여전히 수탈당하고 고통받는 민중들의 현실을 외면하지 않았으며, 그 속에서 자신을 버려가며 다가올 새로운 미래를 낙관하는 모습을 보여주었다. 계급투쟁을 통해 현실의 모순을 변혁함으로써 프롤레타리아에 의한 새로운 사회를 건설하고 아울러 민족해방을 이룰 수 있다고 믿었던 문인들은 카프 해산 후 급변한 현실 속에서 무력한 자신들을 반성하고 회의한다. 구체적 현실 속에서 현실을 직접적으로 비판하고 현실변혁의 투쟁을 통해 새로운 전망을 찾는 길이 완전히 봉쇄된 곳에서 시인들이 할 수 있었던 일은 여전히 변하지 않은 현실을 확인하면서 자신을 반성하고 미래에 대한 희망을 잃지 않는 일이었다. 박세영의 시 역시 그러한 길을 보여준다.

1930년대 초반처럼 현실의 모순을 비판적으로 인식하고 그 속에서 새로운 삶의 길을 찾는 선진적 노동자 농민들의 모습을 보여주지는 못했지만, 가난한 민중들의 고통스러운 삶은 여전히 그가 현실을 변혁과 투쟁의 대상으로 바라보게 하는 조건이 된다. 특히 박세영은 조선에서의 가난한 삶을 견디다 못해 만주로 떠난 유이민들의 삶에 대해 관심을 보이는데 이는 그의 중국체험과도 연관이 있는 듯 보인다. "북으로 간들, 남으로 간들 / 가난한 몸이어니 / 무에 신통한 희망이" 없는 유이민들의 삶을 고통과 연민으로 바라보면서 그들의 삶이 "우리의 가슴에 낙인을 찍고" 있다고 말하고, 그와 같은 "쓰라린 사실이 왜 이리도 늘어만 간단 말이냐"(「최후에 온 소식 - 어느 여인의 哀史」, 1936)라고 탄식하는 시인은 고통스러운 현실을 외면하지 않으면서 자신의 시세계를 가다듬는다. 여전히 민중들이 빈곤과 유랑의 고통 속에 처해 있다는 사실을 확인하면서 지난날의 혁명의지가 여전히 유효한 것임을, 그리고 투쟁을 통해 새로운 미래를 얻어내야 하는 당위가 사라지지 않았음을 다짐하는 것이다.

카프 해산 후, 군국주의적 파시즘으로 치닫는 일제의 지배정책 속에서 지난날의 가열찬 투쟁이 더 이상 가능하지 않은 현실을 바라보는 시인은 무력한 자신을 반성하면서, 가혹한 현실에도 굴하지 않는 주체의 의지를 다시 한 번 벼려야 했을 것이다. 「나에게 대답하라」(1937), 「자화상」(1935) 같은 시들은 가혹한 탄압 속에서 무력해진 자신을 반성하면서 스스로를 단련하려는 의지를 표현하고 있다.

> 너와 나, 또 온 세상의 청춘들이
> 한 번씩은 다 가져보는 그 마음,
> 그 마음은 높게 하늘로 떠오르는 사람들이 되어
> 검은 구름에 앞을 못 보고
> 헤매이다 떨어져 버리는구나
> (……)
> 그러나 너는 오직 우연과 자신을 송두리째 빼버려라,
> 너의 삶의 뜻을 여기에서 찾으라,
> 천문학적 숫자 같은 모든 철학에서 헤매지 말고 여기에서 찾으라
>
> － 「나에게 대답하라」 부분

변화된 현실 앞에서 현실에 대한 분노와 그것을 변혁하려는 투쟁의 의지가 더 이상의 응전력을 가지지 못하고 무력화되는 과정을 바라보면서

박세영은 관념과 이상을 좇아 현실의 구체적 조건을 외면한 측면이 없었는가를 반성한다. 이념화, 관념화된 현실인식이 현실에 천착하여 그것을 변화시키려는 끊임없는 노력을 약화시켰고 그래서 급격히 변전된 현실과 탄압 속에서 무력화되었다면, 그 관념성을 반성하면서 여전히 현실에 대한 변혁의지를 포기하지 않는 것은 중요하다. 박세영은 이러한 자기반성과 함께 여전히 달라진 것 없는 궁핍과 고통의 현실을 다시 한 번 되새기면서 모순이 계속되는 한 포기할 수 없는 새로운 미래를 확인하고자 하는 것이다. 이는 그의 대표작이라 할 수 있는 「산제비」(1936)를 통해 분명히 드러난다.

너희야말로 자유의 화신 같구나,
너희 몸을 붙들 자 누구냐,
너희 몸에 알은 체할 자 누구냐,
너희야말로 하늘이 네 것이요, 대지가 네 것 같구나
(……)
멧돼지가 붉은 흙을 파헤칠 때
너희는 별에 날아볼 생각을 할 것이요,
갈범이 배를 채우려 약한 짐승을 노리며 어슬렁거릴 때,
너희는 인간의 서글픈 소식을 전하는,
이 나라에서 저 나라로 알려주는
千里鳥일 것이다.
산제비야 날아라,
화살같이 날아라,
구름을 휘정거리고 안개를 헤쳐라

땅이 거북등같이 갈라졌다,

날아라 너희들은 날아라,

그리하여 가난한 농민을 위하여

구름을 모아는 못 올까,

날아라 빙빙 가로 세로 솟치고 내닫고,

구름을 꼬리에 달고 오라,

-「산제비」 부분

「산제비」는 산제비에 의탁해 새로운 미래를 찾고자 하는 시인의 소망과 의지를 시상의 전개에 따라 발전시키면서 보여주는 작품이다. 시인에게 "산제비"는 하늘과 대지가 자신의 것인 "자유의 화신"이며, 그래서 고통과 고난에 찬 현실을 박차고 비상하는 존재이다. 그러나 이러한 자유는 고통스러운 현실을 초월하는 자유가 아니라 그 현실을 더욱 넓은 시야에서 조망함으로써 현실의 무게에도 무너지지 않는 강인함, 미래에 대한 낙관을 포기하지 않는 의지를 확보할 수 있는 자유이다. 그래서 "멧돼지가 붉은 흙을 파헤"치고, "갈범이 배를 채우려 약한 짐승을 노리"는 수탈의 현장을 더욱 객관적이고도 총체적으로 조망하고 그 현실 속에서 "별에 날아볼 생각"의 이상을 버리지 않는 존재이다. 그리고 이러한 이상을 잃지 않았으므로 "거북등같이 갈라"진 땅에 단비를 내릴 구름을 몰아오는 존재가 된다. 「산제비」에서 박세영은 악화된 현실에 매몰되지 않고 그 현실을 극복할 새로운 미래를 낙관하면서 그것을 향한 의지를 확인하고 있는 것이다.

「산제비」 이후 박세영은 해방 전까지 몇 편의 신년송을 제외하고는 거의 창작활동을 중단한다. 「산제비」에서 보여준 미래에 대한 낙관적 전망은 해방 후 그 구체적 의미를 발휘하게 된다. 해방의 감격과 격렬한 이데올로기 투쟁은 그의 시를 격렬하고 웅변적인 억양과 정치적 의식의 직설적 노출 등으로 특징지웠다. 해방 후 월북까지의 1년 남짓한 시간동안 박세영은 해방의 감격을 노래하면서도 여전히 청산되지 못하는 일제 잔재와 민족반역자들에 대한 증오를 주로 형상화하였다. 해방된 사회에서 새로운 세계를 건설하기 위해서는 과거 일제 권력에 순응하면서 대다수 민중들의 고통을 외면하고 자신의 안일을 추구하였던 민족반역자들을 정리하는 것이 필수적인 조건이라고 보았던 것이며, 이는 해방 후 적대세력의 충돌과 이데올로기 투쟁의 과정이 반영된 것이기도 하다.

박세영의 시세계는 상당히 다양한 모습을 보여주고 있으며 또한 몇 번의 변화를 겪기도 한 것이어서 한마디로 정리하기는 어렵다. 그러나 카프 해산 후 많은 문인들이 '사실의 수리'를 주장하면서 이전의 이상을 포기, 또는 수정했던 것을 생각한다면, 끝까지 미래에 대한 낙관적 전망을 포기하지 않았던 박세영의 시세계는 일제 강점기, 특히 30년대 후반 이후의 시사에서 중요한 의미를 차지하는 것만은 분명하다. 또한 수탈과 탄압에 고통받았던 당대 민중들의 삶을 구체적인 현실성 속에서 형상화해 내고, 시인의 직접적 이념노출보다는 당대 민중들을 화자로 하여 그들의 삶을 진솔하게 호소함으로써 공감을 이끌어낸 형상화 방식도 박세영의 시세계를 특징짓는 중요한 면모라 할 수 있다.

조선의 전 민중으로 확대된 '고향'의 의미

박세영은 「인왕산은 내고향」(≪신동아≫ 1936. 2)에서 경기도 고양에서 태어났으나 잦은 이주 생활로 인해 "확실히 고향을 갖지 못하였다"라고 서술하고 있다. 그에게 고향이란 구체적인 지명과 기억으로 존재하는 것이 아니라 자연과 합일되어 마음의 안정과 풍요를 누릴 수 있는 곳이라는 의미의 이상향이자 안식처라는 일반화된 의미로 나타난다. 시인은 특히 집을 떠나 중국을 순회하던 시기, 이국땅에서 고향에 대한 그리움에 사무 쳤던 기억을 회고하면서 그 고향이란 동족과 조국에 대한 사랑이며 그리 움이었다고 말하고 있다.

> 그야 내가 용암포를 지나 조선땅을 밟으랴 할 때 조그만 나룻배에 상투쟁이 뱃사공과 수건 쓴 아낙네 더벙머리 아이 두엇을 보고 어찌나 반가왔든지 그 싫여하든 상투쟁이를 나의 부모와 형제나맞나는 것 같이 기쁘든 것을 생각하면 인간이란 그래도 동족애처럼 그짓이 없는 것은 없으리라고 생각한다. 나는 그 때에 압록강철교를 건너오니 모두 나의 고향인 것처럼 느껴졌었다. 모르는 사 람도 아는 사람같고 처음보는 사람도 친한 사이같이 생각이 든다.
>
> — 박세영 「인왕산은 내고향」, ≪신동아≫ 1936. 2.

그러므로 그의 고향에 대한 시편들은 구체적 지명과 풍광에 대한 것이 라기보다는 일반적인 의미에서의 자연의 아름다움과 그 아름다움을 누리 지 못하고 여기저기 떠돌 수밖에 없는 궁핍한 당시의 민중들에 대한 애정 에 기반한 것이었다. 전원, 고향 등을 소재로 한 그의 시에서는 하나같이 자연의 풍요와 평안함, 그리고 그 속에서 궁핍과 수탈로 고통받는 이들의 삶이 대비되어 나타나고 있고, 그래서 현실의 모순과 핍박에 상처받은 사람들의 삶에 더 큰 애정과 연민을 보내고 있는 것이다.

하늘은 왜청같이 파랗고

들은 금같이 누른데,
바람이 이네, 물결을 치네
아 나는 거기 살고 싶네.

씻은 듯 하늘은 맑고,
이삭은 영글어 바다 같은데,
野菊 핀 언덕 밑, 맑은 개울로,
왜가리 한 마리 거닐고 있어
홀로 가을을 즐기는 듯,
전원의 가을은 곱기도 하여라.

바람결에 스치는 벼향기,
목매어 새쫓는 애들의 소리,
평화한 가을의 전원은 모든 사람을 오라 부르나,
못살아 흘러간 마을 사람도 다시 오라 부르나!

—「전원의 가을」(1936) 전문

　　'왜청같이 푸른 하늘'과 '금같이 누른' 들은 강렬한 시각적 이미지를 제시하면서 평화롭고 풍요한 전원의 가을을 그려내고 있다. 들국화 핀 가을 언덕, 맑은 개울의 한가로운 정경과 들판을 뛰는 아이들의 소리는 아무 걱정 없이 자연을 향유하고픈 마음을 자아낸다. 그러나 그 풍요롭고 아름다운 가을 들판은 다시금 이 풍요를 누리지 못하고 떠난 사람들을 상기시킨다. 앞서도 언급했다시피 박세영의 시는 현실의 모순 속에서 계급의식의 각성을 주장하고, 지배계급에 대한 피지배계급의 투쟁을 고무하는 시편 속에서도 자연의 정경과 그것이 자아내는 평화로운 이미지들을 함께 병치시킴으로써 이념적 편향을 극복하고 자연스러운 공감과 강렬한 애수를 시 속에 포함시키고 있다. 그의 자연시 계열은 특히 이런 경향을 강하게 드러내는데, 중국 기행시, 명승지의 경관을 조망하는 시들 속에서도 어김없이 봉건제도의 모순 속에 파묻힌 인간들의 삶이나, 그 자연 속에서 스스로의 회한을 극복하고 새로운 의지를 다짐하는 시적 자아의 모습을 함께 이끌어내고 있다.

중국에 체류하던 시기에 고향에 대한 강렬한 향수를 표출한 「향수」(1936) 같은 시는 고향에 대한 이러한 박세영의 정서를 단적으로 드러내 주는 작품이라고 할 수 있다. 그리고 여기에서의 고향이란 앞서 언급한 수필에서 드러난 바와 같이 꼭 부모형제가 살고 있고 자신이 나고 자란 구체적 지역이라기보다는 모두 내 이웃 같고 가족 같은 동포들이 고단한 삶 속에서도 생명을 이어가기 위해 안간힘을 쓰는 가난한 조국의 모든 들이며 모든 마을일 터이다.

아! 그립구나 내 고향,
익은 들이 물결치는 가을,
누르런 들과 새파란 하늘을 볼 땐
생각키느니 내 고향
(……)
가라는 이 없건만 아니 나오면 왜 못살며
들은 익어 누르른데 배를 곯리지 않으면 왜 못살더란 말인가?
사랑하는 연인과 결별하듯이
내 고향 떠난 지도 이미 십 년

그야 이 내 몸 뿐이랴,

―「향수」 부분

이 시에서도 예외 없이 "누르런 들과 새파란 하늘"이 등장하고 있다. 그리고 이러한 하늘과 들판은 "산 없는 이곳", "물 흐린 이땅"인 중국 땅에서 추억할 때 더 큰 그리움을 자아낸다. "팔려간 노예와 같이", "흘러 다니는 나그네 몸"은 고향이 더 그립다. 그곳은 지친 마음이 돌아가 쉴 곳이며, 자연이 주는 아름다운 정경들을 마음껏 누리면서 살아가고픈 곳이다. 이 시의 비극적 정조는 이처럼 간절히 돌아가고 싶고 그리운 곳이지만 돌아갈 수 없다는 것, 시적 화자뿐 아니라 모든 사람들이 배고픔과 궁핍에 못 이겨 고향을 떠나올 수밖에 없었다는 사실에서 기인한다. 고향에 대한 일반적 이미지, 풍요롭고 평화로우며 언제나 그리운 곳이라는 것에 그곳을 떠나올 수밖에 없는 사람들의 현실이 겹쳐지면서, 그리움은 더욱 비애에 가득 차게 된다. 그리고 그 떠나온 이들의 고향상실이 개인적 운명이 아니라 현실의 모순구조에서 비롯됨을, 일제에 유린당하고 지배계층에게 수탈당하여 누렇게 익은 들판을 바라보면서도 기아에 허덕일 수밖에 없는 '삶의 근본적 부당성'을 떠올리고 있는 것이다. 고향에 대한 향수가 참담한 현실을 인식하는 과정과 결합되는 이러한 시편들은 박세영이 조선 땅의 이름 없는 민중들, 열심히 일하고 소박하게 살아가고자 하나 그것마저도 더 이상 불가능한 삶들에 대해서 끊임없는 연민과 사랑을 보내고 있음을 알려준다.

그러므로 박세영의 고향에 대한 그리움은 고향을 떠나 이국땅에서 고생하다 죽어갈 수밖에 없는 수많은 유이민들의 참상을 형상화한 시들과 이어지고 있다. 남편을 잃고 노모와 어린 자식들을 데리고 북만주로 이주했으나 모진 고생 끝에 고향으로 돌아오다 객사한 여인의 일생을 그린 「최후에 온 소식」(1936), 가난과 아버지에 대한 원망 때문에 북만주로 떠난 아들에 대한 그리움과 걱정을 호소하는 어미의 마음을 담은 「탄식하는 여인」(1936), 조국에서 젊은 날의 이상을 펴고자 했으나 벌이를 위해 다시 이국으로 떠나야 하는 청년을 격려하는 「다시 또 가는가」(1936) 같은 시들은 모두 고향에서 살 수 없어 먼 곳으로 떠나야만 하는 유이민들의 삶에 대한 연민과 분노를 담고 있는 시들이다.

북으로 간들, 남으로 간들
가난한 몸이어니
무에 신통한 희망이 있더란 말이냐,

오- 그러나 그대의 죽음은 우리의 가슴에 낙인을 찍고 갔다.
그대와 같은 쓰라린 사실이 왜 이리도 늘어만 간단 말이냐.
서산을 넘은 해는 대지를 어둠의 골로 만들 때,
무심히도 대지 저 끝 하늘조차 어둬가는 것을 보니
나의 가슴은 너무나 탄다.

만일에 햇빛이 다시 한 번 노을을 펴보지 못한다면
이내 가슴의 정열로라도 펴보고 싶구나,
아하-온 하늘에 펴보고 싶구나.

—「최후에 온 소식」 부분

가난에 못 이겨 북만주로 떠났으나 모진 고생 끝에 객사한 여인을 통해 시인은 당시 전 민중의 현실, '북으로 간들, 남으로 간들' '신통한 희망이' 없는 삶을 애통해 한다. 그것은 현실의 모순 속에서 빚어진 일이며 이러한 모순이 계속되는 한 가난하고 힘겨운 조선 민중의 삶은 계속 이어질 것임이 분명하다. 빈궁한 현실이 '서산을 넘은 해', '어둠의 골' 등으로 비유되고 그러한 어둠을 물리칠 새로운 세상이 '햇빛'으로 비유되는 것은 새로운 세계에 대한 전망을 구체적 현실을 통해 확인하는 일이 요원함을 알려주는 표지이기도 하다. 1930년대 후반의 더욱 악화된 현실 속에서 미래에 대한 전망은 시인의 마음속에 있는 정열과 의지를 통해서만 가능한 것이었다. 고향을 떠나 죽어가는 민중들에 대한 절절한 애정과 안타까움을 토로하면서도 의지와 낙관을 잃지 않는 시인은 그래서 '이내 가슴의 정열'로라도 그들의 고통을 덜어주고 싶다는, 새로운 세계에 대한 희망을 버리지 않는다.

이처럼 박세영의 시에서 드러난 고향에 대한 그리움과 그곳의 현실에서 느낄 수밖에 없는 애수는 또한 그곳에서 가난한 삶을 꾸릴 수밖에 없는 민중들에 대한 애틋한 애정에 기반하고 있다. 그리하여 집안의 가난한 살림을 돕기 위해 공장으로 떠났던 어린 여공들은 마치 시인의 누이같이 가엽고도 자랑스러운 존재가 된다. 해방 후 쓰여진 「순아」(1946)는 조국해방을 위해 중국으로 떠났던 오빠를 화자로 하여 벌이를 위해 서울의 공장으로 갔다가 병든 몸으로 돌아온 누이에 대한 애정과 긍지를 표출하고 있는 시이다. 시인은 누이를 병들게 했던 공장의 착취에 분노하고 민족을 팔아먹은 민족반역자들을 비판하면서 가난한 조국과 집안을 지키기 위해 고된 노동에 시달렸던 누이야말로 해방된 조국의 참된 주인임을 역설하고 있다.

왜놈의 턱찌끼를 얻어먹고 호사하며,
침략자와 어울리어 민족을 팔아먹으려던
반역자의 노리개가 아닌 너 순아,
차라리 깨끗하구나,
조선의 순진하고 참다운 계집애로구나.

- 「순아」 부분

박세영의 고향에 대한 시편들은 시인 자신의 개인적 고향이 아닌 조국의 전 국토로, 가족은 자신의 피붙이에 한정되지 않은 조국의 가난하고 성실한 전 민중들로 확대되면서 척박한 현실에 대한 개혁의지로, 고통받는 동포들에 대한 애정으로 귀결되는 것이다.

이념의 구체화와 현실적 공감의 창출

박세영은 일제 강점기 제국주의의 수탈과 계급구조의 모순을 고발하고 현실 변혁의 의지와 전망을 시적으로 형상화한 대표적 프로 시인 중 한 사람이다. 그의 시는 부당한 수탈과 계급구조에 대한 분노와 비판, 현실의 모순을 극복하고 역사변혁의 새로운 길을 열 주체로서의 민중들에 대한 신뢰와 애정, 열악한 현실 속에서도 현실의 부당함에 대한 비판의식을 놓치지 않으며 새로운 미래에 대한 열망을 포기하지 않는 의지 등 당대의 프로시들이 보여주었던 대부분의 경향을 담고 있다. 그러나 박세영은 민중들의 구체적 삶에 대한 공감과 애정, 자연과의 대비를 통해, 자연의 질서를 거스르는 인간사회의 모순을 구체화함으로써 더욱 현실적 감응력을 지닌 시를 생산해 내었다. 그의 시는 한마디로 "민중지향적이고 휴머니즘적인 특성에 기초하고 있다"[4]고 정의내릴 수 있는 것이었다.

　이러한 박세영 시의 전반적 면모와 연관해서 살펴볼 때 그의 고향에 대한 인식이나 시적 형상화 과정은 중요한 의미를 지닌다. 그의 고향에 대한 그리움이나 애정은 노동한 만큼 거두어 삶을 누리지 못하는 조선의 수많은 빈민계급들의 애환을, 그러한 현실을 만들어내는 구조적 모순과 적대계급에 대한 분노를, 그래서 더욱 새로운 세계를 열망하고 그것을 만들어내기 위해 투신하는 삶에 대한 긍정과 낙관을 담고 있다. 그리고 이러한 세계는 박세영의 시를 이루는 근간이 된다고 할 만하다. 박세영은 빈한한 선비의 집안에서 태어나 가난한 삶을 살았고, 그러한 생활체험은 가지지 못한 자들, 불우한 자들에 대한 애정과 연민을 잃지 않게 했다. 박세영의 인정과 의리의 성품에 대한 언급은 그의 문우들의 글에서 자주 회고되는 바이기도 하다. 빈한한 시골마을에서 자라나면서 보고 익힌 자연애와 인정은 현실모순을 비판하고 계급의식을 선도하는 그의 시 속에도 녹아 있다. 카프 운동 시기나 해방 후의 급격한 이데올로기 투쟁의 시기에 쓰여진 시 중에는 물론 성급한 이념주장이나 구호선창의 직설적 어법으로 인해 관념적 경향을 띤 경우도 있었다. 그러나 고향과 자연에 대한 애정, 주변의 삶에 대한 관심과 애착은 그의 시가 생경하고 관념적인 구호에 떨어지지 않으면서 현실성과 정서적 공감을 불러일으키는 데 중요한 역할을 하였다. 「타작」이나 「향수」, 「순아」 같은 시가 그 대표적 예라 할 수 있을 것이다. 풍요하고 평화로운 자연과 대비되는 척박하고 고단한 삶의 현실성, 가난하고 고통스런 삶을 살 수 밖에 없었던 빈민계급의 인물들을 자신의 누이나 가족처럼 사랑하고 연민하는 모습은 현실고발이나 투쟁의지 고무, 새로운 사회건설을 향한 열망을 더욱 진실성 있게 전달한다.

1 박세영의 해방 당시의 행적에 대해서는 연구자들이 의견을 달리하고 있다. 심선옥은 서울에서 해방을 맞았다고 하고 있고[심선옥, 「박세영 시의 현실주의적 성격」(성균관대학교 석사학위 논문, 1991)], 한성우는 청진 감옥에서 해방을 맞았다고 하고 있는데[한성우, 『박세영 시 연구』(대광문화사, 2000) 한성우의 것은 이기봉, 『북의 문학과 예술인』(사사연, 1986)]을 따른 것이다.

2 박세영의 생애에 대해서는 심선옥, 위의 논문, 한성우, 위의 책, 김재홍, 『카프시인비평』(서울대학교출판부, 1991)을 참고하였다.

3 인용된 모든 시는 박세영, 『산제비』, 『한국대표시인 100인 선집 6』(미래사, 1991)을 따른다. 이 시집에는 1938년 출간된 동명의 시집 『산제비』뿐 아니라 『산제비』에 수록되지 않은 카프 활동기의 시와 해방 후의 시들이 다수 수록되어 있다.

4 심선옥, 「박세영 시의 현실주의적 성격 – 형상화 방법을 중심으로」, 『문학과 논리』 창간호(태학사, 1991), 340쪽.

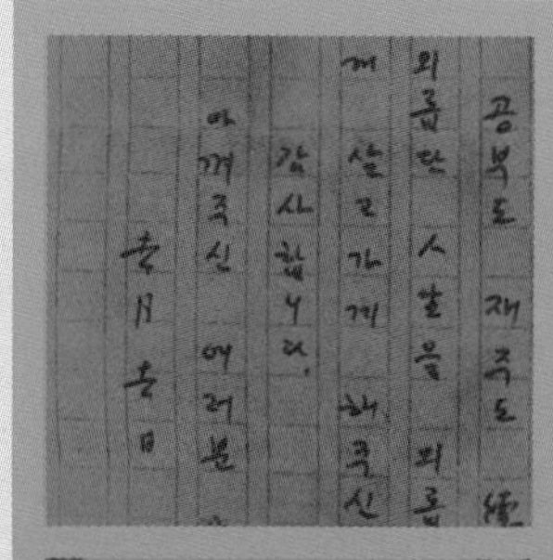

전래동화와 현대동화를 잇는 디딤돌

「바위나리와 아기별」

1926년 ≪어린이≫ 신년호에 발표되었으며 아름다운 문장과 순정적인 내용이 종전 동화의 세계를 탈피, 새로운 문예동화의 양식을 보여준 작품이다.

　남쪽 어느 바닷가에 바위나리라는 풀 한 포기가 돋아 빨강·파랑 등 예쁜 오색꽃을 피웠는데, 함께 어울려 이야기할 벗이 없었다.
　외로운 바위나리의 울음소리를 듣고 하늘의 아기별이 내려와 흐뭇한 우정을 나눈다.
　새벽이 되어 별나라로 다시 올라간 아기별은 성문이 닫혀서 성벽을 뛰어 넘다가 임금의 노여움을 산다.
　마침내 하늘에서 쫓겨난 아기별은 바위나리가 있던 해변에 떨어진다.
　그때 바위나리는 이미 바람에 휩쓸려 바다로 흘러가고 난 뒤였다.
　그런데 그 뒤로도 아름다운 바위나리는 해마다 바닷가에서 피어나고 있었다.
　그리고 깊은 바다가 맑고 환하게 보이는 것은 아기별이 바다 밑에서 빛나고 있는 까닭이라고 한다.

본명 상규(湘圭). 경기도 개성 출생. 서울 중앙고등보통학교를 중퇴하고 보성고등보통학교에 다니다가 다시 맹휴사건으로 중퇴했다. 1920년에 니혼(日本)대학 예술과에 입학, 홍난파(洪蘭坡) 등과 도쿄 유학생 극단 '동우회'를 조직하는 등 문화운동에 첫발을 내디뎠고, 1923년부터는 동화를 쓰기 시작하였다. 「바위 나리와 아기별」, 「어머니의 선물」 등을 ≪어린이≫지에 발표하는 한편 방정환(方定煥) 등과 함께 '색동회' 동인이 되어 어린이를 위한 문화활동을 본격적으로 벌였다.

니혼대학 졸업 후에는 분게이슌주사(文藝春秋社) 입사하여 편집장을 지냈고, 1930년에는 직접 ≪모단 니혼(日本)≫을 창간하여 언론활동을 벌이기도 하였다. 8·15광복 후에 귀국하여 한국문화연구소 소장으로 있다가, 6·25전쟁을 맞아 종군 문인단의 일원으로 전선에 참가, 그때의 체험을 『전진(戰塵)과 인생』이라는 수필집으로 펴냈다. 1958년에는 장편동화 『모래알 고금』, 수필집 『요설록(饒舌錄)』을 간행하였다.

한편 어린이헌장과 서울시민헌장의 기초에도 참여했고, 1964년에는 '고마우신 선생님'으로 추대되었다. 초기에는 주로 어린이에게 꿈을 심어주기 위한 환상적 경향의 동화를 많이 썼으나, 후기에는 「모래알 고금」, 「멍멍 나그네」 등과 같은 세태고발적인 동화를 써서 성인에게도 많이 읽혔다.

전래동화와 현대동화를 잇는 디딤돌

고인환(문학평론가, 경희대 교수)

생애

한국 창작동화의 효시 「바위나리와 아기별」의 저자로 잘 알려져 있는 마해송의 생애는 한국 역사의 질곡만큼이나 다사다난하다. 그는 좌절하지 않는 강한 민족정신으로, 암울한 현실을 꿈과 사랑으로 승화시킨 빼어난 작품들을 남겨, 많은 어린이들에게 희망의 메시지를 전하고 있다.

마해송은 1905년 1월 8일 경기도 개성에서 태어났다. 그는 1912년 4년제 소학교인 개성 제일공립보통학교에 입학하였으며, 1916년에는 3년 과정의 정토종불교중학교에 진학한다. 이듬해인 1917년 부모의 강요에 떠밀려 열세 살의 어린 나이에 결혼을 하게 된다.

1919년 마해송은 고향을 떠나 경성 중앙고등보통학교에 입학한다. 3·1운동 이후 학교는 동맹휴학이 잦았다. 그때마다 고향으로 자주 내려왔는데,

이때 기차 안에서 4살 연상의 '순'이라는 여인을 만나 진정한 사랑에 눈을 뜨게 된다. 또 이때 문예 잡지 ≪여광≫의 동인으로 활동하기도 한다. 동맹휴학으로 중앙고보를 중퇴하고 보성고보에 전학하지만, 다시 동맹휴학으로 퇴학당한 그는 1921년 일본으로 건너가 그 이듬해인 1922년 봄에 니혼대학 예술과에 입

『바위나리와 아기별』

학한다. 여기에서 그는 극문학을 전공하면서 홍난파 같은 사람들과 도쿄 유학생 극단 동우회를 조직하여 희곡과 동극을 발표하기 시작한다. 한편, 그 무렵 '순'과의 사랑이 좌절되는 아픔을 겪는데, 이는 「바위나리와 아기별」을 탄생시키는 계기가 되었다. 이 동화는 1923년 ≪샛별≫지에 발표되었다.

이후 마해송은 어린이 잡지의 편집일을 맡아 하며 여러 가지 각본을 썼으며, 연극과 동화 구연 등의 공연을 하며 전국을 순회했다. 이듬해에 다시 일본으로 건너가 색동회에 가입하여(1924) 어린이를 위한 문화운동을 계속하면서 ≪어린이≫지에 많은 동화를 발표했다. 이 시기에 발표한 작품으로는 「어머님의 선물」, 「장님과 코끼리」, 「두꺼비의 배」, 「소년특사」 등이 있다.

갑작스런 어머니의 죽음은 그에게 큰 충격을 안겨주는데, 이후 마해송

은 일본으로 건너가서 날마다 술타령만 하다가 끝내 폐병이라는 진단을 받고 요양을 하게 된다(1928~1929). 퇴원 후 도쿄에서 발행되는 ≪문예춘추≫의 초대 편집장, 선전부장을 지내다 1930년 ≪모던니혼≫의 사장으로 일본 사람을 직원으로 거느리며 발행 부수 10만이 넘는 잡지사를 운영하여 일본 문화계를 주름잡는다. 한편, 조선예술상을 마련하여 우리나라의 문인들을 돕기도 하였다.

그는 1931년 ≪어린이≫지에 「토끼와 원숭이」를 처음 발표하고, 1933년에 다시 연재하다가 세 번째 원고를 압수당하면서 더 발표하지 못하게 된다. 이 동화에서 토끼를 원숭이로 만들고, 원숭이의 구호를 외우고 다니게 한 것이 우리나라를 침략한 일본을 비난한 이야기라고 비춰졌기 때문이다. 이런 까닭으로 세 번째 원고는 인쇄되지 못하다가 해방이 되어서야 완전하게 처음부터 끝까지 발표하게 되었다.

「토끼와 원숭이」를 발표할 무렵 그는 누구보다도 색동회와 소파를 아끼면서도 ≪조선일보≫에 방정환의 영웅주의와 눈물주의를 비판하는 글을 쓴다. 이즈음에 이르러 그의 작품세계도 조금씩 변화하기 시작한다. 1933년에는 옛이야기를 재창작한 「호랑이와 곶감」을 발표하는데, 이 작품은 어린이들이 받아들일 수 있는 장면을 미리 생각하고 어린이들이 이해할 만한 수준의 말을 선택하여, 민족해방이라는 주제의식을 어린이들의 눈높이에 맞추어 치밀한 구성력으로 직조했다는 평가를 받았다.

1934년 첫 창작 동화집인 『해송 동화집』이 개벽사에서 출간된다. 여기에는 동화 「어머님의 선물」, 「바위나리와 아기별」, 「소년특사」, 「토끼와 원숭이」, 「호랑이와 곶감」 등의 작품이 실려있다.

마해송은 그토록 미워하던 아버지의 죽음을 계기로 비로소 아버지에 대한 오랜 원망에서 벗어난다. 그는 1937년 열 살 아래인 무용가 박외선

마해송의 장례식

을 만나 결혼한다. 이때까지 일본에서 줄곧 잡지사를 운영하고 있던 그는, 1944년 일본 전역에 폭격이 심해지자 가족을 서둘러 귀국시키고 자신도 이듬해인 1945년 귀국한다.

마해송은 해방 후에도 사회성과 주제의식이 강한 동화를 썼다. 1946년 「토끼와 원숭이」를 다시 집필하여 완성하였고, 1948년에는 「떡배 단배」를 ≪자유신문≫에 연재하기 시작한다. 「떡배 단배」는 1953년 다른 몇 편의 단편 동화와 함께 책이 되어 나온 후 8년 동안 다섯 번이나 출판되었다고 한다. 자유당 집권 때에는 장편동화 『모래알 고금』을 통해 사회의 부조리와 혼란스런 사회 모습을, 「꽃씨와 순사람」 같은 작품으로 부정부패가 극도에 이른 정권이 무너질 것을 은근히 보여주기까지 했다. 6·25때에는 전쟁 당시의 사회상을 그린 장편동화 『앙그리께』를 발표하여 민족과 사회에 대한 비판적인 인식을 드러냈다. 마해송은 한국 동화계에 영원한 고전으로 남을 주옥같은 동화를 수십 편이나 발표하였다. 그는 1966년 11월 6일 뇌일혈로 사망하며 많은 사람들을 안타깝게 했다.[1]

작품세계

마해송이 작품 활동을 했던 시기는 우리 근현대사의 격변기였다. 일제강점기, 해방, 분단과 한국전쟁 그리고 이승만 독재정치에 이르는 역사적 변동의 시기를 거치면서 마해송은 그 누구보다도 강인한 민족정신으로 시대적 상황에 적극적으로 응전하며 작품 활동을 하였다.

그의 작품세계는 크게 세 시기로 구분하여 살펴볼 수 있다.

전기(1923~1930): 전통적 소재의 재창조

전기(1923~1930)는 1923년 「바위나리와 아기별」과 「어머님의 선물」 등 최초의 동화를 쓰기 시작한 이후부터 1931년 「토끼와 원숭이」를 쓰기 전까지에 해당한다. 이 기간에 그는 작품 창작에서 다양한 시도를 보여주고 있다. 「바위나리와 아기별」에서 복합적 환상으로 탐미적인 경향을 추구하던 마해송은 「어머님의 선물」에서는 학대받는 아동의 권리 회복을 주장하였다. 「소년특사」와 아동극에서는 봉건적 아동관에 대한 시정과 동심 개발에 역점을 두었고, 「장님과 코끼리」에서는 복합적으로 세태를 풍자한다.

그러나 이때에 발표한 동화의 전반적인 특색은 탐미적인 경향이 짙다는 것이다.[2] 이 시기에 마해송은 방정환이 중심이 된 '색동회'에 들어

색동회의 동인들. 앞줄 왼쪽부터 진장섭, 조재호, 뒷줄 왼쪽부터 마해송, 정인섭, 손보태.

가 활동을 하며 작품을 썼기 때문에 방정환의 동화관이었던 '동심천사주의적 세계관'을 크게 벗어나지 못한 것이다.[3]

1920년대의 대부분의 작품들은 전래동화 또는 있어온 이야기의 개작, 창작으로의 옛이야기 형태를 벗어나지 못했다.[4] 그렇지만 전통을 그대로 수용하는 것이 아니라 현대적 의미로 재해석하고 있다는 점은 주목을 요한다.

「바위나리와 아기별」은 그의 전기 대표작이라 할 수 있는데, 이 작품은 유교적인 가부장적 권위주의에 반발하여 씌어진 작품이다. 여리고 약한 자에 대한 강자의 횡포를 아주 재미있게 그려냄으로써 작품성을 높이 평가받고 있다.

동화 전면에 깔려 있는 가부장적 전통의 권위주의적 사고체계나 분위기는 전래동화와 유사하다. 그 구조를 살펴보면 유사점이 더욱 선명하게 드러난다. 등장인물과 분위기의 요소, 사건의 진행 방법 등이 거의 동일하다. 전래동화는 하늘나라에서 일어난 사건을 다루지만, 이 작품에서는 그 배경이 외딴섬과 하늘나라라는 점에서 장소의 이동은 조금 있다고 할 수 있으나, 크게 이동되거나 달라진 것은 아니다. 중심인물에서도 서로 일치하는 면을 찾을 수 있으며, 이야기의 전개과정에서 나타난 장면이나 모습은 비슷한 양상을 띤다.[5]

그러나 대부분의 전래동화는 동물을 의인화하고 있으나 외로운 섬에 홀로 핀 바위나리를 제재로 삼았다는 점, 전래동화의 전형이라고 할 수 있는 권선징악과 교훈성을 탈피한 점, 전래동화의 해피엔드 구조를 벗어나 열린 결말처리로 여운을 준다는 점 등이 다르다.

이 작품은 설화성을 지니고 있으면서도 아기별의 미세한 감정의 묘사와 억압받는 어린이의 모습을 형상화하려는 작가의 의도를 담고 있다는 점에서 창작동화로서의 가치를 지닌다.

이상에서 「바위나리와 아기별」은 단군신화의 홍익인간 정신과 전래동화의 패턴 위에 근대사상을 접목한 우리나라 최초의 창작동화라 할 수 있다.[6]

중기(1931~1945): 부정적 민족 현실에 대한 풍자

중기는 아동 애호사상에 집중되었던 시선을 시대적 상황 쪽으로 돌리게 되는 시기이다. 그는 상황과 인물의 상징화를 통한 우의적 기법으로 일제의 침략상을 밀도 있게 풍자하는가 하면, 사실적이고 민족의식이 강한 동화를 써내기 시작한다. 「토끼와 원숭이」, 「호랑이와 곶감」 등이 이 시기의 대표작이다. 이러한 작품들은 초기의 경향과는 전혀 다른 동화들이다. 마해송의 동화관이 이렇게 변하게 된 원인은 1930년대를 전후하여 동화운동의 중심이 방정환의 동심천사주의 경향에서 카프작가를 중심으로 한 아이들의 구체적인 삶을 다루는 경향으로 옮겨갔기 때문이다.7

「토끼와 원숭이」를 살펴보자. 풍랑에 밀려 토끼의 간호를 받았던 원숭이가 토끼나라를 정복하여 젊은 토끼들에게 원숭이 말을 배우게 하고 늙은 토끼에게는 일을 시킨다. 욕심쟁이 원숭이들은 남쪽에 사는 '뚱쇠' 나라를 밤중에 쳐들어가고, '뚱쇠' 나라를 구원하기 위해 들어온 '센이리들'에게 쫓겨 원숭이들은 '뚱쇠' 나라에서 달아난다. 원숭이가 된 토끼들은 각기 '뚱쇠'와 '센이리' 편에 붙어서 아부를 한다. 결국 '뚱쇠'와 '센이리' 사이에 싸움이 벌어져 모두 죽고 허허벌판에 시체가 쌓이고 이후 토끼 자손들이 잘된다는 내용이다.

이 작품은 싸움을 좋아하는 원숭이와 가무(歌舞)를 즐기는 토끼의 상반된 이야기가 두 축을 이루고 있다. 여기서 토끼나라는 우리나라를, 원숭이 나라는 일본 제국주의를 상징한다. 원숭이들은 토끼나라 집을 모두 차지하고, 토끼들에게 원숭이 나라 말을 배우게 하고, 먹을 것을 구해 오게 하는 등 일제의 침략 상황을 우화적으로 보여주고 있다. 또한 토끼나라를 점령한 원숭이들이 토끼들을 원숭이화하는 과정, 토끼들의 모습과 그들의 사상까지 세뇌하려는 모습은 식민지 정책의 실상이 잘 드러나는 대목이다.8

이상에서 마해송의 중기 동화세계는 1920년대 초에 발표되었던 동화와는 달리 민족주의적인 경향을 띠기 시작한다. 이러한 변화는 당연히 1930년대 계급주의 문학이 주도권을 잡으면서 그 영향을 받았기 때문이다. 하지만 마해송은 카프작가들의 작품 속에서 자신의 동화가 나아갈 방향에 대한 어떤 실마리, 즉 민족적인 경향이 강한 주제의식을 받아들였

주요 작품 중 하나인 『모래알 고금』과 『물고기세상』

지만, 그 내용을 형상화하는 방법 면에서는 좀더 부드럽고 아이들의 정서에 맞는 구성방식을 취하고 있다.[9]

후기(1946~1966): 원숙한 경지의 작품세계

　　마해송은 해방 후에도 사회성과 주제의식이 강한 동화를 발표했다. 1946년 「토끼와 원숭이」를 다듬어 완성했고, 1948년에는 「떡배 단배」를 ≪자유신문≫에 연재한다.

　　마해송은 이 시기에 모방이나 개작에서 벗어나 민족적인 긍지를 가지고 작품을 창작하였다. 특히 민족적인 긍지를 지닐 수 있는 이야기를 써 나감으로써 당시 어린이들에게 민족의 주체성을 일깨워주었다고 할 수 있다.10

이 시기의 대표작이라 할 수 있는 「떡배 단배」를 살펴보자. 이 작품은 우리나라가 해방을 맞이하여 독립이 되었음에도, 여전히 약소국가로서 강대국에게 수탈당하고 있음을 그려내고 있다. 이 작품은 1949년에 씌어졌다. 이 시기는 6·25 전쟁 직전으로 미·소 양군이 38선 남북에 각각 진주하고 있었다. 이러한 우리 민족의 상황이 「떡배 단배」에 날카롭게 풍자되어 있다. 떡배와 단배가 섬에 들어와 사람들의 생활 모습을 바꾸어가고, 섬사람들은 자신들의 생활이 떡배나 단배에 의하여 어떻게 되는지도 모르고 그들을 추종하게 된다. 결국 섬사람들은 자신들의 모든 것을 잃어버리고 떡배나 단배의 명령에 의하여 움직이고, 같은 민족인데도 편을 나누어 싸우게 된다. 해방 후 미국과 소련이 우리나라에 들어와 신탁통치를 하게 되어, 남한은 미국을 따르고 북한은 소련을 좇아서 편을 나누고 이로 인한 전쟁은 우리 민족에 큰 피해를 입히게 된다. 마해송은 「떡배 단배」를 통해 해방 직후 우리나라의 혼란한 시대상을 풍자적으로 묘사한 것이다.

이후 마해송은 환상동화와 생활동화를 창작하며 원숙된 경지의 문학 세계를 펼쳐 보인다. 환상동화는 우화적이고 풍자적으로 사회를 견제하는 기법을 사용하고, 생활동화는 사회 현실을 직접적으로 동화 속에서 그려나간다. 환상동화로는 「박과 봉선화」, 「사슴과 사냥개」, 「꽃씨와 눈사람」, 「경우 밝은 여우」, 「여우 없는 여우골」 등을 들 수 있다. 사회 현실을 직접적인 묘사로 그려나간 작품으로는 장편동화 모래알 '고금'의 이야기(『모래알 고금』, 『토끼와 돼지』: 모래알 고금 2편, 『비둘기가 돌아오면』: 모래알 고금 3편)와, 6·25 전쟁 이야기인 『앙그리께』 등이 있다.

이런 동화에서는 주인공들이 대부분 동물과 식물이다. 환상동화에서는 동식물을 등장시켜 이야기를 이끄는 방법으로 작가의 생각을 독자들에게 전달하고 있으며, 생활동화에서는 주인공들이 다리 밑에 살면서 남에게 구걸하고, 구두닦이를 하면서도 꿈과 용기를 잃지 않고 열심히 살아가는 모습을 그리고 있다. 그러면서 어린이들이 어렵게 살아가는 이유가 기성세대와 지도자들의 잘못이라고 꼬집어 이야기하기도 한다.

마해송의 후기 작품들은 교훈성과 재미가 잘 배합되어 성숙한 동화의 모양을 갖추게 된다. 이것은 1920년대에 처음 등장한 창작동화가 30년이 지난 1950년대에 어느 정도 정착하는 단계에 이른 우리나라 동화의 발전 양상과 일치하는 것이라고 할 수 있다.[11] 마해송의 동화세계와 우리나라 동화 문학사는 이처럼 불가분의 관계에 있다.

문학적 토양의 저수지 고향땅 경기도 개성

마해송에게 고향 경기도 개성은 양가적인 의미를 지닌다. 고향의 정경이 그려진 수필 「고향산수(故鄕山水)」에는 다음과 같이 그려져 있다.

내 고향 개성(開城)은 내가 열 서너 살까지와 40이 지나서 이태를 살았을 뿐이라 아는 사람이 많지는 못하지만 조상 누십대(累十代)가 살아온 고향인 만큼 개성에 가게만 되면 석류나무집에 들어설 때와 같이 모두가 반겨주고 또 반가운 사람들뿐인 것같이 항시 생각나는 것이다.

「아아 저분도 내가 아는 분! 저분은 몇째 형님의 친구! 저 사람은 내 동생의 동창(同窓)! 아아 나하고 같이 자라난 친구!」

이렇듯 정다웁고 그리웁게만 생각하는 고향의 소담하고 아늑하고 단정(端正)하고 정다운 모습은 봄이면 봄, 가을이면 가을 어느 때고 그리웁지 않을 때가 없지만 여름 한철 더욱이 간절하게 느끼게 됨은 아름다운 산골짝마다 흘러내리는 맑은 물에 1년 열두 달의 시름을 씻어버릴 수 있는 그 즐거움일레라. 가고지고 가고지고

— 마해송, 「故鄕山水」, 『故鄕山水』(범우사, 1977)

인용문에 나타난 고향에 대한 형언할 수 없는 그리움은 '민족'에 대한 사랑으로 확장되어 마해송 문학세계의 원형질을 이룬다. 그의 문학적 자서전 『아름다운 새벽』을 보면, 마해송의 유년시절은 전통적이고 토속적인 세계로 가득 차 있다. 어머니의 대감님에 대한 제사 장면이나, 불교에 대한 성찰 그리고 망자의 복을 기원하는 굿 등에 대한 묘사는 마해송의 주체적 민족의식을 함양하는 데 한 축이 되었으리라 짐작된다. 이러한 전통세계는 어머니에 대한 그리움으로 표상된다.

반면, 그에게 아버지는 억압적이고 권위적인 상징으로 기능한다. 그는 13살 때 자신의 의지와 무관하게 결혼을 한다. 이러한 결혼 생활은 마해송에게 일생 동안 무거운 짐으로 따라다닌다. 우리나라 최초의 창작동화인 「바위나리와 아기별」도 이러한 배경으로 탄생되었다. 경성중앙고등보통학교에 입학한 그는 3·1운동 이후 동맹휴학이 잦아 고향으로 자주 내려왔는데, 기차 안에서 '순'이란 여인을 만나 진정한 사랑에 눈뜨게 된다. 아버지는 이혼을 허락하지 않음으로써 이들의 사랑을 반대하였다. 일본 유학 중 다시 '순'을 만나 사랑을 꽃피웠으나, 그녀의 남편이 돌아옴으로써 이들의 애절한 사랑은 좌절되고 만다. 이 사실을 안 아버지는 고향에 돌아온 마해송을 집안에 감금하게 된다. 이때 「바위나리와 아기별」

이 탄생한 것이다. 우리나라 최초의 창작동화는 고향과 서울을 오가는 기차 안에서 싹튼 애틋한 사랑이 좌절된 후, 이를 억압한 아버지에 대한 원망을 삭이며 그 아픔을 글로 엮은 것이다. 이때의 심정을 직접 인용해 보자.

일본서 돌아온 후 한동안 밖에도 나가지 못하게 한 일이 있었다.
연애 사건으로 해서 호된 꾸지람을 들은 것이었다.
그러나 나로서는 속이 어른만큼 멀쩡한데 꾸지람이나 연금 상태가 당치 않은 일이라는 불만이 있었다.
그 불만을 동화로 엮은 것이 「바위나리와 아기별」이라는 것이었다. 바위나리라는 꽃이 있는 것이 아니다. 바위에서 난 꽃이라고 해서 바위나리라는 이름을 붙였다.
(……)
왕의 폭력에 의해서 사랑이 끊어졌고 사랑이 끊어졌기 때문에 빛을 잃었다고, 한 번은 죽은 다음 바다 속에서 사랑이 되살음에 잃었던 빛을 도로 찾고 새로운 생명을 찾았다는 뜻이었다.
아버지의 꾸중으로 지금 집에 박혀 있으나 사랑은 끝내는 이길 것이라는 속셈이었다.
어른은 언제까지나 어린이를 소견 없는 철부지로만 생각하지만 어린이도 사람이라 생각도 지각도 있으니 사람 대접을 해달라는 울부짖음은 문 밖에도 못 나가고 갇혀 있을 때의 애절한 기원이었다.
어린이의 마음을 좀 알아주도록 어른들에게 호소하고 싶었고 어린이는 어린이대로 모임을 가져서 널리 사귀고 마음을 닦아 착한 짓을 하며 즐거움을 가질 수 있게 했으면 좋겠다는 생각이 있었다.
곧 소년 운동을 일으킨 동기였고 어린 사람들을 만나려면 쉬운 길이 예배당을 통하는 일이었다. 모일 곳이라고는 거의 그런 곳밖에 없었다.
— 마해송, 『아름다운 새벽』(문학과지성사, 2000)

이렇듯 고향에서의 연금 생활과 아픈 첫사랑 체험은 우리나라 최초의 창작동화가 탄생하는 계기를 만들어 주었으며, 마해송이 앞으로 소년 운동을 일으키는 밑거름이 되었다.

그리고 마해송은 고향에서 중학교를 다녔는데, 일본의 정토종 불교가 포교를 하기 위해 세운 학교였다. 기독교에서 경영하는 학교도 있었지만 부모님들이 기독교를 싫어하셔서서 가지 못했다. 1919년 3월 1일 서울에서 독립운동이 터졌고, 그의 고향 개성에서도 학생 백여 명이 '대한 독립 만세!'를 부르며 서울서 보내온 독립선언서

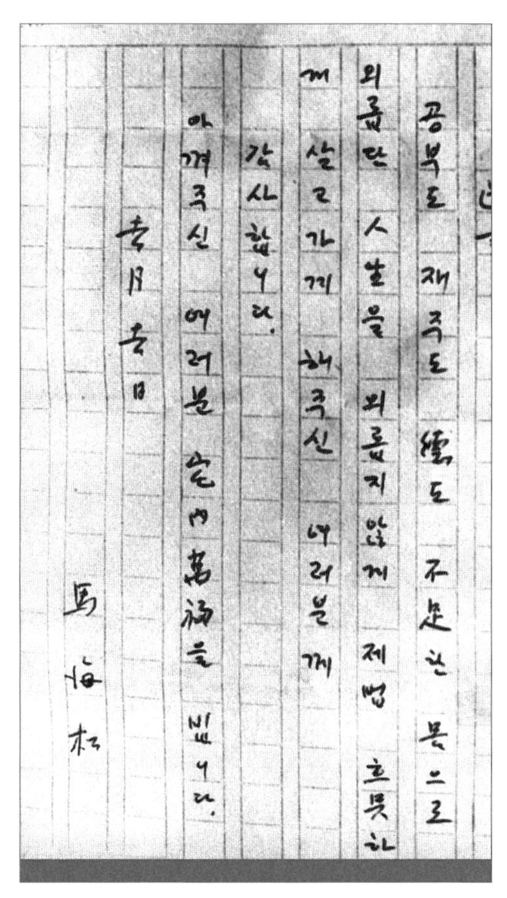

마해송의 유서 일부

를 뿌리고 유치장에 끌려가는 일이 발생한다. 그런데 그들 학생이 모두 기독교계 남녀 중학생들이었다. 마해송이 다닌 학교는 교장이 일본 사람이어서 혹시나 거사(擧事)가 누설될까 두려워 연락을 하지 않았던 것이다. 이 사건을 겪으며 마해송은 그 학교의 학생이라는 사실이 부끄러울 지경이었다고 회상한다. 그 후 마해송은 예배당을 드나들기 시작했다.

　　이렇듯 고향 개성에서의 삶은 마해송에게 민족의식의 싹을 틔어준 계기가 되었다. 이후 고향을 떠나 거의 되돌아오지는 않았지만, 그의 서울과 일본에서의 삶은 이렇게 고향에서 싹튼 민족의식을 실현하는 과정이었다고 할 수 있다. 마해송에게 경기도 개성은 자신의 문학적 토양을 기름지게 한 저수지였다.

창작동화의 선구자

　　마해송은 1923년 ≪샛별≫지에 「바위나리와 아기별」을 발표했는데, 이 작품은 기존의 교훈적 내용의 옛이야기 형태를 극복한 새로운 예술적 감각의 우리나라 최초의 창작동화라 평가되고 있다.[12]

　　마해송은 우리나라 아동문학사에서 하나의 전통을 이루고 있는 동심천사주의의 상대적인 입장에서 시대의 특수 상황을 외면하지 않고 현실에 보다 깊은 관심을 가진 작가라고 할 수 있다. 마해송의 작품 활동은 일제 통치 기간 대부분과 해방 이후 근대화가 사회의 구호가 된 1960년대 중반까지 이어진다. 마해송은 1966년 작고하기 전까지 동화집 12권(단편 60여 편, 중장편 10여 편), 수필집 7권, 자서전적 소설 1권을 발표했다. 그는 한국 창작동화의 아버지로, 수필가로, 아동운동가로 높이 평가되고 있다. 그는 일제 강점기 근대화의 첫 시련과 그 충격들, 해방 후의 정치적 문화적 혼란과 민주정치를 실현하려는 과정에서 노출된 문제들, 그리고 6·25 전쟁 중의 처참한 현실과 그 속에서의 어둡고 우울한 시기에 대해 예민한 감각과 문제의식을 가지고 접근하였다. 이러한 주제의식은 어린이 존중 사상을 바탕으로 올바른 사회적, 시민적 가치와 태도를 정립하려는 민족

달성공원 상화시비 앞에서 유주현, 장덕근, 마해송, 조지훈, 박훈산, 방기환, 이성도, 박두진

적 주체의식의 소산이다.

　그는 한국 창작동화의 선구자로서 아동문학 작품의 질을 향상시키는 데도 기여하였다. 마해송의 동화는 어린이의 생활보다는 사회 모순을 반영한 것이 많다. 그래서 그의 작품은 성인층에게도 애독된다. 아동에 대해서는 선도하는 성인의 위치가 되고, 성인에 대해서는 비판하고 조소하는 처지가 되는 것이다. 마해송의 동화 대부분이 어린이 잡지가 아닌 성인 대상의 일간지에 발표된 것을 보아도 마해송은 동화의 독자를 아동에만 한정하지 않았음을 알 수 있다. 마해송은 어린이와 어른이 함께 읽는 동화를 창작하여 아동문학가로서 당당히 본격문학가의 위치에 오를 수 있었다.

그럼 구체적으로 마해송 동화의 문학사적 의의를 살펴보도록 하자.[13]

첫째, 마해송 동화는 당시 문단에 만연하던 동심천사주의를 극복하고 현실 비판의식을 주제화해서 다른 작가와 차별되는 풍자문학적 특성을 보여주었다. 그는 민족주의적 주체의식을 바탕으로 한 동화를 써서 외래적 탐미주의나 동심주의에서 벗어나고자 하였다. 또한 창작동화를 개척하여 전래동화에서 현대적 동화로 발전하는 교량역할을 하게 된다.

둘째, 마해송 동화에는 당대 상황의 변화에 따른 다양한 문학적 대응 방식이 표현되어 있다. 식민지 시대의 사회 현실과 비판 의식에서는 기존의 전통적 봉건 의식에 의한 아동 경시 풍조를 청산하는 과정에서 야기되는 문제와 식민지 상황의 심화, 곧 일제의 잇따른 대륙 침략으로 피폐해진 사회 현실, 그에 따른 식민지 정책의 강화책에 대한 문학적 대응 방식을 잘 보여준다.

셋째, 8·15 이후 우리나라는 복잡한 사회 구조, 외세에 의한 비주체적인 정치체제, 독재정권의 등장으로 가치관의 혼란을 겪고 있었다. 이에 마해송은 작가의 비판적 현실에서 비롯되는 주체적 역사관을 작품 속에서 확립하고자 했다. 비판의 대상을 정당한 삶을 영위할 수 없게 만든 비주체성과, 현실의 사회 구조적 측면으로 확대하여 비판 정신을 확립하고 모순이나 불합리에 대한 고발이나 비판에 그치지 않고 이상 세계를 추구함으로써 민족의 방향성을 제시하여 시대적 위기를 극복하고자 했다.

넷째, 마해송은 당대 현실에 대한 문학적 대응 방식으로 민족적 현실을 우의적으로 형상화하고 있다. 그것을 통하여 어려움의 극복 의지를 보여주고 있다는 점에서 현실 대응력을 갖는다. 표면적인 이야기에 정신적, 도덕적, 역사적 의미를 부여하여 민족적 현실을 형상화하는 우의적 방법은 부조리한 사회와 현실을 극복하려는 작가의 비판정신을 보다 함축적으로 드러낼 수 있게 하였다.

다섯째, 전래동화를 전통적 민족의식과 함께 재창조해 새로운 주제의식을 보여주었다는 점에서 현실 대응력을 갖는다. 그가 사용한 패러디의 방법은 전래동화를 원작으로 하고 두 가지 단계로 확대되는 형태를 취하고 있다. 이는 전래동화의 본질적 풍자성을 그대로 재현한 경우와 전래동화의 주제의식인 교훈성을 풍자성으로 전환하여 강화한 경우이다.

이상에서 살펴보았듯이, 1920년대 초반에서 1960년대 중반에 이르는 마해송 동화의 현실 인식은 당대 사회에서 비롯되는 여러 가지 모순을 외면하지 않고 비판의 대상을 정확하게 파악하여 다양한 방법으로 비판함으로써 그 극복을 위한 문학적 탐구 자세를 보여준다. 그의 동화는 민족문학의 방향성을 제시함으로써 현재적 위기를 극복하려는 아동문학의 한 가능성을 보여주고 있다. 그에게 있어 현실의 부조리를 인식하는 중요한 방법은 민족의식이었다. 이러한 민족의식은 잘못된 세태를 지적하여 올바르게 고쳐보고자 하는 의지로 드러난다. 주체성을 잃은 인간들, 관념적 사고를 고집하는 인간들, 부도덕한 세태, 외세를 비롯한 일제의 올바르지 못한 권위를 풍자하여 민족의 자각을 촉구한 것이다.

… 주석

1 마해송의 생애는 그의 자서전 『아름다운 새벽』(문학과지성사, 2000)을 기본 텍스트로 하여, 그에 대한 연구논문이나 연구서들을 참고하여 작성하였다.
2 김자연, 『한국 동화문학 연구』(서문당, 2000), 117쪽 참조.
3 이재복, 『우리 동화 바로 읽기』(소년한길, 1995), 80쪽 참조.
4 이재철, 『한국 아동문학 연구』(개문사, 1988), 33쪽 참조.
5 신지영, 「마해송의 동화 연구」(영남대학교 석사학위논문, 2003), 11~12쪽 참조.
6 김자연, 같은 책, 111쪽 참조.
7 이재복, 같은 책, 80쪽 참조.
8 김자연, 같은 책, 124~125쪽 참조.
9 이재복, 같은 책, 74~75쪽 참조.
10 신지영, 앞의 논문, 15쪽 참조.
11 신지영, 위의 논문, 16~17쪽 참조.
12 이재철, 「마해송론」, 『현대아동문학 창간 1집』(현대아동문학사, 1973), 236쪽 참조.
13 신지영, 앞의 논문, 64~65쪽 참조.

박승극의 작품세계

"리얼리즘의 길은 길고도 넓은 것이다"

박승극

『으, 그건 염례 어, 의사만 끼면 단통이니까. 이번 의산 전의 놈보다 아주 고인여, 고인.』

너그럽게 웃은 뒤에서야 김치가 입안으로 들어갔다.

『그래도 이가 하나도 없으니 되겠어?』

상현이의 눈치를 살피는 국표의 두 눈엔 긴장된 빛이 떠올랐다.

상현이는 김치를 으드득으드득 맛있게 씹으면서

『정히 그럼, 한 잔 내든지, 딴 사람으로 뵈든지, 그야 어떡하든지 될 수 있어. 그런 걱정일랑 그만두라고. 졸장부 같으니.』

곤대질을 해가며 자만하는 것이었다.

『글쎄, 우떡하든지 되도록만 해줘.』

『형님, 쓰면 돼요. 이 세상에 멕여가지구 안되는 게 있는 줄 아쇼. … 아, 오늘이 이십일이지, 의사가 지금 화산에 와 있겠는데 이삼 일 내로 내 같이 다시 들어오리다. 그럼, 난 바빠서 곧 나가봐야겠소.』

―『박승극 문학전집 1』, 44쪽.

  박승극은 1909년 12월 14일, 경기도 수원군(현 화성시) 양감면 정문리에서 아버지 박흥양과 어머니 이인서 사이에서 7남매의 장남으로 태어났다. 1924년 박승극은 서울 배재고보에 입학해, 고향선배이자 배재고보 선배인 박팔양의 영향을 받았다. 1928년 니혼대학에서 수학했으나, 한 학기 만에 그만두고 귀국했다. 귀국 후 고향인 정문리에서 사재를 털어 만든 신흥학당을 중심으로 빈농층에 대한 교육운동을 전개했다. 또한, ≪조선일보≫ 수원지국을 운영하면서 수원기자동맹 및 신간회 수원지회에 적극적으로 참여했고, 1929년에는 카프 수원지부 결성에 주도적으로 참여했다. 박승극이 문인으로 등단한 것은 1929년의 일이다. 그는 카프 수원지부장으로 활동을 하면서, ≪조선지광≫ 1929년 6월호에 단편소설 「농민」을 발표했다. 1932년에는 「푸로문학운동에 대한 감상」을 발표해 평론가로도 활동했다.

  그의 인생에 있어 전환점은 1931년 11월에 화성군 용소리와 평택군(당시는 진위군) 서탄면 일대에서 발생한 수진노동조합 사건이었다. 이 사건으로 박승극은 1931년 11월부터 1933년 3월까지 감옥생활을 했다. 감옥생활 경험을 바탕으로 「풍진」, 「추야장」 등을 발표했고, 농민들의 생활상을 핍진하게 그린 「평범한 이야기」, 「술」 등을 창작했다.

  해방과 함께 수원군 인민위원회 위원장으로 추대되었으며, 조선문학건설본부와 조선프롤레타리아 문학동맹에도 참여했다. 1945년 11월, 수원군 인민위원회 위원장으로 활동하다 미군정포고령 위반으로 체포되었다. 그의 구속은 해방 이후 구속 문인 1호여서 사회적 관심이 대단했다. 1948년 8월 대한민국 정부가 수립되기 전에 박승극은 가족과 함께 월북했다. 해방 이후 월북하기 전까지 남한에서 「항간사」(1945), 「사랑」(1946), 「길」(1947), 「별도 성내다」(1947), 「밥」(1948) 등의 소설과 시 「옛전」 등 30여 편을 발표했다. 북한에서 국립출판사 사장, 청진의과대학 노동당 책임자, 개성시 당 고위 책임자로 일했던 것으로 알려져 있다. 그의 마지막 소설은 1970년 10월호 ≪조선문학≫에 발표한 「밤하늘의 별들」이다. 정확한 사망 시기는 알려져 있지 않다.

오창은(문학평론가, 중앙대 전임연구원)

막심 고리키를 사랑했던 작가

1946년 2월 15일, 서울 종로 기독교 청년회관 대강당에서 '민주주의 민족전선' 결성식이 개최되었다. 이 단체는 전국 중도세력과 좌익단체들이 망라된 25개 단체가 참여해 결성되었는데, 통일전선체(인민민주주의 통일전선)의 성격을 띠고 있었다. 공동의장은 여운형(呂運亨)·허헌(許憲)·박헌영(朴憲永)·김원봉(金元鳳)·백남운(白南雲)이 맡았으며, 많은 문인들이 단체의 결성에 적극적으로 참여했다.[1] 상허 이태준은 이 단체의 문화부장으로 활동했으며, 친일 행적으로부터 비교적 자유로운 임화·김남천·이원조 등이 결성대회 현장에 참석했다.[2] 이들은 대부분 조선문학가동맹 회원 자격으로 '민주주의 민족전선'에 참여했다. 그런데 조선문학가동맹 소속이 아닌 지방 대표 자격으로 이날 결성식에 참여한 예외적인 인물이 있었다. 그가 바로 박승극이다. 그도 조선문학가동맹 중앙상무위원이었지만, 민주주의 민족전선 경기지부 결성 준비위원 자격으로 이날 행사에 참석했다. 박승극이 문인으로서가 아니라 지방 대표로 '민주주의 민족전선'에 참여했다는 사실은 실천가로서의 그의 면모를 잘 반영한 사건이었다.

사회적 실천과 문학활동을 병행했던 박승극은 한때 남한 문학사에서는 금기의 대상이었다. 1988년, 월북문인 해금조치가 이뤄진 이후에야 그의 삶은 역사 속에서 조금씩 형상을 찾아가고 있다.[3] 문학인으로서 박승극은 비운의 인물이다. 일제 강점기에는 검열로 인해 원고가 끊임없이 훼손되었고, 남북분단 이후에는 월북을 이유로 그의 이름을 항상 복자(伏字)로 처리하곤 했다.

누구보다 막심 고리키를 사랑했던 박승극은 "리얼리즘의 길은 길고도 넓은 것이다"[4]라는 주장을 펼쳤다. 그는 24편의 중단편소설과 50여 편의 비평문, 한 권의 수필집과 30여 편의 시를 남겼다. 그는 일제 강점기에 민족과 민중에 대한 불굴의 애정을 가슴속에 깊이 새기며 사회운동에 전념하다 2년여의 옥살이를 하고, 25차례나 구금되었던 경력의 소유자다. 이러한 그의 경력은 항일투쟁의 역사 속에서도 빛나는 이력이기도 하다. 박승극의 문학평론은 저돌적인 힘을 지니고 있어 논쟁적이며, 그의 소설은 일제 강점기 '농민소설'은 풍부한 농민생활을 담고 있어 주목할 만하다. 박승극의 작품은 일제 강점기와 해방기 수원·화성의 사회상과 생활상을 사실적으로 그리고 있어서 문학 작품을 통해 과거의 역사를 다시 되살리는 데도 중요한 가치를 지닌다.

대학 중퇴 후 실천의 현장으로 – 박승극의 생애[5]

　박승극은 한일합방이 있기 바로 직전인 1909년 12월 14일, 경기도 수원군(현 화성시) 양감면 정문리에서 아버지 박흥양과 어머니 이인서 사이에서 7남매의 장남으로 태어났다. 1909년에 태어난 그는 식민지 교육을 받으면서 자랄 수밖에 없는 운명을 타고났다. 박승극이 식민지 현실에 대해 비판적으로 인식해 간 과정은 기록에 남아있지 않다. 추측하건대 양감면 사천리에 설치된 보신강습소에 다니면서, 지역 선각자들의 교육운동으로부터 영향을 받아 조선의 비참한 현실에 눈을 떠간 것으로 보인다. 보신강습소에서 수학하면서 박승극은 사설강습소와 야학에 관심을 가지기 시작했다. 훗날 박승극은 신흥학당을 설립해 '조선소년동맹 양감면 지부'를 결성하는 등 청소년 운동을 지도하기도 했다. 1924년 박승극은 서울 배재고보에 입학했는데, 배재고보는 숱한 저항적 지식인을 배출한 곳이기도 하다. 박승극에게 영향을 미친 인물은 고향 선배이면서 배재고보 선배이기도 한 박팔양이었다. 박승극이 배재고보에 입학했을 때, 시인 박팔양은 이미 학교를 졸업한 후였다. 그러나 박승극이 문예운동 조직인 '조선프롤레타리아 예술가동맹(카프)' 활동을 하는 데 박팔양이 관계했던 것으로 보인다. 당시 배재고보 출신 중에는 카프 초창기 회원으로 활동한 인물들이 많았는데, 대표적으로 김기진, 박영희, 박팔양, 나도향, 송영 등을 들 수 있다.

　1928년 박승극은 배재고보를 4년 만에 수료한 후 도일해 니혼대학에서 공부를 시작했으나, 한 학기 만에 그만두고 귀국했다. 박승극은 니혼대학에 염증을 느끼고, 사회운동에 전념하기로 마음을 먹고 귀국을 단행했다고 한다.[6] 귀국 후 고향인 정문리에서 사재를 털어 만든 신흥학당을 중심으로

≪조선지광≫ 1927년 9월호

빈농층에 대한 교육운동을 전개했다. 또한, ≪조선일보≫ 수원지국을 운영하면서 수원기자동맹 및 신간회 수원지회에 적극적으로 참여했고, 1929년에는 카프 수원지부 결성에 주도적으로 참여했다. 카프 수원지부는 1929년 5월에 박팔양·박영희·김기진·임화·윤기정·송영·유완희를 초청해 문학강연회도 열고, 조선 최초의 프롤레타리아 미술전람회(프로 미전)도 개최하는 등 활발한 활동을 했다. 프로 미전은 1930년 3월 29일과 30일에 화성학원에서 일제의 극심한 탄압 속에서 개최되었다. 비록 프로미전은 전국적인 규모의 대중적인 행사가 되지는 못했지만, 당시 일제는 상당히 긴장해 박승극 등을 검속했다 석방하기도 했다. 이렇듯 박승극이 지부장으로 있던 카프 수원지부는 주목할 만한 활동을 한 카프의 지역 지부 중 하나였다.

박승극이 문인으로 등단한 것은 1929년의 일이다. 그는 카프 수원지부장으로 활동을 하면서, ≪조선지광≫ 1929년 6월호에 단편소설 「농민」을 발표했다. 이 소설은 식민지 농촌의 비참한 현실을 이강춘이라는 인물의 변화과정을 통해 그리고 있다. 그가 평론가로서 활동하기 시작한 것은 1932년 「푸로문학운동에 대한 감상」을 발표하면서부터이다.

그의 인생에 있어 전환점은 1931년 11월에 발생한 수진노동조합 사건이었다. 수진노동조합 사건은 화성군 용소리와 평택군(당시는 진위군) 서탄면 일대에서 발생한 소작쟁의로 동양척식회사의 소작인들이 농민조합을 건설하면서 발생했다. 이 사건으로 박승극은 1931년 11월부터 1933년 3월까지 감옥생활을 했다.[7] 출옥한 이후 1933년부터 박승극은 본격적인 문필활동에 돌입했다. 그는 ≪조선일보≫, ≪신인문학≫, ≪조선문단≫, ≪신조선≫ 등에 카프 관련 문학평론들을 발표하면서, 문학운동에 깊숙이 개입했다. 그의 평론은 카프해체론, 사회주의 리얼리즘론, 농민문학론 등에 대한 논의가 중심을 이뤘다. 또한 1935년경부터는 감옥체험을 소설화한 「풍진」, 「추야장」 등을 발표하는 한편, 농민들의 생활상을 핍진하게 그린 「평범한 이야기」, 「술」 등 소설을 다수 창작했다. 일제 식민통치가 가혹해지고 태평양 전쟁의 포연이 짙어가던 1941년경부터는 활동이 뜸해지는데, 이때 박승극은 고향에서 과수원을 경영하면서 칩거 생활을 했던 것으로 알려져 있다.

해방과 함께 박승극의 현실 참여는 눈에 띄게 활발해졌다. 그는 수원군 인민위원회 위원장으로 추대되었으며, 조선문학건설본부와 조선프롤레타리아 문학동맹에도 참여했다. 일제 강점기부터 그를 질기게 따라다니던 공권력에 의한 감금이 해방 이후에도 지속되었다. 1945년 11월, 수원군 인민위원회 위원장으로 활동하다 미군정포고령 위반으로 체포되고 만다. 이에 대해 박승극은 그의 소설에서 "해방 전에도 밤길을 걸어야 하고, 해방 후 오늘에도 밤길을 걸어야만 되는 것인가"[8]라고 한탄한 바 있다. 그의 구속은 해방 이후 구속 문인 1호여서 사회적 관심이 대단했다. 당시 박승극 구속 소식이 전해지자 여운형·이강국 등이 수원에 급히 내려와 구명운동을 벌일 정도였다. 해방 즈음에 공산당에 입당한 박승극은 남조선 노동당 수원분당 개편대회를 개최했고, 민족주의 민주전선 창립대회 때 경기도 대표로 조봉암 등과 함께 참여하는 등 정치활동에 적극적이었다. 1948년 8월 대한민국 정부가 수립되기 전에 박승극은 가족과 함께 월북을 감행했다. 해방 이후 월북하기 전까지 남한에서 「항간사」(1945), 「사랑」(1946), 「길」(1947), 「별도 성내다」(1947), 「밥」(1948) 등의 소설과 시 「옛전」 등 30여 편을 발표했다. 북한에서는 조선민주주의인민공화국 최고인민회의 대의원에 피선된 후 문화선전성 문학예술부장 등을 역임했다. 한국전쟁 당시 남한으로 내려와 잠시 수원군인민위원장으로 활동하기도 했다. 이후 북한에서 남로당 숙청과 종파투쟁의 혼란을 버티고 국립출판사 사장, 청진의과대학 노동당 책임자, 개성시 당 고위 책임자로 일했던 것으로 알려져 있다. 그의 마지막 소설은 1970년 10월호 ≪조선문학≫에 발표한 「밤하늘의 별들」이다. 그가 남긴 단행본으로는 기행수상집 『다여집』(1938)이 있고, 2001년에야 김재용 등이 그의 소설을 묶어 『박승극 문학전집 1 - 소설』을 간행한 바 있다.

　이렇듯 박승극의 생애에는 한국 현대사의 아픔이 아로새겨져 있다. 일제 강점기에 그는 사회주의 사상에 매료되어 사회운동과 문학활동을 전개했다. 그는 일본에서 돌아온 후 수원군(현 화성시)에서 타 지역으로 이사를 한 적이 없을 정도로 지역에 기반을 두고 농민들과 함께하는 사회운동을 전개했다. 그러면서도 서울을 중심으로 이뤄진 '조선청년총동맹', '카프' 운동 등의 중앙운동에도 깊숙이 개입해, 지식인의 관념적인 운동방식에 끊임없이 문제제기를 했다. 그의 실천적 면모는 작품세계에서 보다 명확히 드러난다.

실천적 리얼리즘론을 통해 농민문학의 길로

리얼리즘의 옹호 – 박승극의 비평세계

박승극은 일제 강점기에 시종일관 사회주의 이념에 입각해 리얼리즘을 옹호하는 입장을 취했다. 그는 1932년 ≪비판≫ 9호에 첫 문학평론인 「푸로문학운동에 대한 감상 – 1932년에 대한 아등(我等)의 희구」를 발표한 이후 약 50여 편의 비평문을 남겼다. 그의 비평세계는 초기·중기·후기로 나눠 살펴볼 수 있다.

그는 초기비평인 「푸로작가의 동향」(≪조선일보≫ 1933년 9월 3일~7일) 등에서 임화와 김남천에 대해 비판적 입장을 취했다. 박승극은 수원이라는 지방조직에서 활동했기 때문에 보다 객관적으로 카프조직을 비판할 수 있었던 것으로 보인다. 그는 카프라는 문예운동조직을 옹호하기보다는 사회주의 이념과 리얼리즘 정신에 입각한 평문을 주로 발표했다. 따라서 그가 「조선문학의 재건설」(≪신동아≫ 1935년 6월호)을 통해 카프 해산을 주장한 것도 문예운동조직보다는 민중주의적 실천을 중시한 그의 태도를 보여준 것이라고 할 수 있다.

이러한 입장은 그의 중기 평론인 「리얼리즘 소고 – 창작방법의 신 음미」와 「창작방법의 확립을 위하여」(<조선중앙일보> 1935년 12월 14일~22일) 등에서도 잘 나타난다. 그는 사회주의 리얼리즘 창작 방법론을 옹호하는 비평적 입장에서 "소시알리스틱 리얼리즘의 국제성, 프로문화, 문학의 연대성"에 대해 강조했다. 또한 "소비에트동맹 이외의 다른 나라나 또는 우리 조선에 있어서의 구체적 방침은 조선적 현실성에 타당한 것을 요구할 것"이라고 주장했다. 즉, 사회주의 리얼리즘을 식민지 조선의 현실에 비추어 새로운 창작방법론으로 실천할 것을 제창한 것이다.

박승극의 후기 비평은 '농민문학론'으로 집약된다. 그는 「농민문학의 옹호」(《동아일보》 1940년 2월 24일~28일)에서 이기영의 『고향』을 농민문학의 전범으로 꼽고 있다. 1940년에 접어들면서 조선문학이 '유한소비적인 성욕을 묘사한 시정적(市井的)인 것으로 경도'되고 있다고 비판하면서 생활문학의 필요성을 강력히 제기했다. 그는 '과거의 잘못된 농민문학을 청산'하고 '사상성을 갖춘 새로운 농민문학과 생활문학의 출현'이 필요하다고 역설했다.

《비판》 창간호

그의 문학평론은 일제강점기 문학운동단체인 카프에 대한 다각적 이해는 물론 문학운동사적 측면에서도 중요한 자료적 가치가 있다. 그런데도 박승극의 문학비평은 주로 논쟁 위주로 검토되어 오곤 했다. 이는 그가 수원군이라는 지방조직을 기반으로 활동한 데다 그의 평론집이 단행본으로 묶여 간행되지 않았기 때문인 것으로 보인다. 박승극의 실천적 문학활동은 일제의 끊임없는 탄압을 받을 수밖에 없었는데, 이는 그가 첫 평론집을 발간하지 못한 사정에서도 잘 드러난다. 그는 1937년 첫 평론집 『시대와 문학』을 비판사에서 발간하려 조판까지 마쳤다. 그러나 일제의 검열로 인해 출판이 취소되는 수난을 겪어야만했다. 『시대와 문학』이 빛을 보지 못하고, 폐기 처분되면서 박승극의 평론은 여러 매체에 파편적으로 흩어져 있을 수밖에 없었다.

체험의 소설화 – 박승극의 소설 세계

현장비평을 통해 강렬한 붓의 필치를 휘날렸던 박승극은 소설에서도 무시할 수 없는 성취를 이룩했다. 박승극의 소설세계는 조남현의 논문 「박승극의 실천·비평·소설」[9]과 전기철의 논문 「박승극 소설고(考)」[10]를 통해 이미 검토된 바 있다. 조남현은 박승극의 소설에 대해 "단호한 이데올로 그의 면모를 보여주는 주의자 소설의 모범"을 제시했다고 평가했으며, 전기철은 "그의 소설은 자신이 자랐고 활동해 온 수원·오산 공간에서의 지역 활동 보고서"라고 높이 평가했다. 그의 소설 세계는 초기의 이상주의적 희망을 담은 소설(「농민」, 「재출발」), 신간회·청년동맹·카프·농민운동 등 사회운동의 경험을 담은 소설(「색등 밑에서」, 「풍경」, 「백골」, 「항간사」, 「길」), 감옥 체험을 통해 강고한 의지를 그려낸 소설(「풍진」, 「그 여인」, 「화초」, 「추야장」), 그리고 농민의 현실을 핍진하게 그려낸 소설(「평범한 이야기」, 「술」, 「떡」, 「사랑」, 「밥」) 등으로 분류할 수 있다.

박승극의 소설은 사회운동가가 식민지 치하의 장애를 농촌 현장에서 몸으로 부딪치며 겪은 다양한 체험을 형상화하고 있다. 그의 소설은 경기도 지역의 입말을 풍부하게 활용하고 있다. 복잡한 기교를 취하지 않는 서사구조에도 불구하고, 일제 강점기의 농촌 현실을 보여주는 풍부한 현장성을 그의 소설은 지니고 있다. 게다가 박승극의 소설적 완성도는 시간이 지날수록 높아진다. 박승극은 노력하는 작가였던 것이다. 그는 문학평론을 하면서 익힌 이론적 감각을 작품에 반영할 줄 알았다. 실제로 그의 초기 소설은 경직된 이념을 앞세운 미숙성을 보이다, 1930년대 중반부터 사건과 인물의 형상화에서 문학적 기교가 점차 성숙해지기 시작했다. 이러한 문학성 획득 과정은 이상과 현실의 간극을 소설을 통해 메워간 그의 실천적 면모를 보여주는 것이라고 할 수 있다.

박승극의 등단 소설인 「농민」(1929)은 소작농인 이강춘의 변화과정을 이야기체 형식으로 보여주고 있다. 이강춘은 가뭄(旱災)과 어머니의 병환으로 인해 고리대금업자에게 움막집까지 저당을 잡혔다가 빼앗기고, 소작지마저 떨어지자 극심한 빈곤의 나락으로 떨어지고 만다. 머슴살이로 가족을 부양하려고 발버둥 치다 열두 살 된 어린 딸을 민며느리로 보내고, 또 다른 딸은 일본인 지주의 어린애 보기로 보내고 만다. 이강춘은 고향에서 더 이상 버티지 못하고 결국 도회로 나가 노동자가 된다. 결론부분에 간략히 처리되어 있는 이강춘의 이후 생활은 "밤에는 조합에 가서 글자도 배우고 이야기도 듣고 해서 강춘이는 전보다 탁월한 견고한 의식을 갖게 되었다. 그러는 대로 그는 차차 세상 형편을 알게 되고 자기의 지위를 깨닫게 되었다. 말하자면 한 자각한 노동자로 눈뜨게 되었다"고 기술하고 있다. 박승극은 이강춘이라는 인물을 통해 '빈농－도시노동자－각성한 노동자'의 변화과정을 보여주고 있다. 이강춘의 변화과정은 식민지 조선의 구체적 인물의 변화상이었다기보다는 박승극이 생각하는 '이상적 인간형'에 가깝다. 그런 의미에서 「농촌」에 등장하는 이강춘은 관념의 소산이라고 할 수 있다.

「재출발」(1931)은 사회단체의 중요 간부로 활약했던 김성철이 철저한 마르크스주의자로 변모해 가는 과정을 그리고 있다. 김성철은 "룸펜 생활을 하면서 노동자 농민의 전위"가 될 수 없다는 것을 깨닫고 "진실한 프롤레타리아의 전위가 되고자 ×지방 제철공장"에 들어간다. 그는 조선 초유의 제철노동조합을 조직하여 제철 직공 천여 명과 함께 파업을 일으키는데 성공한다. 박승극은 「재출발」에 대해 "이 소설은 1930년 7월 3일에 초안한 것으로 그동안 사정이 있어 발표 못하고 있었던 바, 이제야 약간 수정하여 내놓는다. 그러나 현실에 다소 뒤떨어진 감도 있다"고 후기에 밝히고 있다. 「재출발」도 「농민」과 같이 서사의 뼈대만 있는 듯 앙상하다. 그의 초기소설인 「농민」과 「재출발」은 현실을 그리기보다는 자신의 이상적 희망을 피력하고 있어 소설적 완성도가 떨어진다. 농민 이강철의 변화과정이 상황에 내맡겨진 개인의 형상을 취하다 결말부에서 급격하게 각성한 노동자가 되고 만다든지, 김성철이 사회단체의 간부에서 노동자 전위로 변화하는 과정이 비약적으로 제시되어 있는 데서 소설의 관념성이 드러나고 있다. 이는 그의 초기 소설이 문학적 훈련 없이 관념적으로 작업된 것임을 반증한다.

박승극은 1931년 말부터 1933년 초까지 감옥에서 본격적인 문학수업을 한 것으로 보인다. 감금 상태에 있을 때, 톨스토이·세계문학선집·철학 강좌 등의 책을 통해 부족한 공부를 해나갔다. 특히 그의 글에는 막심 고리키가 자주 인용되는데, 고리키를 통해 리얼리즘에 대한 감각을 체득한 것으로 보인다. 출옥한 후 박승극은 카프조직에서 주요한 영향력을 행사하고 있는 임화, 김남천, 이기영, 권환, 송영, 이북명 등의 작품에 대한 평론을 발표했다. 이를 통해 식민지 조선 문단의 구체적인 면모를 확인하고 문인으로서의 자기 위치를 가늠하게 된다.

박승극은 감옥체험을 형상화한 소설을 창작하면서부터 리얼리즘의 감각을 체득하기 시작했다. 박승극의 감옥체험 소설은 일제 강점기의 감옥(서대문 형무소 등)을 형상화한 대표적 작품으로 꼽힌다.[11] 이러한 경향의 소설로는 「풍진」(1935), 「그 여인」(1935), 「화초」(1935), 「추야장」(1936)을 꼽을 수 있는데, 그 중 수작은 「풍진」과 「추야장」이다.

「추야장」은 치안유지법 위반으로 미결감에 갇힌 정철의 내면을 조금은 감상적으로 보여주는 소설이다. 정철은 잡범들을 관찰하면서 사회에 대한 비판적 태도를 취하기도 하고, 세월 가는 줄도 모르고 문학·철학·어학 공부에 열중하기도 한다. 그는 건너편 방에 있는 사람이 자신과 같은 죄명으로 들어온 동무인 것을 확인하자 "그 순간 실로 세상에서 제일 사랑하는 사람이나 본 것처럼 반가워"한다. 정철은 "과거를 참회하고 싶지는 않았다"고 하면서 오히려 감금생활에서 자신의 강고한 의지를 확인한다.

문학적 완성도가 높으면서도 사회현실에 대해 의미 있는 발언을 하고 있는 소설은 「풍진」이다. 이 소설은 박승극의 감옥소설 중 백미(白眉)로 꼽힌다. 「풍진」은 인텔리겐치아인 상섭과 철식의 내면이 교차하면서 이야기가 전개되고 있다. 육십에 가까운 노인 강철식은 김좌진 장군과 만주에서 독립투쟁을 하다 방향을 전환해 농촌으로 들어가 교육운동을 했던 사람이다. 더 나아가 철식은 아내와 함께 조선으로 들어와 모종의 운동을 하다 부부가 함께 투옥되고 말았다. 그런데도 철식은 감옥에서 "조금도 쉬지 않고 이 책 저 책을 다른 사람에게 빌려 배우는" 치열함을 보여준다. 결론부분에서 철식은 현재의 상황에 대해 불안해하며 "다시금 불타는 새로운 희망에서 기나긴 풍진과 장차 올 풍진을 머릿속에 그려"본다. 그러나 함께 투옥되었던 아내가 정신이상자가 되어 죽었다는 소식에 망연자실하고 만다. 이 소설은 감옥 내 재소자들 사이의 갈등을 형상화하고 있다는 점에서 특징적이다. 감옥 내에서도 공장위원회의 일원이냐, 엠엘(ML)이냐, 혹은 간도사건 관계자냐에 따라 파벌이 나뉘어 주도권 싸움을 벌인다. 미결 감방에 갇힌 인물들은 대부분 '치안유지법'으로 들어온 사상범들이면서도, 내부의 갈등이 끊이지 않는 것이다. 이러한 갈등은 항일 운동에 내재해 있던 일종의 분파주의에 대한 반성을 촉구하는 측면을 지니고 있다. 「풍진」과 「추야장」은 무엇보다도 당시의 심각한 검열을 뚫고 '서대문 형무소'의 여러 전경이 사실적으로 묘사되어 있어 예외적인 작품이라고 할 수 있다.

박승극은 일제 강점기의 사회운동(혹은 노동운동)의 다양한 면모를 다룬 소설도 다수 발표했다. 「색등 밑에서」(1935), 「풍경」(1936), 「백골」(1936), 「어느 비오는 날의 이야기」(1939), 「항간사」(1945), 「길」(1947)이 이러한 경향에 속한다. 「색등 밑에서」는 '파라다이스'라는 카페에서 여급으로 일하는 김종숙이 사회 현실에 눈을 떠가는 과정을 소설화하고 있다. 액자소설의 형식을 취하고 있는 이 소설은 김종숙의 일기와 그 일기를 읽는 종숙의 친구 혜숙의 시선을 병치시키고 있다. 김종숙은 자신이 일하는 카페에서 운동조직의 일원인 이상철을 만나면서 사회현실에 점차 눈을 떠간다. 그러다 김종숙은 체포되어 '적색여급' 사건이라는 이름으로 각 신문 사회면의 특종기사로 취급된다. 그녀의 의식화 과정은 일기를 통해 드러나는데, 박승극 소설로서는 드물게 형식적 기교를 부린 작품이라고 할 수 있다.

신흥 공업도시의 철도공장의 상황을 다루고 있는 「풍경」은 초기작 「재출발」에 비하면 훨씬 절제되어 있는 면모를 보여주고 있다. 「어느 비오는 날의 이야기」는 카프 조직이 해체된 이후 문인들의 활동에 대한 비판적 인식을 보여주고 있고, 「길」은 해방 이후 지하운동을 하는 이의 험난한 여정을 그리고 있다. 특히, 「길」은 이태준의 「해방전후」와 비교되는 작품인데, 이 작품을 통해 월북을 선택해야 했던 박승극의 심경을 읽을 수 있다. 사회운동과 관련한 소설 중 「항간사」는 독특한 면모를 지니고 있다.

「항간사」는 김상원이라는 인물에 대한 이야기로, 그는 '사회운동'의 주변을 얼쩡거리면서 사기행각을 벌이는 '야마시꾼'이다. 박승극은 자신의 체험을 바탕으로 실제인물을 모델로 한 김상원을 신랄하게 풍자하고 있다. 김상원은 자신의 정체를 숨기고 '소작쟁의'에 깊숙이 개입한 후, 결정적인 순간에 일제에 밀고하는 행위를 한다. 그는 돈을 받고 밀정 노릇을 했던 것이다. 박승극은 김상원의 행위에 대한 비판을 '소작쟁의' 사건으로 투옥되어 죽음을 맞이한 최상천의 장례식을 대비시키고 있다. 박승극은 김상원의 '도세철학(渡世哲學)'에 대해 적의를 품고 이 소설을 창작했음을 숨기지 않고 있다. 따라서 「항간사」에는 다소 감정적인 표현이 드러나는데, 이는 실제 사건을 소설화하면서 나타난 현상으로 보인다.

박승극은 농민의 생활을 소설로 형상화한 작품을 통해 그의 작가적 역량을 유감없이 발휘했다. 박승극의 농민소설은 일제 강점기에 돋보이는 성취를 이룬 것으로 평가할 수 있으나 그간 문학사에서 간과되어 왔다. 박승극의 농민 소설은 일제 강점기에 발표한 「평범한 이야기」(1935), 「술」(1939)과 해방 이후 발표한 「사랑」(1946), 「떡」(1946), 「밥」(1948)이 있다. 이들 작품은 일제 강점기 수원·화성의 농민 생활상을 사실적으로 담고 있으며, 경기 지방 민중의 풍부한 입말을 그대로 살려내고 있다. 박승극의 농민 소설은 수원·화성 지역을 형상화한 대표 작품이므로 다음 장에서 본격적으로 살펴보고자 한다.

수원·화성 지역 농촌 공동체에 대한 사실적 접근

수원·화성 출신의 대표적인 근대문학기의 문인으로는 노작 홍사용과

난파 홍영후, 《폐허》의 창립 동인이었던 나혜석 등이 꼽힌다. 월북문인이 복권되면서 박팔양과 박승극이 주요 문인으로 새롭게 평가되고 있다. 그런데 홍사용·홍난파·나혜석·박팔양 등은 수원·화성에서 태어나 자라기는 했지만, 서울에서 활동해 문명(文名)을 날렸다. 이에 비해 박승극은 고향인 수원군을 떠나지 않은 채, 지역 운동을 하면서 중앙의 사회·문학 운동에 적극적으로 개입해 돋보인다. 특히, 박승극은 농민문학을 제창하면서 "농민문학은 서울 중심의 구호적 제창이 아닌 농민들과 함께 하는 문학이어야 한다"고 주장할 정도로 문학과 삶을 일치시키려고 노력했다.

박승극의 소설은 1930년대 중반 수원·화성 지역의 생활모습을 충실히 재현하고 있다.[12] 농민들이 마을 앞 주막에서 놀음을 하는 모습을 자주 등장시키거나 가마니 짜는 모습을 반복적으로 그리고 있다. 박승극의 고향인 정감면은 전국에서 두 번째로 큰 가마니 공판장인 오산과 인접해 있다. 그래서 농민들은 동네 사랑방에 모여 가마니 짜기를 하며 동네 경조사를 논하거나, 세상 돌아가는 이치에 대해 이야기하는 것이 일상이었던 듯하다. 「평범한 이야기」에 가마니 짜기와 관련된 세세한 이야기가 비교적 자세히 기술되어 있다. 또한, 박승극은 세시풍속과 관련된 언급을 소설 곳곳에 배치하고 있다. 중편 「술」에는 관청의 양력설 강요에 맞서 음력설을 쇠기 위해 분주한 농촌풍경을 그리고 있으며, 동네사람들이 함께 치루는 장례 풍습을 비교적 상세히 기술하고 있다. 「사랑」에는 팔월 한가위에 동네 아이들이 수수깡 잎으로 엮은 거북형상을 뒤집어쓰고 집집마다 돌며 음식을 걷는 '거북놀이' 풍속이 나오고, 「떡」에는 '당제사'를 맞이해 시루떡을 쪄서 동네 사람들과 나눠먹는 풍습이 그려져 있다. 이렇듯 박승극은 농민들의 일상생활의 세밀한 부분을 포착해 그의 소설 속에 녹여내고 있다. 이러한 소설 구성은 박승극 문학이 수원·화성 지역의 농민 생활상에 밀착해 있음을 보여준다.

박승극의 농민소설 중 수작인 「평범한 이야기」는 일제 강점기 농민의 생활을 평범하지 않은 핍진성으로 형상화하고 있다. 「평범한 이야기」는 중편 「술」의 모태이기도 한데, 농촌 지식인이 아닌 농민의 입장에서 1930년대 수원·화성의 구체적인 생활상을 그려내고 있다. 성남면 대동리(한말)를 배경으로 하고 있는 이 소설은 일제가 문화생활이라는 명목하에 강요한 '색의장려(色衣奬勵) 운동'의 폭력성을 고발함은 물론, 지주와 소작인 사이의 부조리한 관계를 폭로하고 있다.

주인공 김성삼은 주민세인 호세(戶稅)를 내기 위해 성남면사무소에 갔다가 봉변을 당한다. 성남면사무소 앞에 "흰옷 입고 갓 쓰고 상투 틀고 고무신 신은 사람은 들어오지 말사"라는 공고문을 무시하고 들어간 것이 화근이었다. 한 벌뿐인 흰옷 두루마기 걸친 김성삼은 성남면사무소에서 붉은색 잉크물을 뒤집어쓰고 분노한다.

성삼은 지지 않고 맞섰다.
『흥, 여보슈, 그래, 조선 사람이 흰옷 입넌 게 과연 죄란 말유?』
성삼은 너무나 기가 막히어 힝 쓴웃음을 웃었다.
『죄가 아니라고? 뭐여, 그럼? 관청의 명령이 일단 입지 말라고 하면 입지 말어야 될 거 아녀! 소금섬을 물로 끌래도 끌어야 할 거 아녀! 공연히 그따위로 해 처먹다간 때가지 때가. 흥, 참!』
'고추서기'는 좀처럼 성이 풀릴상 싶지 않았다. 성삼은 하도 어이가 없어 한 번 더 내받지 않고는 견디지 못하였다.
—「평범한 이야기」, 『박승극 문학전집 1』, 117쪽.

성남면사무소 서기인 최정환은 코끝이 고추처럼 빨간 데다가, 빨간 잉크를 함부로 뿌리는 등 '색의장려 운동'에 유별나게 앞장서는 자다. '고추서기' 최정환은 김성삼이 흰옷을 입고 면사무소에 왔다며 빨간 잉크를 뿌린 후, 세금을 받으려고 하지 않는다. 게다가 "관청의 명령을 거역하는 자는 죽여도 좋아"라고 협박까지 한다. 한때 농민조합의 소작쟁의에도 참여했던 김성삼은 '고추서기'에게 맞서며 항변해 보지만, 면장까지 핏대를 올리며 윽박지르자 어쩔 수 없이 면사무소에서 물러나고 만다.

1930년대 중반 일제는 문화생활이라는 명목하에 조선적인 것들을 말살하려고 색깔 옷 입기 운동을 전개했다. 또한 치안조직인 '자경단'을 강압적으로 조직해 농민들이 밤에 마을 주변을 순찰하도록 강제하기도 했다. 성삼과 관청의 갈등은 '색의장려 운동' '자경단 활동' 등에서 끊이지 않는다. 김성삼은 순사의 횡포로 아들을 억울하게 잃자, 농촌지식인인 임준식을 그리워한다. 임준식은 '농민조합'을 조직해 군중시위를 단행했다가 감옥에 끌려간 젊은이다. 김성삼은 소작쟁의 사건으로 진보적인 젊은 층이 모두 끌려가자, 관청과 지주층이 농민들을 더욱 업신여기게 되었다고 생각한다. 그래서 성삼은 병보석으로 일시 출소중인 임준식의 도움을 받아 다시 싸움을 조직할 계획을 세운다. 이 소설에서 특징적인 것은 초기에 관청과 농민 간의 갈등이 후반부에는 지주와 농민 간의 갈등으로 대체되고 있다는 점이다. 성삼이 다시 농민조합을 조직해 지주층에 대항하고자 하는 것은 표면상으로는 '소작권'과 관련된 것이나, 소설의 전체적 맥락상으로는 관청의 강압에 대항하기 위한 측면을 내포하고 있다. 이는 대동리의 지주인 서상봉이 자신의 집에서 순사부장이나, 고추서기, 대동리 구장과 대동농촌진흥회 간부들을 모두 초대해 성연을 벌이는 장면을 일부러 배치해 놓은 것을 통해서도 알 수 있다. 박승극은 소설 속에서 지배세력은 서로 연결되어 농민들을 궁지에 내몰지만, 농민들은 자신의 조직을 갖지 않고 있기 때문에 계속 핍박을 받고 있다는 사실을 은연중에 이야기하고 있다. 「평범한 이야기」는 일상생활을 규제하려는 일제의 '색의장려 운동'이나 '자경단 활동'에 대해 비판하고 있으며, 농민들이 스스로 농민조합을 조직해야 한다는 강한 정치성을 지니고 있다. 이러한 내용은 당시의 시대 상황에 비추어볼 때, 일제의 검열을 이겨낸 주목할 만한 소설적 성취라고 할 수 있다.

박승극의 대표작은 중편 「술」이다. 이 작품은 화산면 가래리(伽徠里)를 배경으로 행세하는 집안인 홍씨 일가의 생활상을 중심으로 이야기를 전개하고 있다. 핵심인물은 홍국표인데, 그는 가래리에서 정미소를 운영하고 있는 지주요, 지역 유지다. 그는 순사 윤병구와 산림간수 천을순, 생명보험회사 정상현 등과 교우하면서 자신의 영향력을 넓혀간다. 이들은 업무상의 특권을 빙자해 금전적 이익을 챙기는 착취집단이라고 할 수 있다. 순사 윤병구는 홍국표를 통해 마을의 동향을 파악하고, 홍국표는 순사 윤병구의 힘을 빌려 마을에서 영향력을 행사한다. 천을순은 벌목을 이유로 홍국표로부터 금전을 챙기고, 홍국표는 천을순을 통해 벌목의 특권을 행사한다. 또한, 생명보험회사 지부를 운영하는 정상현은 홍국표와 짜고 보험금을 챙기는 사기와 협잡을 일삼기도 한다.

특히 정상현과 홍국표의 행태는 가진 자들의 무자비한 배금주의를 적나라하게 드러낸다. 정상현의 권유로 홍국표는 부친 홍원오와 부인 조안댁 앞으로 생명보험을 든 후, 생명보험 배당금을 탈 궁리에 몰두한다. 다음은 정상현과 홍국표가 서로 협잡하여 보험금 탈 방도를 협의하는 내용이다.

『으, 그건 염례말어, 의사만 끼면 단통이니까. 이번 의산 전의 놈보다 아주고인여, 고인.』

　너그럽게 웃은 뒤에서야 김치가 입안으로 들어갔다.

　『그래도 이가 하나도 없으니 되겠어?』

　상현이의 눈치를 살피는 국표의 두 눈엔 긴장된 빛이 떠올랐다.

　상현이는 김치를 으드득으드득 맛있게 씹으면서

　『정히 그럼, 한 잔 내든지, 딴 사람으로 뵈든지, 그야 어떡하든지 될 수 있어. 그런 걱정일랑 그만두라고, 졸장부 같으니.』

　곤대질을 해가며 자만하는 것이었다.

　『글쎄, 우떡하든지 되도록만 해줘.』

　『형님, 쓰면 돼요. 이 세상에 멕여가지구 안되는 게 있는 줄 아쇼. …아, 오늘이 이십 일이지, 의사가 지금 화산에 와 있겠는데 이삼 일 내로 내 같이 다시 들어오리다. 그럼, 난 바빠서 곧 나가봐야 겠소.』

－「술」 부분,『박승극 문학전집 1』, 44쪽.

　정상현은 화산면에서 '평창생명보험주식회사 화산대리점'과 '매일신보 화산지국', 그리고 '정상현 대서사무소'를 함께 운영하는 사람이다. 그는 총독부 어용신문을 중계배달하고, 면내 유지들과 교우하며 소실까지 얻어 새살림을 하는 협잡꾼이다. 정상현은 홍국표와 짜고 보험금을 탈 수 있는 방도를 모의한다. 홍국표는 아버지 홍원오가 황달에 걸려 앓아눕자 병원에 데려갈 생각은 안 하고 지관을 불러 명당자리를 알아보며 보험금을 타면 어떻게 쓸까 하는 궁리만 한다. 그는 "생명보험금을 타는 날이면 땅장사에서 얻은 이익금을 보태어 서울에다 집 한 채를 장만하리라" 하며 어서 아버지와 부인이 죽기를 간구할 정도로 타락한 인물이다. 아버지가 죽자 일천오백 원을 타내고, 이어 부인마저 아파 눕자 수수방관할 뿐이다. 부인 조안댁은 "생명보험은 왜 그리 많이 들었을꼬? 그러면서 병은 고쳐

줄 성의도 뵈지 않으니 하루바삐 죽기를 바라는 것인가?”라고 독백하기에 이른다. 홍국표는 부인 조안댁마저 병원에 데려가지 않고 그대로 방치한 다. 그는 조안댁의 임종을 지켜보지 않고 “부랴부랴 의사의 사망진단서를 위해 화산으로 달려가기”까지 한다. 홍국표의 타락상은 처세철학인 “첫째 땅과 돈이, 둘째로는 운이 있어야 한다”는 세계관에서도 잘 드러난다. 이 는 농촌 지주계층이 갖고 있는 배금주의 철학의 표현이기에 당시 지배세 력의 전형적 면모를 보여주는 것이라고 할 수 있다.

이렇듯 「술」은 일제 강점기에 농촌사회에서 지배계층이 어떤 방식으 로 서로 인간관계를 형성하고, 농민들을 착취했는가를 적나라하게 보여 준다. 특히 홍국표는 특별 요시찰 인물인 한남수의 일거수일투족을 특무 순사인 윤병구에게 알려주면서 면내에 ‘일등급 유지’의 대우를 받게 되었 다. 홍국표가 앙숙으로 여기고 있는 한남수는 지방 청년들을 중심으로 한 사회운동에 앞장섰으며, 관공청 일과 부호 지주들을 반대하다 감옥에 까지 끌려간 인물이다. 중편 「술」은 이제까지의 박승극 소설과는 달리 긍정적 인물인 한남수와 야학운동을 하는 김정중을 전면에 내세우지 않 고 있다는 점에서 특징적이다. 한남수와 김정중의 행적은 소설 속에서 부분적으로 제시되거나 홍국표를 통해 전달되는 형식을 취하고 있다. 이 러한 소설적 기법은 부정적 인물을 통해 부정적 세계를 폭로하는 성취로 이어지고 있다.

작가는 홍국표라는 인물을 형상화하면서 합리적 이성이 통용되지 않는 사회현실에 대한 비판적 인식을 보여주고 있다. 이른바 개명했다는 인물 들이 봉건적 구태를 반복하면서 지배계급 내의 유대관계를 통해 민중을 착취하는 양태를 보여주고 있는 것이다. 박승극의 이러한 접근법은 1930 년대 후반의 식민지 현실 속에서 고통받는 농민들의 생활상을 보다 극명하게 보여주기 위한 비판적 지식인의 태도와 연결되어 있다. 그런 의미에서 전기철이 「술」의 홍국표가 이기영의 『고향』(1933~1934)에 형상화된 안승학이나 채만식의 『태평천하』(1938)에 형상화된 윤직원에 비견할 만한 1930년대의 전형이라고 평가한 것은 타당한 지적이었다고 할 수 있다.[13]

해방 이후에 월북하기 전까지 박승극은 「떡」(1946), 「사랑」(1947), 「밥」(1948) 등 농민소설을 발표했다. 이 중 「사랑」은 1940년대 초반부터 해방 이후까지를 다룬 낭만적 필치의 소설이다. 「사랑」은 '화양군 서탄면'을 배경으로 서정희라는 농촌처녀와 최복순이라 국민학교 선생이 주요 인물로 등장한다. 일제 말기에 서탄면에서는 젊은이들이 죽음의 마당인 징병으로 끌려가고, 처녀들은 '여자정신대'로 끌려가거나 이를 피하기 위해 부랴부랴 시집을 가야 했고, 장년층은 평택 비행장 보국대에 동원되어 노동을 해야 했다. 서정희는 애인 장주헌이 징병으로 끌려가 헤어지게 되고, 최복순도 애인인 이은생이 학병으로 징집되자 조마조마한 나날을 보낸다.

그러다 갑자기 해방이 찾아온다. 서정희도 정신대로 부산까지 끌려갔다가 해방이 되어 고향으로 돌아오는 아슬아슬한 순간을 경험했다. 해방을 맞은 화양군에서는 "'공출'과 '토구질'에 능한 면장집이 부서지고 노무계 호적계의 면서기가 맞고, 순사가 도망가"는 일대 격변이 일어난다. 그러한 상황 속에서도 "새로운 주인들이 건국준비위원회니 치안대, 자위대니 하는 간판을 내걸고 들썩"이며 새로운 사회에 대한 열망을 키워간다. 서정희는 서탄면 인민위원회 위원으로 뽑혀 활동하고, 최복순은 화양군 부녀동맹 부위원장으로 활동한다. 그러나 '토지혁명'을 부르짖었던 정치활동은 극심한 탄압에 직면한다. 두 여인은 결론부분에서 "우리는 장차 토지개혁이 된 인민공화국의 땅, 이 들에다가 집단농장, 아니 국영농장,

아니 보다 나은 농업농장의 건설을 위해 싸웁시다. 그리하여 우리 고향으로 하여금 모범적 '민주촌'이 되게 합시다"라고 결의한다. 그러나 그들이 간절히 원했던 '해방의 노래'는 좌절을 맞고 만다. 박승극은 「사랑」에서 서정희와 최복순을 통해 자신이 이미 화해할 수 없을 정도로 급변하고 있는 남한 정세를 형상화하고 있다.

해방 이후 박승극의 내면세계가 보다 사실적으로 드러난 작품은 「길」 (1947)이다. 이 작품은 작가의 변형이라 할 수 있는 '이용배'를 내세워, 정치활동이 비합법화된 후 지하활동을 해야 하는 박승극 자신의 심경을 토로하고 있다. 스스로를 "정치운동을 하되 정치를 즐기지 않는 사람"이라고 자처하는 이용배는 "권세와 영화를 의미하는 벼슬"을 거부하는 인물이다. 이용배는 총독정치하에서 목숨을 내걸고 '사회운동'의 제일선에 섰던 인물로, 해방 후에는 조직운동을 하면서 토지개혁을 부르짖다 수배당하는 처지에 놓이고 만다. 게다가 이용배의 집은 두 번에 걸쳐 누군가의 방화로 화염에 휩싸이는 등 가족의 생명까지 위협받게 된다. 체포령에 이은 일련의 탄압에 대해 이용배는 "조국의 자유와 독립을 위해 이십 년 전부터 다시는 찾지 못할 아까운 청춘을 바쳐 온 '죄'일까? 전시하 총독경찰의 끊임없는 주시 가운데서도 깨끗이 살랴고 애쓴 죄일까? 될 수 있는 대로 극소수의 반동분자만을 제외하고는 광범위의 각층을 관대히 포용하려 한 것이 죄일까?"라고 한탄한다. 이는 해방 후에도 체포령과 구속에 시달려야 했던 박승극의 내면의 목소리로 보인다. 이 소설에서 박승극은 '북조선의 민주개혁'이 '정말로 민주주의로서 인민을 위해 일하는 것'이라는 주장을 펴고 있다. 박승극이 고향을 등지고 가족들과 함께 월북을 감행할 수밖에 없었던 것은 이면에는 이러한 좌절의식이 포함되어 있었던 것으로 보인다. 그는 잦은 방화로 인해 생명을 위협받고 있는 가족을 보호하

기 위해, 그리고 자신이 옳다고 생각한 신념을 구현하기 위해 북한을 선택
했다. 그런 의미에서 박승극은 일제 강점기부터 해방 후 월북의 여정에서
까지 자신의 신념을 굽히지 않는 '변하지 않는 견고한 사회주의자'였다고
할 수 있다.

망각의 늪에서 복원의 미래로

1930년대 후반, 박승극에 대한 인물평을 몇몇 지면에서 확인할 수 있다.
민촌 이기영은 박승극에 대해 "진실한 사상과 깐깐한 문장과 그러면서도
정열적인 것"14을 지니고 있다고 평가했다. 최상암도 "진실하고 얌전해서
동무들의 신망이 두텁다"15고 적고 있다. 이기영과 최상암의 평가에 비춰
볼 때, 박승극은 자신의 사상에 충실하면서 성실한 태도로 인간관계를
형성해 왔음을 알 수 있다.
　작가의 인물됨과 작품세계가 반드시 일치하는 것은 아니다. 그러나 박
승극의 문학세계는 진실한 사상성과 사회변혁에 대한 정열, 인간에 대한
신뢰를 보여주고 있다. 그는 대부분의 식민지 젊은이들이 일본 유학을
마치고 '고등문관 시험 통과'를 열망할 때, 니혼대학을 중퇴하고 항일 사
회주의 운동에 투신했다. 일제 강점기 문인 중 2년여의 옥살이와 25차례
의 검거를 경험한 실천가는 그리 많지 않다. 그는 암흑기였던 1940년대
초반에도 '요시찰 인물'로 감시를 받으며 친일의 길목에 들어서지 않으려
노력했다. 그의 문학세계는 이렇듯 삶과 문학을 일치시키려 했던 태도로
인해 더욱 빛을 발하고 있는 것이다.
　박승극의 1930년대 문학비평에서 실천적 이념의 구현을 위해 '카프 해

체'를 당당히 주장했고, 더 나아가 사회주의 리얼리즘을 제창했다. 그의 비평논리는 급진적인 성격을 지니고 있다. 이러한 급진적 주장은 박승극이 카프 수원지부장을 지내면서도, 수원 조선청년동맹 위원장으로 신간회에서도 활동했던 풍부한 사회활동과 관련을 맺고 있다. 그의 비평은 문학을 통해 일본제국주의에 대항하려 한 것이라기보다는, 조선 전체의 사회운동적 맥락에서 카프와 문학운동을 바라보려 했기 때문에 나온 것이라고 할 수 있다. 그는 문학을 통해 사회운동을 하려 했던 것이 아니라, 사회운동을 하는 문학가이기를 원했던 것이다.

박승극의 소설세계는 그의 월북으로 인해, 그리고 소설집이 간행되지 않았다는 이유로 그간 평가절하되어 온 측면이 있다. 감옥체험을 소설화한 「풍진」이나 「추야장」 같은 작품은 일제 강점기에 '치안 유지법' 위반으로 구속된 이들의 감옥 생활을 사실적으로 형상화하고 있다. 일제 강점기에 감옥 생활을 다룬 소설은 검열로 인해 암시나 상징 등 간접적으로 형상화되는 경우가 대부분이었다. 그래서 감옥이라는 밀폐된 공간에서 기약할 수 없는 미래를 위해 자신의 신념을 갈고 다듬어야 하는 사회주의 민족해방가들의 생활상은 그간 잘 알려져 있지 않았다. 이런 맥락에서 박승극의 소설은 이들 사회주의 민족해방가들의 내면세계를 사실적으로 형상화하고 있을 뿐만 아니라, 분파주의적 경향에 대한 솔직한 고백까지 담고 있어 주목할 만하다.

박승극 소설의 또 다른 성취는 그의 농민문학에서 찾을 수 있다. 그는 수원·화성 지역 운동에 적극적으로 개입하면서 이른바 '수지 적색 농민조합 사건'의 주모자로 구속된 바 있다. 그의 농민운동 경험은 「평범한 이야기」, 「술」, 「사랑」 같은 주목할 만한 작품에 녹아들어 있다. 「평범한 이야기」는 일제가 민족적 특색을 말살하기 위해 펼친 '색의장려 운동'과 '자경단'에 대해 박진감 넘치는 필치로 비판하고 있으며, 「술」은 홍국표라는 부정적 인물을 창출해 당시 농촌 사회의 실상을 사실적으로 형상화하고 있다. 또한 「사랑」은 화양군이라는 특정 지역을 배경으로 인민위원회를 중심으로 한 새로운 국가 건설의 노력이 좌절되는 과정을 그리고 있다. 박승극의 농민 소설은 당시의 정치적 시대상을 반영하고 있을 뿐만 아니라, 가마니 짜기와 관련된 농촌 풍경, 술집을 둘러싸고 갈등하는 다양한 인간상, 추석과 음력설 등의 세시풍속에 대한 세세한 내용까지 포함하고 있다. 또한 1930년대 수원·화성 지역에서 사용되었던 입말들을 충실히 담아내고 있기도 하다.

박승극의 문학은 이데올로기 대립의 어두운 진창에서 끄집어내 새롭게 복원되어야 한다. 수원·화성 지역에서는 여전히 박승극이라는 인물에 대한 부정적 이미지가 남아있는 것이 현실이다. 정치적으로 볼 때, 그는 한국전쟁기에 수원군인민위원장으로 활동한 이력을 지니고 있다. 그는 한국전쟁의 와중에서 여러 사건에 개입했으며, 그 여파로 그의 고향인 양감면에는 그에게 적대감을 지니고 있는 이들이 생존해 있기도 하다. 남북분단의 아픔은 이렇듯 아직도 아물지 않은 채 지역사회 곳곳에 상존해 있다. 그러나 남북화해와 협력은 조그만 상처를 어루만지고 용서하는 것에서부터 시작할 때, 보다 큰 포용의 세계로 나아갈 수 있다. 그런 의미에서 박승극 문학에 대한 재평가는 통일문학사 기술을 위한 예비 작업이자, 남북통일을 준비하는 미래지향적 작업과 연결된다고 할 수 있으리라.

··· 주석

1 강만길, 『고쳐 쓴 한국현대사』(창작과비평사, 1994), 262~263쪽.

2 조선문학가동맹 중앙집행위원회, 『건설기의 조선문학』(1946), 229쪽.

3 월북문인 해금조치 이후 박승극을 처음 본격 거론한 이는 정영진이다. 정영진의 박승극의 실천가적 면모를 '정치문인'이라는 이름으로 명명했다.
    정영진, 「'정치문인' 박승극의 궤적」, 《현대문학》(현대문학사, 1992년 3월)

4 박승극, 「리얼리즘 소고－창작방법의 신 음미」, 『카프 해산기의 창작방법 논쟁』(임규찬·한기형 편, 태학사, 1990), 300쪽.

5 홍일선이 조사·정리한 박승극 연보를 중심으로 필자가 '박승극의 생애'를 재구성했다[홍일선, 「박승극 연보」, 『박승극 문학전집 1－소설』(학민사, 2001)]. 필자는 박승극이 발표한 평론 등과 박승극 연구 논문 등을 참고해 작성했다.

6 김시중의 증언에 의하면 1928년 여름, 박승극은 다음과 같은 이야기를 했다고 한다. "대학에 가서 배워보니 별것 아니고 우리 앞에는 해야 할 일이 잔뜩 쌓여 있다."(김시중, 「내가 만난 박승극 형」, 『박승극 문학전집 1- 소설』, 위의 책, 429쪽.)

7 이에 관해 박승극은 다음과 같은 언급을 하고 있다. "나는 또다른 사건으로 인하여 그해 즉 1931년 11월부터 소화(昭和) 8년 3월말까지 영어의 생활을 하였다. 나와서 보니 사회정세는 격변했으며 예술동맹도 침체 그대로 있었다."(박승극, 「예술동맹 해산에 제하여」, 『카프 해산기의 동향과 쟁점－단편적인 나의 회고와 전망』(임규찬·한기형 편, 태학사, 1990), 429쪽.

8 박승극, 「길」, 《문학평론》 3호(문학평론사, 1947), 122~123쪽.

9 조남현, 「박승극의 실천·비평·소설」, 《한국문화》 25호(서울대학교 한국문화연구소, 2000)

10 전기철, 「박승극 소설고(考)」, 《숭의논총(崇義論叢)》 제25집(숭의여자대학, 2001)

11 박승극의 감옥소설의 의미에 대해서는 민현기가 논문을 발표한 바 있다.
    민현기, 「일제하 한국소설에 나타난 독립투사의 성격 연구: '감옥체험' 작품을 중심으로」, 《한국학논집》 제15집(계명대학교한국학연구소, 1988)

12 박승극과 지역 사회 운동과 관련해서는 조성운이 증언과 자료수집을 통해 실
   증적인 논문을 발표했다.
   조성운, 「박승극과 조선프롤레타리아예술동맹 수원지부」, ≪한국독립운동사연
   구≫ 제16집(독립기념관 한국독립운동사연구소, 2001)
13 전기철, 앞의 논문, 161쪽.
14 민촌생(이기영), 「박승극 저 '다여집'」, ≪동아일보≫ 1938년 9월 18일자.
15 최상암, 「문단인물론(文壇人物論)」, ≪신세기≫ 제2호, 1939년 9월호, 43쪽.

박두진의 작품세계

고장치기로 열려있는 천국의 문

박두진

해야 솟아라. 해야 솟아라. 말갛게 씻은 얼굴 고운 해야 솟아라. 산 넘어 산 넘어서 어둠을 살라 먹고, 산 넘어서 밤새도록 어둠을 살라 먹고, 이글이글 앳된 얼굴 고운 해야 솟아라.

달밤이 싫여, 달밤이 싫여, 눈물 같은 골짜기에 달밤이 싫여, 아무도 없는 뜰에 달밤이 나는 싫여……,

해야, 고운 해야. 늬가 오면 늬가사 오면, 나는 나는 청산이 좋아라. 훨훨훨 깃을 치는 청산이 좋아라. 청산이 있으면 홀로래도 좋아라,

사슴을 따라, 사슴을 따라, 양지로 양지로 사슴을 따라 사슴을 만나면 사슴과 놀고, 칡범을 따라 칡범을 따라 칡범을 만나면 칡범과 놀고,……

해야, 고운 해야. 해야 솟아라. 꿈이 아니래도 너를 만나면, 꽃도 새도 짐승도 한자리 앉아, 워어이 워어이 모두 불러 한자리 앉아 앳되고 고운 날을 누려 보리라.

―「해」

1916년 3월 10일 경기도 안성에서 출생하였다. 1939년 문예지 ≪문장(文章)≫에 시가 추천됨으로써 시단에 등단하였다. 1946년부터 박목월(朴木月)·조지훈(趙芝熏) 등과 함께 청록파 시인으로 활동한 이래, 자연과 신의 영원한 참신성을 노래한 30여 권의 시집과 평론·수필·시평 등을 통해 문학사에 큰 발자취를 남겼다. 연세대·우석대·이화여대·단국대·추계예술대 교수와 예술원 회원을 역임했다.

아세아자유문학상(1956)·삼일문화상(1970)·예술원상(1976)·인촌상(1988)·지용문학상(1989) 등을 수상했다. 저서에 『거미의 성좌』, 『고산식물』, 『서한체』, 『수석연가』, 『박두진 문학전집』 등이 있다.

2001년 6월 프랑스 아비뇽 근처 고대 로마유적지로 알려진 베종 라 로망(Vaison la Romaine)에 시비가 세워졌는데, 대표작 「해」의 첫 구절이 앞면은 한글로, 뒷면은 프랑스어로 번역되어 있다.

고장치기로 열려있는 천국의 문

홍기돈(문학평론가)

생애

혜산(兮山) 박두진(朴斗鎭)은 1916년 3월 10일 경기도 안성시 봉남동(샛말) 360번지(현재의 안성여자중학교)에서 출생하였다. 5세 때 '가터'라는 곳으로 처음 이사했다가, 6세 때 보개면 양복리(양협)로 옮긴 후, 9세 때 다시 보개면 동신리 평촌(고장치기)으로 이사하여 18세에 상경할 때까지 그는 이곳에서 살았다.[1] 이에 대하여 박두진은 "소년 시절의 거의 전부를 나는 경기도 안성 시골 농촌마을을 몇 군데나 전전해 가면서 살았다"[2]라고 기록하고 있다.

안성의 여러 곳 가운데 박두진이 고향으로 꼽고 있는 곳은 평촌(坪村), 그러니까 '고장치기'이다. "나의 경우, 이 고장치기라는 빈곤한 농촌은, 일고여덟 살 때부터 20여 년을 자라오면서 가장 풍부하고 애틋하고 달콤하면서도 쓰리디 쓰린 고초와 신산(辛酸)을 맛본, 내 인생의 요람이며 추억의 보금자리인 것이다."3 자전수필에서 나타난 고향에 대한 감회는 모두 고향치기로 향하고 있다.

18세에 홀로 상경한 박두진은 측량사무실에 취직하고 하숙생활을 하였다. 기독교에 입문한 것도 바로 이때이다.4 시세계의 큰 줄기가 기독교 신앙을 바탕으로 한다는 점에서 그의 기독교 입문은 주목할 필요가 있다. 종교와 문학에 깊은 관심을 표하던 그가 1939년 ≪문장≫ 창간호를 접했던 것도 큰 사건이라고 봐야 한다. 이는 정지용의 추천으로 ≪문장≫을 통해 등단했다는 사실에 머무는 것이 아니라, 시세계의 구축에서 중요한 의미를 가지기 때문이다.

어느날 나와 한 下宿에 있는 P라는 친구가 "이런 雜誌보았소?"하고 自己가 보려고 산 ≪文章≫ 創刊號를 내 房 앞을 지나는 길에 빌려 보여 주었다. 반들반들하고 목곳한 純模造紙로 雅淡한 象徵的인 手法의 編輯을 보여준 그 當時의 唯一한 文藝誌이던 이 ≪文章≫의 突然한 出現은 그대로 하나의 驚異였으며 내 作品發表에 對한 刺戟을 한 層 돋구어 주었다. 芝溶, 巴人, 月坡들의 시와 春園의 『無情』 等을 우선 읽으면서 感銘 깊게 읽으면서 그 때까지 내가 써 가지고 있던 習作詩 一切을 한 篇도 안 남기고 모조리 불살라 淸算한 다음에 전혀 새로운 意欲의 新作으로 推薦制에 應할 態度와 각오를 단단히 갖추었다.
　　　　－朴斗鎭, 「나의 推薦 時代」, 『詩와 사랑』(新興出版社, 1960), 165쪽.

1939년 6월 「향현(香峴)」과 「묘지송(墓地頌)」, 9월 「낙엽송(落葉松)」, 1940년 1월 「의(蟻)」, 「들국화(菊花)」를 통해 추천이 완료되면서 박두진은 문단에 진출하였다. 그렇지만 식민지 말기의 상황 탓에 문단 활동은 그리 용이할 수가 없었다. 1943년 징용을 피해 안양의 금융조합에 취직했던 선택은

조지훈, 박목월, 박두진 시인

바로 그러한 이유 때문이다. 1945년 해방을 맞아 그는 상경하여 을유문화사에 거점을 마련하였다. 박두진이 조지훈, 박목월을 만난 것도 을유문화사 사무실에서였고, 1946년 6월 6일 박두진·조지훈·박목월 3인 공저 시집 『청록집』이 발행된 것도 을유문화사를 통해서였다.5

『청록집』의 시인들이 모두 《문장》 출신이라는 사실은 널리 알려져 있다. 이와 연관하여 주목해야 할 사실은 두 가지이다. 첫째, 『청록집』에 실린 시들은 모두 해방 이전에 씌어졌다는 점이다.6 이는 해방기 좌우대립의 혼란한 상황으로부터 어느 정도 거리를 둔 곳에 『청록집』이 자리한다는 사실을 환기시킨다. 이는 식민지 상황에 맞섰던 《문장》의 이념이 『청록집』의 저류에 흐르고 있음을 암시한다. 둘째, 그럼에도 불구하고 『청록집』은 좌익과 맞서서 우익 진영이 내놓은 구체적인 성과로 논의되었다. 청록파 시인 모두가 우익 조직 '전국문필가협회'의 전위대 격인 '조선청년문학가협회'의 회원이기는 하였지만, 구체적 시간의 격류에 휩쓸리지 않은 작품들을 당당하게 내세울 수 있었다는 점은 이들의 문학적 원형의 성격을 드러내는 대목이다. 모든

면에서 좌익보다 뒤늦은 출발을 보였던 우익의 상황을 지적하고 나서 박두
진은 『청록집』 발간의 의미를 이렇게 기술하고 있다.

『청록집』의 발간은 이러한 당시의 정세 속에 내놓은 민족문학 진영의 소위
신예시인으로서의 첫 작품집이었다. 우리가 가지고 있는 문학의 본래의 가치와
사명을 굳게 지킴으로써 문학을 공산주의적인 이데올로기의 도구로 타락시키
고 어떤 당이나 집단을 위한 봉사와 예속을 위한 그릇된 목적의식을 앞세우는
좌익문학진영에 대한 첫 시위였다. 작품 그 자체의 순수성을 통해서 문학의
바른 이념관과 높은 가치와 전통적인 확고한 진로를 입증하는 첫 행동인 셈이
었다.
　　『청록집』의 출간은 그만큼 당시의 민족문학 진영 전체에 의해서 크게 환영
되었던 것은 말할 것도 없고 여러 가지 각도로 진지한 평가의 대상이 되었다.
소위 '청록파'라는 그 뒤의 호칭이 이 '청록집'에 유래한 것은 말할 것도 없으며
『청록집』에 실린 작품의 내용과 경향의 시사적 의의 등에 대해서도 늘 논의가
그치지 않고 있는 사실로 보아 그 공과는 어찌되었든 『청록집』의 시와 그 작자
들이 한국시의 한 정통성을 작품을 통해서 계승해 내려온 점으로 보아서 여러
가지 의미로 『청록집』은 그 직접적인 계기와 문제성을 내포해 오고 있다.
　　　　　　「청록집(靑鹿集)을 낼 무렵」, 『숲에는 새 소리가』(신원문화사, 1996)

『청록집』에 나타나는 박두진의 시 경향은 1949년 5월 발간된 『해』(靑巒
舍)에도 그대로 이어진다. 이때까지의 작품세계를 전기라고 한다면, 『오수
(午禱)』(英雄出版社, 1954)·『거미와 성좌』(1962)·『인간밀림(人間密林)』(1963)의
시기는 중기로 분류할 수 있다. 시의 대상이 자연에서 인간사로 전환되면
서 시인의 시각은 고통과 세속적인 삶의 관심으로 변했다. 6·25와 4·19의
체험이 이들 시집의 중심 모티프가 되는 데에서 알 수 있듯이, 이러한

연세대학교 강단에서 마지막 강의를 하는 박두진

변화를 야기한 것은 현실의 격동이었다.[7]

그렇다면 이 시기 박두진은 어떠한 삶을 살았던가. 6·25가 발발하자 그는 대구로 피난을 떠났으며, 1952년에는 공군 종군작가로 복무하기도 하였다. 전쟁이 끝난 이후 그는 대학 강단에 서서 활동했던 한편, 활발한 문단 활동을 벌였다. 강단 활동은 다음과 같다. 1955년 연세대학교 전임강사로 취임한 이래 1959년 조교수가 되었으나 1960년 10월 교수직을 사임하였다. 이후 1961년 4월부터 1965년 2월까지 대한감리교 신학대학, 한양대, 동덕 여대, 건국대 등의 출강이 이어졌다. 그리고 1965년에 고려대학교에 조교 수로 취임하였다. 이 시기 내어놓은 저서들은 앞서 언급했던 시집『오수』, 『거미와 성좌』, 『인간밀림』 이외에도 시집『박두진 시선』(聖文館, 1956), 수상집『시인(詩人)의 고향(故鄉)』(凡潮社, 1958), 시론집『시(詩)와 사랑』(新興出

版社, 1960), 『한국전래동요독본』(을유
문화사, 1962), 오화섭·장덕순 공저 수
상집 『교수와 돌이와 시인의 증언』(어
수각, 1963) 『하얀 날개』(향린각, 1967)
가 있다. 1956년 한국문학가협회 시분
과위원장으로 피선되어 활동하였으
며, 같은 해 '아세아 자유문학상'·1963
년 '제12회 서울시문화상'을 수상하기
도 하였다.

이 시기 가다듬은 현실인식은 1998
년 9월 12일 삶을 마칠 때까지 그대
로 이어진다. "지식인들, 혹은 지성인
이라고 일컬어지는 부류의 계층들은
그만큼 그 자신들의 현실에 대한 의
지적 취약성과 사회적 부동성 때문에

『박두진 전집』

현실로부터 유리되거나 현실도피적인 성향을 띠고 있었다"라면서 지성인
의 사회참여를 촉구하는 한편 부도덕한 현실과의 타협을 비판하는 목소
리는 박두진의 정신적 좌표를 집약적으로 일러주고 있다. "나라를 망친
편의 지식인들의 결함이 시대와 역사의 바른 흐름을 투시하지 못한 어둠
과 자기 스스로를 거는 도덕적 가치의 착오에 있었음을 알 수 있으며,
그릇된 현실 참여가 얼마나 어리석고, 추악한 역사의 죄인으로 만드는
것임을 알 수 있을 것이다."8

박두진은 후기에도 여전히 대학 강단에 섰다. 그렇지만 대학을 여러
군데 옮겼다. 고려대학교에 있던 그는 1970년 3월 이화여자대학교 부교수

로 취임하였고, 1972년 9월에는 연세대학교 교수로 자리를 옮겼다. 1981년 8월 연세대학교에서 정년으로 퇴임하자마자 9월 단국대학교 초빙교수로 취임하고, 1985년 8월 여기서 퇴임하고서는 이듬해 3월 추계예술대학 전임대우 교수로 취임하였다.

왕성하게 저작을 남긴 것 또한 여전하다. 시선집 『청록집·기타』(현암사, 1968), 『청록집·이후』(현암사, 1968), 수상집 『생각하는 갈대』(을유문화사, 1970), 시론집 『한국현대시론(韓國現代詩論)』(일조각, 1970), 영역 선시집 『Sea and Tomorrow』(박대인 역, 일조각, 1971), 수상집 『언덕에 이는 바람』(서문당, 1973), 시집 『고산식물(高山植物)』(일지사, 1973), 『사도행전(使徒行傳)』(일지사, 1973), 『수석열전(水石列傳)』(일지사, 1973), 시론집 『현대시(現代詩)의 이해(理解)와 체험(體驗)』(일조각, 1973), 시집 『속수석열전』(일지사, 1976), 시집 『야생대(野生代)』(一潮閣, 1977), 수필집 『하늘의 사랑 땅의 사랑』(文音社, 1979), 시집 『포옹무한』(凡潮社, 1981), 시선집 『예레미안의 노래』(창작과비평사, 1981), 시선집 『나 여기 있나이다 주여』(홍성사, 1982), 『박두진전집』(시부문 전10권, 범조사, 1982~1984), 시선집 『청록시집』(정음문화사, 1983), 『한국현대시문학대계 - 박두진』(지식산업사, 1983), 수상집 『돌과의 사랑』(청아출판사, 1986), 『그래도 해는 뜬다』(어문각, 1986), 『별들의 여울』(정음사, 1986), 시선집 『일어서는 바다』(문학사상사, 1986), 시선집 『不死鳥의 노래』(해원출판사, 1987), 시선집 『성고독』(자유문학사, 1987), 수필집 『귀뚜라미와 우주』(자유문학사, 1987), 시선집 『서한체』(깊은샘, 1989), 시집 『빙벽을 깬다』(신원문화사, 1990), 수필집 『햇살, 햇볕, 햇빛』(대원사, 1991), 수상집 『문화적 자화상』(도서출판 한글, 1994), 『박두진 문학정신』(산문부문 전7권, 신원문화사, 1996) 등이 그것이다.

활발한 집필에 상응하여 1970년 '3·1문화상 예술상', 1976년 '대한민국

예술원상', 1988년 제2회 '인촌상'(문학 부문), 1989년 제1회 '지용문학상', 1993년 한글학회 주최 '외솔상'을 수상하였다.

후기의 시세계에 대해서는 이렇게 정리할 수 있다. "그의 후기 시는 한결 고답적인 명상과 관조적인 관점에서 존재론적인 삶과 영혼의 문제를 개인적인 체험을 바탕으로 나타내는데,『사도행전』에서는 인간의 구원에 따른 부활과 영생을『수석열전』에서는 자아의 내면세계를 수석을 통해 현상학적 입장에서 절대자의 섭리를,『포옹무한』에서는 구원·희망·사랑의 무한한 기쁨을 나타내고 있다."9

자연을 종교와 합일시키는 문학세계

박두진의 전반적인 시세계는 다음과 같이 평할 수 있다. "60여 년의 시작 생활에서 1,000여 편이 넘는 작품을 창작하여 양적 경이로움을 보여주는데, 이들 작품들은 시종일관 자연 속의 풍부한 상상력을 바탕으로 모든 삶을 종교와 합일시켜 나타내고 있다. 그의 자연은 서경적인 배경이나 심미적 관조, 혹은 문명 비판적이거나 목가적 대상이 아니라 역사와 삶의 현장에서 시인의 의식 속에 재구성된 정신과 이상의 관념화인데, 이것은 시종일관 기독교 의식에 바탕을 두고 있다."10

박두진이 문단에 발을 디뎠을 때는 일제의 민족문화 말살정책이 극에 달했던 식민지 말기였다. 그래서 그의 초기 시편들을 보면 비관적이며 부정적인 현실 인식이 자리 잡고 있다. 어둠, 무덤, 죽음의 이미지는 여기에서 파생한다. 그럼에도 불구하고 이를 극복하려는 노력 또한 확인할 수 있는데, 빈번하게 나타나는 소재 '산'(자연)이 그러한 사실을 보여준다.

'청록파' 가운데서 그가 도드라지는 점도 바로 이와 닿아 있다. 그래서 많은 연구자들은 "山이여 장차 너희 솟아난 봉우리에, 엎드린 마루에 확확 치밀어 오를 火焰을 내 기다려도 좋으랴?"[11]에 나타나는 능동적 태도에 주목한다.

> 그는 조지훈의 초기 작품에 나오는 전통의상의 여인상, 승무로 도출되는 인간 고뇌 등 자질구레한 제재들을 택하지 않았다. 또한 박목월처럼 산자락의 저녁어스름이나 핏빛 연륜에 사랑과 그리움을 기탁한 바도 없다. 그가 노래한 것은 그보다 테두리가 훨씬 큰 산이며 들판이었고, 하늘이나 바람이었다. 그들을 박두진은 철철 넘쳐 흐르는 녹색의 공간으로 노래했다. 또한 해와 별, 달과 인간사를 그 활동무대로 설정했다. 그리하여 그의 시는 엄청난 양감, 아주 큰 테두리 또는 세계를 지닌 것이 되었다. 이렇게 그의 등장은 의표를 찌르는 가운데 이루어진 것이었고 넓은 시야를 지닌 세계였다.[12]
> — 김용직, 「산울림 또는 동태적 자연」, 『한국근대시인연구』 하권

전기 시세계의 이러한 특징은 기독교 사상을 통해 접근하면 이해가 쉬워진다. 성서에서 '山'은 신의 뜻과 인간의 뜻이 서로 상통할 수 있는 신성한 공간이며, 따라서 신의 계시를 받고 인간의 뜻을 간구하며 신에게 재물을 바치는 곳도 높은 산정이기 때문이다. 『해』의 세계 또한 마찬가지다. 기독교 진리에서 '어둠'은 역경·슬픔·죄악·고난·불의·심판을, '밝음'(빛)은 번영·행복·축복·정의를 뜻한다. 이 밝은 태양이 비춰줄 시기는 '언제'라는 묵시론적 관점에 닿아있기도 하다.[13]

기독교의 영향은 중기에도 여전히 이어진다. 예컨대 6·25 당시 대구 피난시절에 쓴 「오도(午禱)」는 하나님에게 구원을 호소하는 목소리로 채워져 있다. 그렇지만, 자연에서 소재를 찾던 그가 인간 삶에서 솟아오르

박두진 시집 『해』 출판기념회

는 실존문제로 관심을 돌렸다는 점에서 변화는 분명하게 나타난다. 『거미와 성좌』, 『인간밀림』에서 확인할 수 있는 리얼리티는 주목을 요한다고 하겠다. 4·19를 보며 노래한 「우리들의 기빨을 내린 것이 아니다」는 그러한 시선이 가 닿은 자리를 압축적으로 보여준다. "우리들의 목표는 조국의 승리 / 우리들의 목표는 지상에서의 승리 / 우리들의 목표는 / 정의, 인도, 자유, 평등, 인간애의 승리인 / 인민들의 승리인, / 우리들의 혁명을 전취할 때까지, // 우리는 아직 / 우리들의 피기빨을 내릴 수가 없다. / 우리들의 피외침을 멈출 수가 없다. / 우리들의 피불길, / 우리들의 전진을 멈출 수가 없다. // 혁명이여!"(10, 11, 12연)

후기의 시세계는 형이상학적 존재성의 탐구로 전개되었다. 사실적인 현실의식에 사로잡히기보다는 근원적이면서 포괄적인 인생사의 단면을 신앙을 통해 여과시키면서 창작을 해나갔던 것이다. 특히 '수석 연작'을 보면, 사실성보다는 상징성을 바탕으로 하는 후기 시세계의 특징이 잘 나타난다. 일반화된 인간 내면의 울림을 통해 그의 우주자연관, 신관, 역사관이 하나로 융합하여 일체화된 양상이다. 기독교의 영향이 전면적으로 나타나는 것도 후반기 시의 주목할 만한 특징으로 꼽을 수 있다. 기도의 형식으로 나타나는 「나 여기 있나이다 주여」, 「사도행전」 연작이 이를 대표적으로 보여준다.

혜산 문학과 고장치기의 추억

박두진이 자신의 고향으로 꼽고 있는 '고장치기'는 현재의 안성시 보개면 동신리 평촌(坪村)을 가리킨다. 400여 년 전 구키미(九土里)에 거주하던 농부들이 농경지 개간을 하면서 차츰 이곳으로까지 오게 되었다고 한다. 그리하여 '내 고장은 내가 지킨다'는 의미의 '고장 지키기'라는 이름이 붙었고, 이 말이 변하여 '고장치기'가 되었다고 한다. 평촌(坪村)은 다갑평야의 중심부에 자리 잡은 마을이라고 하여 붙은 이름이다.

그는 고향에 대한 기억을 여러 편의 수필로 남겨 두었다. 「원죄(冤罪)」, 「곡향과 어머니와 진달래꽃과 옛이야기」, 「형제」, 「고향에 다시 갔더니」, 「은사」(이상 『고향에 다시 갔더니』 수록), 「귀향 무상」, 「유년 천국」, 「봄 고향」, 「새 사냥」, 「고향의 겨울」(이상 『숲에는 새 소리가』 수록), 「고향 안성의 햇덩어리와 별밭」, 「고향의 가을」, 「시인의 고향」, 「고향길」, 「진달래 향수」, 「햇살, 햇볕, 햇빛」, 「초가 삼간」, 「어릴 때」, 「두레질」, 「골목 놀이」(이상 『밤이 캄캄할수록 아침은 가깝다』 수록) 등에서 그 면모가 확인된다.

박두진에게 고향은 창작의 모태가 되었다는 데 가장 큰 의미가 있다. 예컨대 다음과 같은 진술은 전기 시세계가 어떻게 빚어졌는가를 암시한다.

주산 '청룡산'은 특히 뒷날의 내 시세계와 그 사상의 기반과 골격을 형성하는 커다란 정신적 상징체였고, 바로 그 산의 위용과 산맥의 기세, 태연자약하면서도 무궁무진한 폭발적 내재력을 감추고 있는 그 줄기차고 영원한 기상과 마주하면서 무엇이라고 딱 집어서 형용할 수 없는 황홀과 충만을 홀로 했다. 청룡산 산맥이 하늘을 떠받들고 위를 향한 위용이라면, 이러한 산맥에 둘린 '사갑들'은 또 다른 광대한 지평을 나에게 전개해 보여주었다. 자연과 인간과의 또 다른 의미, 노동과 그 땀의 결실을 통한, 끝없는 투쟁과 끝없는 친화의 철리를 깨닫게 했다.

　　　　─「고향 안성의 햇덩어리와 별밭」, 『밤이 캄캄할수록 아침은 더 가깝다』

'해' 또한 마찬가지다. "아침해로 솟아오를 때, 청룡산맥 동쪽 산 능선에서 구약성서에 말하는 새신랑의 얼굴 같은 얼굴을 내밀었고, 이럴 때마다 나는 더 말할 수 없는 가슴의 벅참을 느끼며 이 햇덩어리의 열기와 그 위용을 혼자서 서서 바라보았다. 그 햇덩어리는 나에게 있어 언제나 하나의 기적이며, 황홀이며, 힘이며, 마음이며, 불멸의 불이며, 그 뜨거움이었다."[14] 이처럼 박두진의 전기 시는 고향 고장치기에서 체험하고 파악한 세계관이 중핵을 이루고 있다. 따라서 구체적인 언급이 드러나지 않는다 하더라도, 박두진의 전기 시세계를 이해하는 데 그의 고향은 중요한 참조항이 된다고 하겠다.

『청록집』에 실린 시 「장미(薔薇)의 노래」는 그러한 산문의 내용과 전기 시세계를 이어주는 역할을 한다. "내 여기 한 이름 없는 / 적은 마을에서 태어 나,"(1연)로 시작하는 이 시의 9연 "다만 깊이 / 내 안에 가꿔온 것 /

박두진 시비

붉은 薔薇는―,"에서의 '붉은 장미'가 바로 고향에서 가꿔온 세계관의 상징이기 때문이다. '붉은 장미'의 구체적 내용은 고향을 일러 "내 온갖 생각과 느낌의 바탕을 결정한 첫 보금자리"라고 표현하는 「곡향과 어머니와 진달래꽃과 옛이야기」를 참고할 수 있다.

전기를 지나면서 고향에 대한 시인의 감회는 그리움으로 많이 기운다. 예컨대 『午禱』에 실린 「고향」의 3연은 이러하다.

二十年 흘렀는가 덧 없는 歲月.……뜬 구름 돌아 오듯 내가 돌아 왔거니, 푸른, 하늘만이 옛처럼 포근해 줄 뿐, 故鄕은 날 본 듯 안 본 듯 하여,……또 하나 어디엔가 그리운 故鄕, 마음 못내 서러워 눈물져 온다.

「고향」은 9·28수복 이후 서울로 돌아가기 직전에 아버지의 산소를 찾은 감회를 읊은 시이다.[15] 전란이 고향의 모습을 뒤바꿔 놓았고, 그 상처가 시인에게 서러움과 그리움을 불러일으켰던 것이다. 이때부터 고향은 박두진에게 그리움의 대상으로 나타나게 된다.

주목해야 할 사실은 시간이 흐를수록 그가 품고 있는 고향의 이미지가 기독교의 세계로 나아간다는 점이다. 즉 전기 시세계에서는 기독교의 사상이 고향에서의 체험으로 외피를 입어 드러나는 양상이었다면, 후기에서는 기독교의 사상 속에 고향이 완전히 녹아버린 양상이라는 것이다. 시인이 보편의 세계로 나아가는 양상을 여기서도 확인할 수 있다. 『야생대(野生代)』에 실린 「고향가(故鄉歌)」는 이를 보여준다. "당신의 말씀이 지탱하는 우주의 / 머나먼 피리소리 / 우리들의 고향의 / 바람은 눈이 멀고 / 무료히 풍화하는 / 햇살 속의 자유 / 울음 우는 낮 백골 / 그날 풋풋이 피흘리던 당신의 푸른 영혼 / 그 손바닥 옆구리 / 관자놀이 분출하는 노을 강 흐느끼고 / 아, 우리들의 숲 속의 / 새들은 입 다물고."

산문에 나타나는 고향에 대한 박두진의 기억은 가난으로 많이 쏠려 있다. 숫제 "보릿고개의 고향, 고장치기"(「고향 안성의 햇덩어리와 별밭」)라고 부르고 있을 정도이다. 가난의 체험이 여러 편의 글에서 구체적으로 반복되고 있으므로 세세한 설명은 피한다. 그렇지만, 고향을 "1920년대의 저 악착같은 왜인들의 제국주의 착취를 가장 혹독하게 받으면서 피와 땀과 기름을 빨리는 처절한 극빈 기아선상에서 지루한 지목을 경험한 전형적인 농촌"[16]으로 규정하는 「귀향 무상」은 특별히 주목할 필요가 있다. 고향의 가난에 대한 사회학적인 인식이 드러나기 때문이다. 가령 이러한 에피소드를 보자. "왜정 말기에 군수품으로 쓰기 위해서 목화를 공출시켰는데, 수봉이에게 목화를 바치라고 독려를 온 일인 군기수가 발길로 수봉

이의 정강이를 차고, 단장으로 쿡쿡 찌르고, 욕지거리를 퍼붓고 하며 어찌
나 짐승 대하듯 못되게 구는지 견디다 못한 수봉이가 목화를 베던 낫을
번쩍 치켜들고 달려들어, '이놈으 새끼, 개만도 못한 놈으 새끼, 낫으로
배지를 갈라 죽이겠다!' 했다. 이것이 그때로는 이 고장치기에서 있었던
유일한 반항사건이었다. 그토록 착한 사람이 그토록 악에 치받쳤던 용감
한 그 수봉이였다."17

「귀향 무상」을 통해 확인할 수 있는 일제에 대한 분노를 시로 읊으면
「식민지(植民地), 20년대(年代) 춘궁(春窮)」이 된다. 다음은 「식민지, 20년
대 춘궁」(『포옹무한』)의 전문이다.

삼동을 벗어나면 춘궁이었다.
길고도 아득한 굶주림이 기다렸다.
하늘도 햇볕도 허기로 타오르고
흙덩어리 팍팍한 황토의 목메임.
마을은 기진한 채
죽은 듯 늘어져 잠잠했다

아무것도 생각할 수가 없었다.
바라볼 것도 기다릴 것도 없었다.
아홉 굽이 창자마다 쪼로록거리는 울음
어질뜨려 노오랗게 하늘과 땅이 핑핑 돌고
한낮에 오슬오슬 소름 돋치는 신열
아무데나 주저앉아 이명소리 견디고
이마에는 진땀,
정신이 돌면 또 한 번씩

허리띠 끈을 졸라맸다.

띄엄띄엄한 20호 미만의 고장치기
영세 소작의 극빈자
분노도 원망도
체념조차도 사치로워 죽지 못해서 사는 채로
그냥 살고 그냥 굶으며 시들어 갔다.

특권 지주 수탈의 원흉 동양척식회사
군림하는 그 이민
백색 흡혈귀에게
소작료로 비료값으로 장리쌀로 빼앗기고
키 까불러 알곡으로만 몇 곱절씩 빼앗기고
고리채로 또 되묶이고 덜미를 잡혀 졸리우는
피와 땀의 무한 농노 죽어지지도 않았다.

석복이네도 그랬다.
길영이네도 그랬다.
재돌이네도 동방삭이네도
쇠돌이네도 그랬다.

조당수 묽은 죽에 얼굴 어려 비치고
비료용의 콩깨묵 죽, 스래기 죽,
그것마저 바닥이 나면
씨오쟁이를 털었다.

어린아기 젖이 안 나 지쳐 잠들고

영양실조 기갈증
성인들은 부황이 들어
누렇게 부어서 비틀댔다.

어머님, 어머님,
반듯하고 너른 이마 둥글고 큰 눈
그때 우리 어머님은 수심에 찬 얼굴
단정하게 무릎 위에 바느질감 드시고
긴긴 해를 말이 없이 삯바느질만 하셨다.

누비질로는 골의 으뜸
이따금씩 찾아오는
누비옷을 맡으면
이불 한 채에 얼마
바지 저고리에 얼마
좁쌀 사고
월사금 내고
제사상도 차리셨다.

하루 한 끼 죽, 혹은 두 끼 죽,
다른 식구 거둬 주고 스스로는 늘 줄여
눈 침침하고 손 떨리고
현기증이 나면,
나 몰래 식구 몰래
가만가만 걸어 나가 장독대로 가서
맨간장물
물에 타서 훌훌 마시셨다.

아으 그래도 사람들은 죽지 않으면 살았다.
풀이 나면 풀을, 잎이 나면
잎을 뜯어
들, 산, 아무데나
먹을 것을 찾아 헤매었다.

질경이, 쑥, 명아주, 비듬,
아욱, 시금치, 쑥갓, 부루,
산에서는 고사리, 취, 뚝깔, 원추리,
먹는 풀은 무엇에고
좁쌀 한 줌 넣고
시퍼렇게 죽을 쑤어 끼니를 때웠다.

왜 가난한지
왜 굶는지
누가 못살게 하는지
일인들이 무엇인지
왜 그들이 지주로서 착취해 가고
왜 우리는 소작인으로서 착취를 당하는지
팔자소관 운명의 탓
살다가 그대로 죽어가는
20년대의 식민지,
벌판 마을 고장치기는
외롭고 또 아득했다.

눈물과 땀
피와 살점

골수까지 빨아 가던
제국주의 아귀

기름진 땅 알곡
좋은 것은 빼앗기고 나쁜 것마저도 잃어
아무것도 손에 없이 시름시름 죽어 간
잡혀 가고 쫓겨 가고
굶주려서 죽어 간,
조선 팔도 삼천만
무한 농노 너무 착한 우리들의 넋.

　　시를 이해하는 데 참고가 될 만한 수필의 내용은 대략 이 정도이다. 그 외에는 어린 시절 박두진이 경험하였던 일들이 구체적으로 나타나는 내용들이다. 억울하게 참외 서리를 한 것으로 몰렸다던가, 소에게 풀을 먹이다가 난데없이 봉변당할 뻔한 이야기, 참새나 족제비를 잡았던 일, 은사에 대한 기억, 늙어서 만난 어릴 적 친구들 등. 이러한 기억을 낳았던 고향에 대해 박두진은 다음과 같이 이야기하고 있다. "고향은 나에게 무엇인가. 고향 안성, 그리고 고장치기가 뼈저린 수난과 황홀한 자연의 환희로 추억, 회상되고, 그러한 숙명적이고 연쇄적인 심층적 체험의 갈래갈래가 나의 오늘의 인생, 오늘의 인간적 내면의 어떤 것을 형성하는 거부할 수 없는 한 요인이요 조건이었을 것이다."18

박두진의 시세계 - 천국에의 열망

박두진의 시세계는 기독교의 영향과 분리하여 생각하기가 어렵다. 그렇지만 고향 '고장치기'와의 관계 또한 함께 생각해야 할 것이다. 앞에서 살펴보았듯이 박두진의 시세계는 전기부터 후기까지 시종 기독교 사상 안에서 이뤄지고 있다. 그렇지만, 시인으로서의 자질은 보편적인 사상을 개별적 체험을 통해 미끈한 작품으로 빚어내는 데서 발휘되는 법이다. 박두진의 시인적 역량은 기독교 사상을 고향에서의 체험으로 걸러내어 형상화하는 대목에서 빛을 발한다. '산'이라든가 '해'로 상징되는 전기의 시편들은 이를 보여준다.

6·25와 4·19로 이어지면서 그는 현실의 세계로 시선을 낮추었다. 치열하게 들끓는 현실의 복판에서 붓을 움직였던 것이다. 이 시기부터의 고향은 그리움의 대상으로 변하였다. 「고향」, 「고향에 다시 갔더니」와 같은 시편을 통해 확인할 수 있다. 이런 그리움이 사회학적 안목과 결합했을 때 현실 비판의 쟁쟁한 목소리로 울려 퍼진다. 고향에서의 천형과도 같았던 가난 위에 일제의 수탈을 겹쳐놓은 「식민지, 20년대 춘궁」이 여기에 해당한다. 그리고 유년시절에 대한 따스한 시선이 피어오를 때 고향은 「고향가」에 나타난 것처럼 기독교 안에서 하나가 된다.

그렇다면, 기독교 사상에 기대어 끊임없이 쌓아올렸던 천국에 대한 열망은 유년기에 고향을 감싸고 있던 아우라(aura)와 얼마나 멀리 떨어져 있는 것일까. 그러고 보면 기독교의 천국 또한 기독교 역사의 유년기라고 할 '에덴의 동산'에 상당히 근접해 있는 것이 아니었던가. 박두진은 "유년, 그것은 바로 우리의 인생의 천국이며, 누구나가 가질 수 있는, 누구에게나 주어진 영원한 천국이다"[19]라는 문장을 적어두고 있다.

... 주석

1 박두진, 「少年恨抄 - 죄그만 自傳」, 『詩와 사랑』(新興出版社, 1960), 150쪽.
  박두진, 「초가삼간」, 『밤이 캄캄할수록 아침은 더 가깝다』(신원문화사, 1996)
  박두진, 「유년 천국」, 『숲에는 새 소리가』(신원문화사, 1996) 참조.

2 박두진, 「고향의 겨울」, 『숲에는 새 소리가』(신원문화사, 1996), 293쪽.

3 박두진, 「귀향 무상」, 같은 책, 41쪽.

4 임영주, 『朴斗鎭의 生涯와 文學』(국학자료원, 2003), 38쪽.

5 박두진, 「8·15 전후」, 『밤이 캄캄할수록 아침은 더 가깝다』(신원문화사, 1996)
  참조.

6 앞의 글, 273~274쪽.

7 임영주의 『朴斗鎭의 生涯와 文學』 제4장 「민족의식과 자유 의지」 참조.

8 박두진, 「지성인과 사회 참여」, 『숲에는 새 소리가』(신원문화사, 1996), 108~110
  쪽.

9 신익호, 「박두진론」, 『韓國 現代 詩人 特性論』(국학자료원, 2000), 516쪽.

10 앞의 글, 515쪽.

11 박두진, ≪文章≫(1939. 5), 117쪽.

12 신익호, 「박두진론」 참조.

13 박두진, 「고향 안성의 햇덩어리와 별밭」, 『밤이 캄캄할수록 아침은 더 가깝다』
   (신원문화사, 1996), 40쪽.

14 앞의 글, 41쪽.

15 박두진, 「故鄕」, 『詩와 사랑』(新興出版社, 1960), 102쪽.

16 박두진, 「귀향 무상」, 같은 책, 44쪽.

17 앞의 글, 48쪽.

18 박두진, 「고향 안성의 햇덩어리와 별밭」, 『밤이 캄캄할수록 아침은 더 가깝다』
   (신원문화사, 1996), 45쪽.

19 박두진, 「유년 천국」, 『숲에는 새 소리가』(신원문화사, 1996), 79쪽.

고독한 보헤미안, 조병화

내가 맨 처음 그대를 보았을 땐
세상엔 아름다운 사람도 살고 있구나 생각하였지요.

두 번째 그대를 보았을 땐
사랑하고 싶어졌지요

번화한 거리에서 다시 내가 그대를 보았을 땐
남 모르게 호사스런 고독을 느꼈지요.

그리하여 마지막 내가 그대를 만났을 땐
아주 잊어버리자고 슬퍼하며
미친 듯이 바다 기슭을 달음질쳐 갔습니다

－「초상」

조병화(趙炳華) 시인, 호는 편운(片雲). 1921년 5월 2일 경기도 안성군 양성면 난실리에서 부친 조두원(趙斗元)과 모친 진종(陳鍾) 사이 5남 2녀 중 막내로 태어났다. 미동공립보통학교(渼洞公立普通學校)를 거쳐 1943년 3월 경성사범학교(京城師範學校) 보통과 및 연습과를 졸업하고 같은 해 4월 일본 동경고등사범학교(東京高等師範學校) 이과에 입학하여 물리, 화학을 수학하다가 일본 패전으로 학업을 중단하고 귀국했다.

1945년 9월부터 경성사범학교 물리 교수로 교단생활을 시작하여 인천중학교(仁川中學校, 6년제) 교사, 서울중학교(6년제) 교사로 재직하면서 1949년 제1시집 『버리고 싶은 유산(遺産)』을 출간하여 시인의 길로 들어섰다. 아울러 중앙대학교, 연세대학교 등에서 시론을 강의하다가 1959년 서울고등학교를 사직하고 경희대학교 교수(시학 교수, 문리대학장, 교육대학원원장 등 역임), 1981년부터 인하대학교 교수(문과대학장, 대학원원장, 부총장 등 역임)로 재직하다 1986년 8월 31일 정년퇴임했다.

그는 시뿐만 아니라 그림도 겸하여 초대전을 여러 차례 가졌다(유화전 8회, 시화전 5회, 시화-유화전 5회 등). 그의 그림은 그의 시세계와 흡사하여 아늑한 그리움과 꿈이 형상화된, 상상의 세계로 이끈다.

지금까지 창작시집 52권, 선시집 28권, 시론집 5권, 화집 5권, 수필집 37권, 번역서 2권, 시 이론서 3권 등을 비롯하여 총 160여 권의 저서를 출간했다. 2003년 3월 8일 작고하기까지 경희대학교 이사, 한국문인협회 명예이사장, 인하대학교 명예교수를 역임했다.

고독한 보헤미안, 조병화

이경수(문학평론가, 고려대 강사)

생애

　조병화 시인은 1921년 5월 2일 경기도 안성군 양성면 난실리(蘭室里)에서 출생하였다. 부친 조두원(趙斗元)과 모친 진종(陳鍾) 사이에서 5남 2녀 중 막내로 태어났다. 난실리는 한양 조씨의 집성촌이었는데, 그의 집안은 그곳에서 대대로 농사를 지은 소농이었다. 그는 8세가 되던 해 봄에 부친과 사별하고, 용인군에 있는 송전공립보통학교(松田公立普通學校)에 입학했다.

　송전공립학교에서 1학년을 마치고 서울 서대문에 있는 미동공립보통학교 2학년으로 편입했으며, 졸업한 후 경성사범학교에 입학하였다. 미동공립보통학교 시절부터 육상 릴레이 선수로 활동했고, 경성사범학교에 다닐 때도 육상경기부에 들어 활동하였다. 이때 미술부에 들어가 그림을 그리는 일에 빠지기도 했다.

경성사범학교를 졸업하고 그는 동경고등사범학교 이과 물리화학과로 진학을 한다. 그가 3학년 재학중이던 시절, 전쟁 말기여서 일시 귀국을 하는데, 종전이 되어 그는 모교인 경성사범학교에서 교편을 잡게 된다. 같은 시기인 1945년 9월에 결혼을 하였다. 해방 후에도 그는 물리화학을 계속 공부하고 싶어했으나 여건상 어려웠다. 꿈이 좌절되는 이때의 체험이 시를 낳게 했다고 그는 고백한 바 있다. 중학교 시절부터 독서를 즐겼고, 특히 시에서 영혼의 에너지를 얻어냈다고 한다.

경성사범학교 시절 은사가 학생 테러로 작고하는 일이 벌어진 후 그는 그곳을 떠나 인천에 있는 제물포고등학교에 잠시 있다가 다시 서울고등학교로 옮겨가게 된다. 서울고등학교에서는 물리·수학·국어·작문 등을 담당하며 10년 정도 근무하다가 1959년 4월에 경희대학교로 자리를 옮긴다.

조병화 시인은 1949년에 김기림의 알선으로 시집 『버리고 싶은 유산(遺産)』을 장만영 시인이 운영하던 산호장이라는 출판사에서 출간하면서 문단에 나오게 된다. 1950년 4월에 두 번째 시집 『하루만의 위안(慰安)』을 출간하였다. 문단에서 그는 김기림을 비롯하여 김광균·이봉구·양병식·김경린·장만영·박인환 등과 어울린다. 명동의 '휘가로'라는 다방에서 주로 모여 선술집 '명동장', '무궁원' 등에서 어울렸다.

1950년 한국전쟁이 발발하자 많은 사람들이 피난을 갔지만 그는 피난을 가지 않고 고향에서 숨어 지냈다. 문총구국대에 들어가 종군했다가 국군과 연합군이 후퇴할 무렵 서울로 돌아왔다가 부산으로 피난을 갔다. 1952년 4월, 정음사에서 세 번째 시집 『패각(貝殼)의 침실』이 출간되었다. 피난지인 부산에서 광복동에 있는 '금강' 다방에 모여 김환기·이중섭·이인범·이해랑·김광주·김소운·이진섭·윤용하 등과 어울렸다.

전쟁이 끝나고 1954년에 네 번째 시집 『인간고도(人間孤島)』를 산호장에

오산 인터체인지

서 펴냈다. 1955년에 낸 다섯 번째 시집 『사랑이 가기 전에』는 당시 베스트셀러가 되었다. 이후 2002년까지 선시집을 제외하고 모두 52권의 시집을 펴내며 활발히 활동하였다. 주요 시집으로 『버리고 싶은 유산(遺産)』(1949), 『인간고도(人間孤島)』(1954), 『밤의 이야기』(1961), 『공존(共存)의 이유(理由)』(1963), 『가숙(假宿)의 램프』(1968), 『오산 인터체인지』(1971), 『먼지와 바람 사이』(1972), 『어머니』(1973), 『남남』(1975), 『나는 내 어둠을』(1975), 『딸의 파이프』(1978), 『안개로 가는 길』(1981), 『나귀의 눈물』(1985), 『후회 없는 고독』(1991), 『사랑의 노숙(露宿)』(1993), 『개구리의 명상』(1994), 『고요한 귀향』(2000), 『남은 세월의 이삭』(2002) 등이 있다. 그 외에도 선시집, 수필집 등이 다수 있고, 화집도 출간하였다.

1957년부터는 국제 펜클럽 대회에 참여하면서 세계 여러 나라로 여행을 다니게 되었다. 1959년에는 제7회 아세아자유문학상을 수상하였으며, 같은 해에 경희대학교에 자리를 잡게 되었다. 경희대학교 교수를 거쳐 1980년에 인하대학교로 옮겨 부총장 등을 역임하고 1986년 8월 31일에 정년퇴임하였다. 한국시인협회장, 한국문인협회 이사장, 세계시인대회장 등을 역임했고, 인하대학교 명예교수, 한국문인협회 명예이사장, 대한민국 예술원 회장, 세계시인회의 국제이사, 세계시인회의 계관시인 등의 직함을 가지고 있다. 중화학술원(中華學術院)에서 명예철학박사, 중앙대학교에서 명예철학박사, 캐나다 빅토리아대학교에서 명예철학박사 학위를 받았다.

아세아자유문학상(1959)을 비롯해서 경희대학교문화상, 한국시인협회상(1974), 서울시문화상(1980), 대한민국예술원상(1984), 삼일문화상(1990), 대한민국문학대상(1992), 국민훈장모란장(1986), 대한민국금관문화훈장, 5·16민족상 등을 수상하였다. 1991년부터 자신의 호를 따서 편운문학상(片雲文學賞)을 제정해 운영하고 있다. 본상 2명, 신인상 1명으로 구성된 편운문학상은 1991년에 1회 수상자를 낸 후 2004년 현재 14회 수상자를 배출하였다. 조병화 시인은 2003년 3월 8일에 작고하였다.

작품세계 – 고독과 허무의 발견

지속적인 창작 의욕을 불태우며 다수의 시집을 출간한 조병화 시인은 일찍이 시와 함께 한 자신의 삶을 정리하면서 "나의 시는 나의 시론"(『세월은 자란다』)이라고 밝힌 바 있다. 그는 자신의 시론을 이론적으로 정비하기보다는 시를 통해 말하고자 했고, 시론 역시 시 속에서 추출해 주기를 바랐다. 이론적이거나 이념적인 성향을 체질적으로 거부하는 조병화의 시는 보헤미안적 기질을 드러내고 있다.

현대적 도시풍의 서정 시인으로 사랑받아온 조병화의 시는 평이하고 낭만적인 언어로 인간의 숙명적인 고독과 허무를 즐겨 노래한다. 도시에서 살아가는 현대인의 고독한 실존을 지속적으로 그려냄으로써 그의 시는 대중들의 공감을 끌어낼 수 있었다.

조병화는 50여 년의 창작 기간 동안 시선집을 제외한 창작시집만 52권을 출간했을 정도로 활발하게 시작 활동을 하였다. 1995년에 문학수첩에서 출간한 시로 쓰는 자서전 『세월은 자란다』에서 시인은 자신의 시세계를 모두 4기로 나누어보았다. 여기에서는 이러한 구분에 따라 조병화의 시세계를 제1기 좌절의 시대, 제2기 방황의 시대, 제3기 철학의 시대, 제4기 귀향의 시대로 나누어 살펴보려고 한다.

제1시집(1949)에서부터 제5시집(1955)까지가 출간된 '좌절의 시대'는 해방 직후의 혼란스러움과 한국전쟁이라는 역사적 비극을 체험한 시기이기도 했다. 사실 이 시기의 한국 현대시는 이념적 지향이 강한 시들이나 후반기 동인 중심의 실험적이고 난해한 모더니즘 시가 주류를 형성하고 있었다. 이러한 시대에 조병화 시인은 일상적이고 평이한 언어로 낭만적인 시를 썼다. 조병화 시의 이러한 특성에 대해 일찍이 유종호는 '말하듯이 쓰는 시'라고 규정하였다. 쉽고 평이한 일상적인 언어로 자잘한 일상을 담담하게 노래하는 그의 시는 많은 독자 대중의 공감을 불러일으키며 사랑받아 왔지만, 전문적인 독자들에게는 후한 평가를 받지 못했다. 그의 시의 특징인 대중적 친화력은 그의 시의 약점으로 거론되기도 했다. 인간은 본질적으로 외로운 존재라는 그의 생각은 이후의 시에서도 지속되는데, 이 시기의 역사적 체험을 통해 그는 일찌감치 세상살이에 대한 환멸을 맛본 것인지도 모른다. 시로 쓰는 자서전 『세월은 자란다』에서 그는 이념적인 싸움에 시달리는 세상에 대해 회의와 환멸의 시선을 지속적으로 드러낸다. 모든 게 다 부질없는 싸움이라는 그의 생각은 그의 시에 체념과 허무의 정서를 불어넣게 된다. 이후의 시세계에서도 지속되는 허무와 체념의 정서를 원체험으로 형성했다는 점에서 이 시기는 중요한 의미를 갖는다.

그가 방황의 시대라고 명명한 제2기는 제6시집(1957)에서 제13시집(1964)까지가 출간된 시기이다. 전후 복구가 한창이었던 이때에 조병화 시인은 서울고등학교에 재직하면서 몰래 중앙대학교에 출강하여 '현대시론' 강의를 시작하기도 했다. 1959

난실리 정류소 앞에서

년에 마침내 경희대학교에 자리를 잡으며, 대학에서 시론을 강의하는 교수이자 시인으로서 문단 활동을 본격화하게 된다. 국제펜클럽대회에 참가하기 시작한 것도 이 시기의 일이었다. 경제적으로나 사회적으로나 훨씬 안정기에 접어든 시기였음에도 불구하고 순수한 고독과 허무, 죽음에 대한 근원적 질문은 점점 더 그를 사로잡았던 것 같다. 이 시기에 그는 어머니를 사별하는 체험을 하기도 한다. 1961년에 출간된 제9시집『밤의 이야기』에는 '밤'의 시간으로 은유된 죽음에 대한 관심이 일관되게 나타나 있다. "지금 너와 내가 살고 있는 / 이 시간은 / 죽어간 사람들이 다하지 못한 / 그 시간이다"(「밤의 이야기」)라는 구절에서처럼 그는 밤을 통해 시간의 한계성, 즉 죽음에 대해 인식한다. 제12시집 『쓸개포도의 비가』에서는 기독교 성서에 대한 탐구를 통해 죽음에 대한 절망적 인식을 딛고 무상감 속에서도 삶을 긍정하는 태도를 드러내기도 한다.

제14시집(1965)에서 제34시집(1990)에 이르는 긴 시기를 조병화 시인은 철학의 시대라고 분류하였다. 고독과 허무는 그의 시에 일관된 정서이기도 했지만, 이 시기에 그는 고독과 허무의 정서에 철학적 무게를 실어보고자 했던 것이다. 시인 스스로 그것을 '무상철학적 실존의식'(『세월은 자란다』, 149쪽)이라고 부르기도 했다. 그의 시에 나타난 센티멘털리즘이나 '쉽게 읽히는 시'라는 특성에 대해서는 찬반양론이 있었지만, 평단의 반응은 대체로 부정적인 것이었다. 그는 이에 대한 불만을 토로하기도 했는데, 아마도 이러한 이유에서도 철학적 색채를 더하는 작업이 필요했던 것으로 보인다. 일찍이 김윤식은 조병화의 시세계를 '여행의 형식'과 '편지의 형식'으로 설명하면서 그의 시가 지닌 근대성에 주목한 바 있는데, 조금 다른 관점에서 접근하자면 여행과 편지의 형식이야말로 고독한 인간의 실존을 드러내주는 형식이라고 볼 수 있다.

여행하는 자에게 여행지는 일상적인 생활의 공간이 되지 못한다. 여행지는 오히려 일상을 벗어나 있는 공간이며, 언젠가는 돌아가야 할 공간이다. 그러므로 여행지에서 여행하는 자는 관찰자이거나 방외자일 수밖에 없다. 그것은 여행하는 자가 항상 외로울 수밖에 없는 이유이기도 하다. 편지 역시 상대방을 염두에 두는 말하기 방식 중 하나이기는 하지만, 간접적인 대화의 방식이며 전달되지 않을 가능성 역시 높다. 청자나 독자를 상정하고 있다고 하더라도 본질적으로 편지는 자신의 내면을 향하고 있는 표현 방식이다. 사적인 편지의 대부분이 감상적이 되기 쉬운 까닭도 그 때문일 것이다. 여행과 편지의 형식을 즐겨 사용했다는 점은 조병화의 시가 고독한 내면을 드러내는 말하기 형식을 자연스럽게 채택하고 있었다는 뜻이기도 하다. 하지만 이러한 형식은 그의 시에 약점으로 작용하기도 한다. 편지의 형식을 즐겨 쓰다 보면, 자기 자신과의 끊임없는 대화가 충분히 깊어지고 숙성되기 전에 상대방을 의식하며 토로할 가능성이 높아지게 마련이고, 여행의 형식 역시 내면에 천착하게 하기보다는 바깥을 둘러보게 함으로써 자기 삶의 방외자이자 관찰자로 머물게 할 가능성이 높다. 고독한 인간의 실존이라는 문제에 지속적으로 매달려온 시인임에도 그의 시가 인간 실존에 대한 탐구라는 철학적 깊이에 충분히 도달하지 못한 까닭은 여기에 있다고 할 수 있을 것이다. 이 시기에 쓰여진 그의 시에는 유독 '길'이라는 말이 자주 등장한다. 인생을 길에 비유하며 삶에 대한 깨달음을 노래한 여행시들이 많이 쓰여진 시기이기도 하다. 이 시기에 시인은 자신의 삶이 어디에도 정착하지 못하는 '가숙(假宿)'의 삶이었다고 고백하면서 '무(無)'와 '공(空)'에 대한 관심을 표명하였다.

『세월은 자란다』(1995)라는 시로 쓰는 자서전에서 조병화 시인은 제35시집(1991)에서 제41시집(1994)에 이르는 시기를 '귀향의 시대'라고 명명한 바 있다. 이 글에서는 제42시집(1995)에서 제52시집(2002)에 이르는 이후의 시세계도 이러한 맥락을 잇고 있다는 판단에 따라 제35시집(1991)에서 마지막 시집인 제52시집(2002)에 이르는 시세계를 '귀향의 시대'라고 분류하였다.

이 시기에 조병화의 시는 '돌아감'에 대한 인식을 보여준다. 오랫동안 여행지를 돌아다니며 시를 써 오고 정신적으로도 떠돌이 의식을 보여준 그의 시가 이제 고향으로 돌아감에 대해 사유하기 시작한 것이다. 시인 스스로도 이 시기에 늙어서 쇠약해지는 육체와 머지않아 떠나갈 영혼에 대한 아쉬움에 대해 인식하기 시작했다는 고백을 한 적이 있다. 물론 그 이전에도 그의 시에는 어머니에 대한 사랑, 즉 모성애에 대한 인식과 함께 고향에 대한 애착이 나타나 있어서 김재홍은 조병화 시의 특징으로 '모성 지향성'을 꼽기도 했다. 어머니야말로 그의 시가 고독과 허무와 죽음을 극복하고 구원으로 나아갈 수 있는 원동력임을 김재홍은 일찌감치 간파하였다. 이 시기에 오면서 조병화 시인은 돌아가야 할 곳에 대한 인식과 인생을 마무리하는 문제에 대한 관심을 좀더 집중적으로 보여주게 된로. 「작은 보따리」라는 시에서 그는 "얼마되지 않는 지식"과 지혜, 상식, 경험, 창작, 돈으로 용케도 지금까지 살아온 스스로를 대견해하면서 머지않아 이곳을 떠나게 되더라도 "아무런 후회도 없다"고 말한다. 죽음과 고독을 노래해 온 시인이지만 죽음이 좀더 가까운 현실이 되고 나니 오히려 담담하게 죽음을 받아들이는 긍정의 태도를 보이기도 한다. 인생은 풍운무숙(風雲無宿)이라는 그의 생각을 이 시기의 시에서는 삶을 관조하는 자세로 보여준다.

이상 조병화의 문학세계를 모두 네 시기로 나누어 살펴보았다. 각 시기마다 약간의 변화가 나타나기는 하지만, 그의 시세계 전체를 일관하는 특징은 고독과 허무에 대한 인식이라고 할 수 있다. 그는 1949년에 첫 시집을 낸 후 2003년 3월 작고하기까지 55년 정도 되는 시간 동안 시선집과 화집 등을 제외한 창작 시집만 52권을 낼 만큼 지속적이고도 활발한 시작 활동을 한 시인이다. 오랜 기간 동안 여러 권의 시집을 통해 그는 허무와 고독이라는 주제를 탐색해 왔다. 물론 주제가 무거운 것에 비해서는 그의 시는 대중들이 친숙하게 다가갈 수 있을 만큼 평이한 것이 사실이다. 감상주의적인 보헤미안의 기질이 그의 시에서 종종 발견되지만, 외로

움이라는 하나의 주제에 천착하면서 대중적인 공감을 끌어낸 점은 그의
시세계의 특징이라고 할 수 있다.

고독의 원천, 안성 난실리

　조병화 시인은 1921년 5월 2일 경기도 안성군 양성면 난실리에서 태어
나, 여덟 살 되던 해에 경기도 용인군에 있는 송전공립보통학교에 들어가
1학년을 마칠 때까지 고향에서 살았다. 이후 고향을 떠나 서울로 올라와
서 아현동에 정착하여 미동공립보통학교 2학년에 편입하여 졸업하고, 경
성사범학교를 다니면서는 서울에서 생활하게 되었지만, 고향에 대한 그
리움은 그의 시세계의 한 부분을 차지하게 된다.

　그가 태어나 유년기를 보낸 고향은 몇 십 리 길을 걸어 다녀야 할 정도
의 시골로 마차가 유일한 운반 수단이었다고 한다. 송전공립보통학교에
다니던 시절, 조병화 시인은 고향 마을에서 용인군까지 십 리 정도 되는
길을 매일 걸어 다녔다고 한다. 「출발」이라는 시에는 유년기 고향에 대한
추억이 잘 그려져 있다.

　　경기 남부, 작은 농촌 마을에
　　꿈이 많은 소년이 있었다.
　　자라나면서 소년은
　　낮엔 산이나, 들이나, 개울이나
　　혼자 다니면서 들짐승들을 쫓아다니기도 하고,
　　산새들의 둥지를 찾아다니기도 하고,

이상스러운 꽃들을 모으기도 하고,
송사리, 가재, 산새 새끼들을 잡기도 하고,
어머님하고 산나물을 하러 높은 산에도 오르고,
흙처럼, 들풀처럼, 바람에 날리기도 하면서

밤엔 반딧불을 좇아다니기도 하고,
마당에 모깃불을 피우고 멍석에 누워
먼 하늘에 떠도는 무수한 별들을 헤어보기도 하고,
쏜살같이 떨어지는 별똥을 좇아가기도 했다.

학교에 가는 길 십 리,
학교에서 오는 길 십 리,

가다가 비가 와서 개울이 넘친 날엔
그냥 되돌아오다가 방앗간에 들러서
아이들하고 딱지를 치기도 하고,
도시락을 다 먹고
집으로 돌아오곤 했다.

활을 쏘기도 하고, 연을 날리기도 하고,
쥐불을 놓고 윗마을, 아랫마을과
패싸움도 하고, 뒷동산에 올라서
정월 대보름 달맞이도 하고,
남사당, 두레꾼들을 따라다니기도 하고

— 조병화, 「출발」 전문

난실리의 전경

　조병화 시인이 태어나 자란 난실리는 한양 조씨의 마을로 그의 유년기만 하더라도 사람들이 많이 살지 않았다고 한다. 난실리는 용인군과 안성군의 군계에 있었는데, 그는 용인군에 있는 송전공립보통학교에 다녔다. 그가 다니던 학교는 고향 마을에서 자그마치 십 리나 떨어져 있었는데 다른 교통편이 없어서 그 거리를 매일 걸어 다녀야 했으니 하루에 이십

리 길을 걸어 다닌 셈이다. "학교에서 가는 길 십 리, / 학교에서 오는 길 십 리"는 그야말로 그의 체험 그대로였다.

이 시는 조병화 시인의 고향이 얼마나 인적이 드문 궁벽한 시골 마을이었는지를 잘 보여준다. 유년기의 시인은 "혼자 다니면서" 놀았는데, 그의 친구가 되어준 것은 다름 아닌 산새, 들짐승, 꽃, 송사리, 가재, 들풀, 반딧불 같은 자연이었다. 낮에 산과 들을 뛰어다닐 때나 밤에 "마당에 모깃불을 피우고 멍석에 누워 / 먼 하늘에 떠도는 무수한 별들을 헤어" 볼 때에도 그는 대체로 혼자였던 것처럼 보인다. 어쩌면 조병화 시인이 평생 추구한 '고독'이라는 주제는 바로 이 시기부터 그에게 운명처럼 자리 잡게 된 것인지도 모르겠다. "경기 남부, 작은 농촌 마을에" 살던 "꿈이 많은 소년"은 "이왕 이 세상 가난한 식민지에 태어났으니까 / 보다 많은 인생을 살아야 하겠다"(「먼 곳을」)라고 일찍이 결심했다고 한다. 보다 많은 인생을 살기 위해 그가 선택한 방법은 여행과 독서 체험이었다. 유년기부터 형성된 이러한 성향은 시인으로서 살아간 그의 인생에 지속된 것이기도 했다. 그는 "혼자서, 생각하면서" "보다 먼 곳으로" "보다 넓"고 "깊은 곳으로"(「먼 곳을」) 가고자 했다.

이후 조병화 시인은 어머니를 따라 고향을 떠나 서울로 올라가 아현동에 터전을 마련하고 살게 된다. 미동공립보통학교 2학년에 편입해서 학교를 마치고, 경성사범학교를 졸업할 때까지 그는 서울에서 산다. 고향을 떠나던 때의 체험은 「이동하면서」라는 시에 잘 드러나 있다. 어머니를 따라 큰 도시로 간 유년의 그에게 도시는 놀라움으로 먼저 다가왔던 것 같다. 근대 문물과의 마주침에서 오는 충격을 그는 기차와의 첫 대면으로 표현하였다. 고향을 떠나 도시에 살게 되면서 그의 천성적인 외로움은 좀더 깊어진 것으로 보인다. 그의 시에 나타난 도시적 서정의 뒤에는 떠나

온 고향에 대한 향수가 자리 잡고 있었을 것이다.

　　　시공을 지나는 길에 잠시 머물러 가는
　　　하늘 아래 흰 굴뚝
　　　조각 구름의 집
　　　산까치 해마다 새끼 쳐서 주인 빈 사이에 산으로 뜬다.

　　　지구 동북쪽 늙은 산천
　　　한글의 나라, 경기도 안성
　　　산간에 낀 저수지 마을, 난실리
　　　나무 나무 가지 가지
　　　수면으로 몰려든 바람, 편운재 그늘에서 쉰다.

　　　주인은 먼 마음, 뜬 생각에 머물고
　　　타향에 버린 세월 털어 걸고
　　　뻐꾹꾹
　　　가려진 유리창, 남은 일월, 램프로 산다.

　　　마신 시간을 토하며 토하며
　　　시공을 지나는 길에 잠시 마련한
　　　하늘 아래 흰 굴뚝
　　　조각 구름의 집
　　　산까치 해마다 새끼 쳐서, 주인 빈 사이에 산으로 뜬다.
　　　　　　　　　　　　　　　　　— 조병화, 「조각구름의 집」 전문

고향인 안성군 양성면 난실리를 떠나 서울에서 자리를 잡고 살면서 그

어머니의 묘막 편운재에서

의 시는 고향에 대한 향수를 그리기보다는 도시적 서정을 그리는 데 좀더 몰두하게 된다. 그러던 그가 다시 고향을 그리게 되는 것은 1962년 어머니와 사별하면서였다. 이듬해인 1963년에 시인은 공허한 마음을 달래기 위해 한식날 성묘를 하고 나서 아버지와 어머니의 묘소 사이에 있는 솔밭에서 소나무들을 베어내고 그 자리에 묘막을 지은 후, '편운재(片雲齋)'라고 이름 지었다. 편운재는 '조각구름의 집'이라는 뜻이다. '편운재 이야기'라는 부제가 붙어있는 인용한 시는 바로 고향 마을에 그가 지은 '조각구름의 집'에 대한 시인의 심정을 담고 있다.

조병화 시인은 살아 있는 동안 지상에 눈에 보이는 집은 짓지 않으려고 했다고 『세월은 자란다』라는 자서전에서 고백하였다. 지상에 짓는 물리

어머니와 아내 곁에 잠든 조병화 시인

적인 집은 세월이 흐르면 변하거나 소실되는 덧없는 건물임을 알고 있었기 때문이다. 그렇다면 그가 묘막에 붙인 이름, '편운재'는 심상치 않다. 그는 묘막에 '조각구름의 집'이라는 이름을 붙임으로써 편운재가 고정된 정착을 의미하는 집이 아니라 탄생하고 성장하고 소멸하는 자연의 일부로서의 집임을 보여주고자 했다. 지상의 물리적인 집은 그에게 "잠시 머물러 가는" 곳일 뿐 정착할 수 있는 곳은 아니다. 산까치가 해마다 새끼를 쳐서 주인이 빈 사이에 산으로 뜨듯이, 편운재는 시인에게도 잠시 머물다 가는 곳일 뿐 이미 그의 시선은 "먼 마음, 뜬 생각"을 향해 달아나고 있다. 조병화 시인에게 고향이라는 존재 역시 마찬가지였다. 그리움의 대상이기는 하지만 이미 돌아가 정착할 수는 없는 곳. 그에게 고향은 그런 곳이었다.

그가 짓고 싶었던 것은 지상의 집이 아니라 영원한 존재의 집이었다. 그것은 세월의 흔적에 따라 소멸되는 덧없는 집이 아니라 시간이 흘러도 영원히 변하지 않는 정신적인 존재의 집이다. 물론 조병화 시인에게 그와 같은 존재의 집을 짓는 일은 바로 시를 쓰고 그림을 그리는 행위이기도 했다. 창작을 통해 짓는 집이야말로 그가 꿈꾸던 영원한 존재의 집임을 그는 알고 있었다.

어머니에 대한 그리움이 고향 마을에 편운재를 짓게 했듯이, 이후 그의 시에서는 어머니와 고향이 동일시되는 일이 종종 일어난다.

어머님, 이번 추석 달은
이곳 희랍 코르푸에서 봅니다

그곳 난실리엔 대추도 익었을 텐데
차례를 차려 드리지 못해 죄송합니다

달에 비쳐오르는 어머님의 큰 얼굴을
이렇게, 먼 곳에서 보고만 있습니다.

고향처럼.
절벽에서.

— 조병화, 「어머님이 고향처럼」 전문

도쿄 유학 시절을 제외하더라도 서울에서 대학교수로 자리를 잡은 후,

조병화 시인은 유독 많은 여행을 다닌다. 그것은 그의 어린 시절의 꿈이기도 했다. 그러다 보니 자연스럽게 고향을 떠나 있는 시간도 많아지게 되었을 것이다. 여행지에서 고향은 훨씬 더 그립고 의미 있는 존재가 되기 쉽다. 조병화 시인의 경우에도 예외는 아니었던 것 같다. 그는 이따금씩 여행지에서 고향을 그리워하는 시를 쓰곤 했다.

제29시집 『해가 뜨고 해가 지고』에 수록되어 있는 이 시는, 조병화 시인이 제8차 세계시인대회가 열린 희랍의 명승지, 코르푸(Corfu)라는 작은 섬에 묵으면서 쓴 작품 중 하나이다. 'Corfu에서, 추석 달을 보며'라는 부제가 말해주듯이, 세계시인대회 기간 동안 코르푸에 머물던 때가 마침 추석 즈음이었다. 음력 8월 대보름의 추석달을 바라보면서 시인은 고향 생각도 나고 돌아가신 어머니 생각도 난다. 고향 난실리에는 지금쯤 대추도 익었을 텐데 차례상도 차려 드리지 못하고 이국땅에 머물러 있는 자신의 신세가 한편으로는 처량하고 한편으로는 죄스러웠을 것이다. 보름달을 바라보고 있자니 "어머님의 큰 얼굴"이 떠올랐지만 먼 곳에서 바라보고만 있을 뿐 다른 방법은 없다. 설사 고향에 돌아간다 해도 어머니는 이미 돌아가셨으니 말이다.

이 시기의 시에 오면 고향과 어머니는 동일시된다. 김재홍은 조병화 시의 특징으로 '모성 지향성'을 손꼽았는데, 이러한 모성 지향성은 고향에 대한 그리움이 변주되어 나타난 것이라고 볼 수 있겠다. 인간이 보편적으로 타고난 고독과 그러한 삶이 가져오는 허무에 대해 지속적으로 관심을 기울인 시인이었지만, 마음 한편으로는 고향과 어머니에 대한 그리움이 남아 있었던 모양이다. 이러한 마음은 그의 시에서 영원에 대한 추구로 나타나기도 한다.

나의 사투리를 아는 사람은
다만 나의 고향 사람들뿐이옵니다

아, 그와도 같이
나의 시를 아는 사람은, 오로지
나의 눈물의 고향을 아는 사람들뿐이옵니다

— 조병화, 「개구리의 명상1」 전문

1994년에 동문선에서 나온 제40시집 『개구리의 명상』에 실려 있는 시이다. 이 시집은 조병화 시인의 시골집 편운재(片雲齋) 옆에 있는 청와헌(聽蛙軒)을 기념하기 위해서 출간한 것이라고 한다. 이 시집이 출간될 무렵 조병화 시인은 이미 73세를 넘기고 있었다. 같은 사투리를 쓰는 고향 사람을 만나면 단지 고향 사람이라는 이유만으로 반가운 것처럼, 이 시를 쓸 무렵 시인은 자신의 시를 이해해 주는 고향 사람들을 만나고 싶어했다. 시야말로 조병화 시인의 고독한 내면을 가장 잘 보여주는 것이므로, 그의 시를 안다는 것은 그의 "눈물의 고향", 즉 정신적인 존재의 집을 안다는 것이다. 조병화 시인 스스로 자신을 외로운 사람이라고 느끼고 있었음이 극명하게 드러나면서도 한편으로 이해를 갈망하고 있었음을 알 수 있게 해주는 시이다.

고향인 경기도 안성군, 그 중에서도 작은 시골마을이었던 난실리는 조병화의 시에서 고독의 원천을 형성하는 곳이었으며, 고향을 등진 이후로는 그리움의 대상이었다. 고향에 대한 그리움은 그의 시에서 어머니에 대한 그리움으로 나타나면서 영원에 대한 추구와 맞물리게 된다.

문학사적 의의

1949년에 시집 『버리고 싶은 유산』으로 문단에 나온 조병화 시인은 2003년 3월 작고할 때까지 활발한 시작 활동을 벌이며 한국 현대사의 격동기를 살아왔다. 조국의 해방은 물론 한국전쟁과 4·19, 5·16, 군부 독재와 5·18 등 한국 현대사의 질곡을 겪으면서 지속적으로 시를 써온 조병화 시인은, 사회역사적 상상력에 이끌리기보다는 개인적 일상사에서 촉발된 보편적인 문제에 관심을 보여왔다. 50여 년이 넘는 세월 동안 시를 써왔지만, 조병화의 시세계는 고독과 허무에 대한 탐색으로 압축된다. 흥미로운 것은 그가 탐색하는 고독과 허무라는 주제의식이 일상적이고 평이한 언어로 그려진다는 점이다. 철학적인 주제를 다루면서도 그의 시가 대중적 공감을 불러일으키는 이유는 바로 여기에 있다. 그러나 대중성을 얻은 대신 그의 시는 실존적 깊이를 획득하는 데는 실패하고 만다.

조병화는 사회역사적 자장에 이끌리거나 이념지향적인 시, 난해한 실험을 거듭하는 모더니즘 시에 대해 거리를 유지하면서 개인적이고 일상적인 삶의 범주에서 파악해 낸 고독과 허무를 지속적으로 탐구해 간다. 이러한 그의 성향은 낭만적 자유를 구가하는 보헤미안의 기질이나 센티멘털리즘으로 흐르기도 하면서 정신사적 높이나 철학적 깊이를 획득하는 데는 성공하지 못한다. 그러나 그가 천착한 고독과 허무라는 주제가 폐쇄적인 내면의식에 함몰되지 않고 대중적 공감을 획득함으로써 보편성으로 나아간 점은 평가받을 만하다. 조병화의 시는 고독한 개인이 일상적 공간에서 체험하는 정서를 도시적 서정으로 평이하게 그려냄으로써 대중적 공감을 획득하는 데 성공한다. 조병화의 시적 개성은 동시대의 실험적이거나 이념지향적인 시의 대척점에 위치함으로써 대중성과 문학성의 만남에 대해 다시 한 번 고민하게 한다. 우리 시사에서 대중성과 문학성 사이에 오랜 불화가 계속되면서 대중성과 문학성이 공존할 수 없는 가치처럼 여겨지기도 했으나, 조병화의 시가 독자로부터 대중적 공감을 얻어내는 힘에 대해서는 좀더 면밀한 독법과 가치 판단이 요구된다.

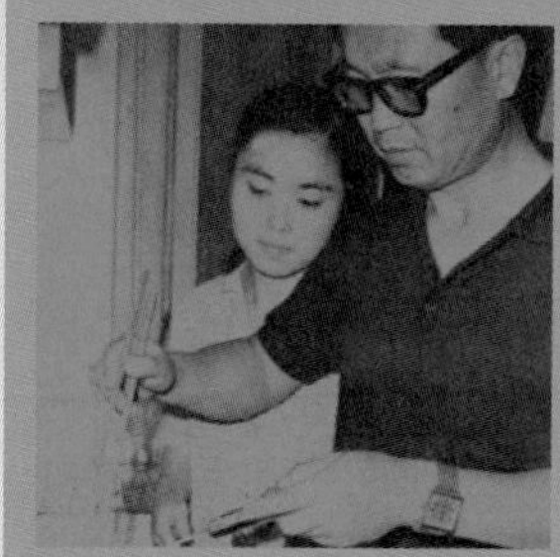

전쟁 체험과 그 기억에 대한 지리적 상상력

어떤 여학생이 와서 같이 나간 지가 거의 두 시간이나 된다는 말을 듣고 발길을 돌리던 성표는 그 집 대문에다 대고 가래침을 카악 뱉었다.

『이눔으 계집애 낼 나한테 큰 일 났는걸.』

『자아식. 말따우 하구 어서……. 그렇게 못하는 미자가 바보지 뭐냐. 늬가 미잘 사랑하는 거냐? 사랑한다면 그렇게 이 계집애 저 계집애 할 수 있느냐 말야? 남자 호리는 연습을 시켜 놓구 흘려가는 걸 욕을 해?』

『쌔애낀! 이제 와서 넌 나만 나쁜 눔으로 몰려는 거냐! 미자나 너나 나나 애당초 모범학생 되긴 틀렸다야. 배신이구 나발이구 아까울 것 하나두 없어. 그 새끼 낼 없애 버릴 테야. 실상 계집애한테 손대긴 비릿비릿해서 싫구. 야! 어디 가서 한잔 허자. 내 시계 잽히면 돼.』

―『장씨일가』 중에서

호 묵사(墨史). 경기 여주 출생. 일본 와세다(早稻田)대학 전문부 문과를 수학하
였다. 1948년 《백민(白民)》에 단편 「번요(煩擾)의 거리」를 발표하면서 문단에
나왔다. 《백민》의 편집 동인, 국방부 편수관, 《신태양(新太陽)》 지 주간을 역
임하였다. 역사를 사실주의적으로 분석한 역사소설을 많이 남겼다.

장편 『조선총독부』(1964), 『대원군』(1965), 『대한제국』(1969), 『황녀』(1972)
등을 발표, 종래의 흥미 위주의 역사물(歷史物)에서 벗어나 인간과 역사관에 깊이
를 더한 작품으로 주목을 끌었다. 작품으로 『태양의 유산』(1958), 『신의 눈초리』
(1977), 『죽음이 보이는 안경』(1980) 등이 있다. 1976년 대한민국 문화예술상을
수상하였다.

전쟁 체험과 그 기억에 대한 지리적 상상력

오윤호(문학평론가, 서강대 강사)

유주현 초기 소설에 나타난 서울 그리고 경기지역

사실 1960년대 문학은 전쟁체험에 대한 예술적 재현 문제, 국민국가 체제 성립과 문화적 정체성의 구성이라는 문제를 해명하지 않고서는 도달할 수 없는 영역이다. 우선은 한글세대로 지칭되는 일군의 작가비평가들이 '감수성의 혁명'이라는 기치 아래 새로운 글쓰기를 시도했던 시기이고, 전쟁체험에 대해 비판적 거리가 형성되고 일상과 지식에 대해 이성적으로 사유하는 과정에서 국민국가에 대한 관심과 그 성립시도(4.19 혁명, 5·16 쿠데타) 또한 이루어졌던 시기이다. 무엇보다도 이전 세대의 정치·문화적 담론 양상을 거부하며 역사적 현실에 대한 객관적 이해의 장이 마련되었던 시기로 보여진다.

이렇게 볼 때에 1950년대 말 그리고 1960년대 문학에서, 전쟁 체험의 시·공간적 확산과 이에 대한 정치적 비판과 윤리·도덕적 이해를 논하는 비평적 태도가 필요하다. "50년대 이래 한국 현대 소설의 제반 내용과 구조는 6·25의 전쟁체험과 영향의 삼투적 성격과 기능을 배제해 놓고 생각할 수 없다."[1] 그런 점에서 전쟁 이후 그 체험의 심각성과 상흔을 안고 살아가는 민중들의 삶을 미시적으로 그려내고 있으며, 한반도(혹은 서울, 경기지역)의 역사성과 그에 따르는 윤리의식의 문제를 소설화했던 소설가 유주현과 그의 소설에 주목하게 된다.

소설가 유주현은 1921년 경기도 여주군 대신면에서 출생했고, 일본 와세다 대학 전문부 분과를 수학했다. 1948년 ≪백민≫에 「번요(煩擾)의 거리」를 발표하여 문단에 데뷔했으며, 아호는 묵사(黙史)이다. 한때는 ≪백민≫의 편집장을 역임했으며, 6·25 동란 때에는 공군 문인단에 참가했고, ≪신태양≫의 주간을 역임하기도 하였다. 한국전쟁 직후부터 1970년대 후반에 이르기까지 지속적으로 창작활동을 해온 유주현의 문학세계는 1960년대 중반을 전후로 하여 장르 선택의 측면에서 확연히 구분된다. 「잃어버린 눈동자」, 「허구의 종말」, 「태양의 유산」, 「언덕을 향하여」, 「장씨 일가」, 「잃어버린 여정」, 「밀고자」, 「임진강」, 「6인공화국」, 「남한산성」 등이 잘 알려진 중·단편소설 문제작이며, 『바람 옥문을 열라』, 『강 건너 정인(情人)』, 『조선총독부』, 『대원군』, 『대한제국』, 『통곡』, 『황녀』 등의 장편은 그의 문학을 보다 더 깊이 있게 해준 장편소설이다.

유주현 초기 소설에서 주로 다루어졌던 전쟁으로 인한 국토의 황폐화와 그로 인한 가난이라는 문제나 산골의 농부, 무당, 술집 작부, 도둑, 깡패, 상이군인, 과부 등과 같은 인물 유형[2]은 6·25 전쟁을 경험한 한국 문학의 보편적 모티프이면서 전형적 인물들이다. 그러나 이러한 상투성에도 불구하고 유주현 소설은 6·25 전쟁에 대한 단순한 재현에 머무르지 않고

문학평론가 유종호(중) 씨와 소설가 최인훈(좌) 씨와 함께

전쟁이라는 현상이 사라진 뒤에 전쟁의 연장선상에 놓여있는 자신이 속한 환경 혹은 사회를 비판적 시선으로 파악하고 그려내려고 한다. 그의 소설 속 전쟁은 그 자체의 시공간적 위협일 뿐만 아니라 전쟁 이후 잠재적으로 지속되는 전쟁 상흔까지를 포괄하고 있다. 특정 시공간에서 벌어졌던 전쟁은 일시적인 자연적 현상이 아니라, 전쟁으로부터 상처받은 사람들의 반복적인 전쟁 기억 속에 근본적으로 존재하는 실체이기도 하다. 이러한 전쟁 체험과 그 기억을 역사의식의 탐색과 시민의 윤리의식으로 추출해 내는 유주현 소설의 플롯은 전쟁의 현상적 비극성을 극복하려 한 것으로 평가할 수 있다.

전쟁 후 사회적 현실에 대한 작가의 역사적이고 윤리적인 관심은 초기 작품 속에서 서울·경기지역·한반도라는 공간적 지리적 상상력으로 구체화된다. 다른 작가와 달리 유주현 소설 속에는 경기지역의 지리적 정보가 매우 자세하게 기술되어 있으며 인물들의 행동과도 밀접하게 연관되어 있다. 이는 지리적 공간이 등장인물들의 단순한 배경으로 제시되기도 하지만, 인물들의 삶의 성격과 소설 전체의 역사적 의미를 확대하기 위한 서사전략으로 사용되었음을 알 수 있다. 임진강(「임진강」), 남한산성(「남한산성」), 도봉산 기슭(「허구의 종말」), 수락산 아래의 마을(「태양의 유산」) 등 작품 속에 재현된 장소들은 전쟁을 직접적으로 체험하고 그에 대한 기억으로 몸살을 앓는 인물들의 비극적 정서와 깊이 관련 맺고 있으며 이야기 속에서 중요한 공간적 상징성을 가진다. 소설 속의 공간은 소설이 서술을 통해 제시하는 허구 세계를 지칭하는 것으로 사건, 인물, 장소 내지 '행동이 이루어지는 장소'를 포함하는 공간이다.[3] 이러한 일차적인 구성요소로서의 공간 특성에 덧붙여, 유주현 소설의 공간은 역사적 공간성과 심리내적 공간성 또한 가지고 있다. 작가의 소설 속에 반복적으로 재현되는 서울과 경기지역(구체적인 지명으로는 임진강과 남한산성, 서울의 명동 등)은 1950년대와 1960년대의 시공간 속에서 인물들이 깊은 역사적 의미를 부여하고 반성적인 역사의식을 발생시키는 공간으로 제시되고 있다. 그래서 이렇게 재현된 공간을 경험하는 인물들은 반성적 사유를 통해 소설의 서사전략과 깊이 관련되어 있는 관념적 공간의식을 형성하게 된다. 즉, 기억과 삶의 체험을 통해 재구성된 역사적 공간이다. 소설 속의 공간은 지각과 인식을 통해 형성되는 심리내적 공간, 즉 주제화된 동기를 함축하는 심리내적 공간, 즉 주체화된 동기를 함축하는 서사 주체의 심리내적 세계를 포함하기도 한다.[4] 따라서 전쟁 체험의 체험적 공간과 전쟁 기억의 관념적 공간을 경험하면서 유주현 소설의 인물들은 그 아이러니한 속성에 대해 그리고 그 반복적 폭력성에 대해 자기 자신의 진정성을 투사하며 대응하고 저항하게 된다.

한편, 독자의 경우에는 힐리스 밀러가 '비유적 지도 그리기(figurative mapping)'라고 말했던 것처럼 유주현 단편소설들을 읽으면서 재현되어 있는 지형과 지명을 떠올리며 전쟁과 전쟁 이후의 "서울 그리고 그 주변의 경기지역"이라는 '인식적인 지도(cognitive map)'을 그려내게 된다.[5] 그 인식적인 지도는 서울과 경기지역의 경제적 조건과 문화적 차이와 깊이 관련되어 있다. 이러한 독서과정은 1950~1960년대 시민의 역사의식과 윤리의식의 토대를 (실제로는 볼 수도 경험할 수도 없지만) 공간적으로 지리적으로 시각화한다는 측면에서 흥미로운 소설적 독해를 가능하게 한다.

따라서 유주현 문학의 문학지리학적인 특성[6]을 논의하는 과정에서 경기지역의 문학적 형상화와 1960년대의 삶을 추상해 낼 수 있을 것이다.

가난이라는 전쟁의 상흔

1950년부터 1953년까지 이어진 4년 동안의 한국전쟁으로 인해 한반도 전체는 전쟁의 소용돌이에 휩싸였다. 특히 전쟁의 전략적 요충지였던 서울을 둘러싸고 있다는 지리적인 조건 때문에 경기지역은 가장 많은 국지전을 치러야 했다. 6·25전쟁이 발발했을 때는 공산군이, 서울 수복 때는 유엔군이, 1·4후퇴 때는 중공군의 남침 대열이 지나간 공간이다. 한국군이나 미군에 의한 서울 수복은 아군에 의해 이루어진 군사 작전이긴 하지만, 땅과 호흡하며 시간의 흐름에 붙박혀 있는 경기지역민에게는 한국군과 미군은 북한군이나 중공군과 마찬가지로 외지인일 뿐이며, 타자적 폭력성을 가지고 있는 존재일 수밖에 없다. 그렇다면 이렇게 타자를 경험하는

중앙일보 연재소설 『금환식』에 관해 삽화가 김세종 화백과 이야기를 나눈 유주현(1976년 2월)

역사의 소용돌이 속에서 경기지역은 어떠한 성격의 공간적 특성을 가지게 되었는가? 1950년대 1960년대 쓰여진 유주현 소설에 재현된 경기지역은 전쟁의 참상과 인간의 실존적 파멸을 고스란히 간직한 피폐의 공간으로 형상화된다. '타자들에 의해 짓밟힌 땅'이라는 상상력은 전쟁 이후 이 땅 위에 가난과 실존의 위기라는 변형된 전쟁 상흔을 환기하게 만든다. '숱한 전설과 애달픈 사연을 천 년 동안 삼킨 채 말없이 흐르는 임진강'(「임진강」)과 '수락산 골짜기 아래에 있는 마을 이름인 수렛골'(「태양의 유산」) 등은 민중의 삶이 전쟁 이후에 어떻게 가난과 깊이 연결되는지 잘 보여주고 있다.

'가난'의 정치적 성격을 서술하기 위해 지리적 특성을 이용한 작품으로 「임진강」이 있다. 임진강 유역에 살고 있던 한 노파의 작은 아들이 땔나

무를 구하기 위해 출입금지 구역으로 정해진 갈대밭에 들어갔다가 미군의 총에 맞아 죽는 것으로 시작된다. 아들의 죄 없는 죽음으로 어머니는 거의 실성하고 며느리는 그 충격에 유산했을 뿐만 아니라 자신의 목숨까지 위태롭게 된다. 한편 그들이 유일하게 희망을 걸고 있던 큰아들은 고향에서는 큰 회사의 중견 사원으로 알려졌지만, 실상은 전과 3범의 도둑이다. 큰아들은 오직 자기 고향 사람들이 잘살 수 있도록 하겠다는 일념으로 마지막 도둑질을 해 큰돈을 가지고 고향에 내려오지만, 이미 그의 어머니조차 목을 매고 죽은 뒤였다. 이러한 비극적 상황 속에서 '임진강'은 모든 사건들의 배후에 존재하며 인간의 근원적인 비극성을 추상해 내는 공간적 상징물로 기능한다.

> 사람들의 나긋한 정화(情話)와 처절한 슬픔과 열띤 의지를 흐름에 싣고 흘러 흘러 오랜 세월을 헤메이게 되면 전하는 이야기가 유역에 쌓이고, 그리고 흐트러진다. 이것인 전설이다. 풍토처럼 고유한 역사이기도 하다. 웬지 사람들은 강물을 따라 그 유역에다 터전을 닦고 살아가기를 좋아했다. 거기서부터 들로 뻗고 메 허리로 오르기 시작했다.
>
> (……)
>
> 왜 사람들은 알면서 그런 고장에서 살고 있는지 모른다. 피폐하고 메마를 대로 메마른 그런 곳에서 가난과 씨름하며 한사코 살아야 할 까닭이 무엇일까.
>
> —「임진강」 중에서

위에 인용한 「임진강」의 서술자는 자신이 털어놓는 이야기가 임진강의 유구한 역사적 흐름 속에서 살아가는 사람들의 이야기라는 점을 밝혀놓고, 그들이 '메마른 그런 곳에서 가난과 씨름하며 한사코 살아야 할 까닭'에 대해 묻는다. 이 서술은 액자 이야기의 액자부분에 해당하는 것으로

좌담에 참석, 좌부터 유승국, 유주현, 최창규, 최영희(1977년 6월 11일)

서술자의 서술의도와 상징적 의미를 내포하고 있다. 즉, 이러한 물음은 인간과 땅에 대한 본원적인 통정의 상태를 알고 있으면서도 부정하는 것이며, 정치적 목적성과 욕망에 따라 땅에 대한 인간의 태도가 바뀔 수 있지만 경기지역민은 그렇지 못하다는 점을 확인하는 것이다. 시류에 휩쓸리며 땅을 저버리는 사람들과 우직하지만 흙 속에 뿌리내린 생명과 소통하려는 사람을 대비함으로써 그들의 비극성이 자발적이기보다는 외부적이며 타인에 의한 폭력에 기인한다는 점을 은연중에 강조하고 있다. 땅은 변함없는 생명의 변화와 지속을 약속하지만 그렇지 못한 인간들의 이기심과 욕망이 얼마나 저열할 수 있는지를 서술자는 말하려고 한다. 그러한 상징적 의미를 재현하기 위해서 임진강 유역에 사는 한 가족의 비극적 사건들(도둑질과 살해, 자살 등)을 서술하게 된다.

가난과 관련한 '왜 살아야 하는가'에 대한 서술자 층위의 질문은 풀 베러 간 시민을 군인이 '왜 죽여야 하는가'라는 인물 층위의 질문을 환기해 낸다. 작품 속에서 '임진강'은 남한과 북한이 대립하고 있는 군사적 접경 지역일 뿐이다. 따라서 임진강 유역에 살기 때문에 그 주민들은 삶에 제약을 받을 수밖에 없으며 도둑질을 하지 않을 수 없다. 가난과 도둑질을 매개하는 건 폭압적 시민 통제라는 군사문화적 시스템이다. 갈대를 베러 간 노파의 아들을 죽인 건 미군병사 한 명의 몰인정이 아니라 내가 아닌 적에 대한 공격을 강요하는 군과 그것을 용인하는 1960년대 군사문화 그 자체인 것이다. 실제의 적이 아니라 가상의 이데올로기적 적을 막기 위한 제도적 규율과 폭력적 군사권력이 일상의 삶 속에 침투한 결과이다. 즉, 수평적인 잠정적 적과의 공간적 대립관계가 억압자로서의 미군과 피억압 자로서의 임진강 유역 주민이라는 수직적인 권력 관계로 환원된 것이다. 이것은 또한 전쟁 후 한국 사회의 이면에 숨어 있는 전쟁 문화로 인한 잠재적 파괴요소들을 보여주려는 서술적 특성이기도 하다.[7]

가난의 문제를 서울 주변 경기지역과 연관시킨 다른 작품으로는 「태양의 유산」이 있다. 수렛골의 가난한 산촌에서 홀아비인 배생원과 그의 아들은 극빈에 허덕이며 딸이 돈 벌어 온다는 기쁜 소식을 듣고 그녀를 온 종일 기다리게 된다. 옆집의 곰배무당은 배생원과 정을 통한 가난한 이웃으로, 삼덕암자에 건장한 주지가 새로 온 다음부터는 마음이 변하게 된다. 이 세 가구 중에서 삼덕 암자의 주지만이 양식 걱정 없이 지내는 형편이고 배생원이나 무당은 심한 궁핍에 시달리고 끼니를 이을 수조차 없는 상태이다. 가진 자와 못가진 자의 대립과 반목이 최소단위의 경제적 갈등으로 구성된 예라 할 수 있다. 이러한 인간관계는 배생원이 돈을 많이 벌어 올 것이라고 믿는 딸 삼순이를 기다리는 서사적 진행을 통해서도 다시

반복된다. 즉, (시골인) 경기지역과 서울의 공간적 대립 설정은 경제적 갈
등 상황을 심화시키고 있다. 서울로 떠나 보낸 아들딸들이 실상은 정신과
육체적으로 타락하고 경제적으로는 궁핍함에도 불구하고, 시골의 가족들
은 그들이 돈을 잘 버는 부자라고 생각하며 그 돈을 가지고 미래의 어느
날 자신들을 구원할 것이라는 낭만적인 꿈을 꾸게 된다.

무덥고 긴 여름날이 지나고 바야흐로 어둠이 내린 다음에야 딸 삼순은
아이를 안고 들어서는데, 아이를 보니 깜둥이 아이여서 모두 경악하게
되고 배생원은 분통을 터뜨리며 딸을 쫓아낸다.

> 그 순간이었다. 손자의 얼굴이 궁금해서 딸의 곁으로 가서는 막 품에서 내리
> 는 아이를 들여다본 배생원은 너무나 큰 놀라움에 자기 눈을 의심하며 뒤로
> 물러섰다. 배생원은 정신이 아찔해 왔다. 백일도 되었을까말까 한 갓난아이의
> 얼굴이 그렇게 검을 수는 없었다. 밤이라서 검게 보인 것은 결코 아니었다. 확
> 실히 삼순이가 안고 온 아이는 깜둥이 새끼가 분명했다.
>
> (……)
>
> "이년, 내 앞에서 당장 물러가라! 썩 없어지란 말이야!"
>
> —「태양의 유산」 중에서

이제 더 이상 딸이 돈을 많이 벌어올 것이라는 기대감은 배생원에게서
사라져버렸다. 딸아이는 타락한 도시에서 타락해서 돌아온 것이다. 배생
원의 딸아이 역시 전쟁이라는 혼란 속에서 가족의 보호 아래 있지 않았던
전쟁의 사생아였으며 그 환경적 원인 때문에 만들어진 결말이 이러한 반
전을 유도한 것이다. 이 마지막 반전은 민초들의 작은 소망이 얼마나 비극
적 현실의 허약한 기반 위에 세워져 있는지, 그리고 얼마나 쉽게 깨어질
수 있는지를 확인시켜 준다. 그리고 그 중심에는 희망의 도시, 가난과 죽

음의 위협으로부터 탈출할 수 있는 도시 서울이 있지만 경기지역민에게
있어서는 타자화된 관념적 '섬'에 불과하다. 가난을 벗어나기 위해 서울로
떠난 자식들은 그들의 꿈을 접은 채 타락한 몰골로 돌아올 수밖에 없다.
가족들이 품은 소망과 기원의 서사는 서울로 상징화된 타락의 서사가 휘
두르는 폭력 앞에 좌절당하고 만다. 사실 소설은 수렛골 사람들이 소망을
비는 성황당의 돌탑과 그 앞에서의 민간신앙적인 기원에 크게 의지하고
있다. 정성을 다해 소원을 빌면 이루어진다는 토착신앙적인 구원은 전쟁
과 그 이후 자본주의 체계의 편중된 발전으로 인해 상실되고 성취 불가능
한 욕망이 되어버렸다. '자식들이 떠난 서울'과 '소원을 비는 돌탑' 사이에
존재하는 공간적 대립은 이 작품이 내세우고 있는 가난의 지속과 존재의
비극성을 극대화하고 있다.

한편, 「임진강」에서는 주인공 노파의 아들이 미군에 의해 살해당하는
사건이 제시되어 있는데 「태양의 유산」에서도 딸이 검둥이 자식을 낳아
왔다는 사건이 마지막 반전에 결정적 역할을 한다. 암묵적으로 한반도
군사권력의 패권 싸움 속에서 한국 사람과 미군 사이의 정치·경제적 대립
구조의 문제점을 부각시키고 있는 것이다. 거대한 밑그림 속에서 한반도
를 둘러싼 강대국과 약소국의 정치적 관계가 서술되지는 않았다. 그러나
보다 현실적인 문제(가난, 돈 벌기 등)에서 강대국의 군인을 만나고 그로
인해 육체적 정신적 충격을 경험하는 이야기 구조는 1950~1960년대의
민중들의 삶이 미군 문화에 휩쓸려들 수밖에 없었던 우울한 현실을 말해
준다. 이러한 문학적 형상화는 단순히 정치적 저항을 의미하는 것이 아니
라, 전쟁이라는 탈문화적 현상으로 인해 생성된 혼성문화적 경향을 직시
한 작가의 입장을 잘 드러낸다. 그래서 유주현 소설들은 잡종문화적 성격
을 가진 공간으로 서울이 설정되어 있으며, 그 이국 문화의 파생이 전염병

처럼 경기지역 시골까지 미치는 문화적 확산 현상에 대한 공포를 표현하고 있다.

이렇듯, 서울과 경기지역 사이의 서사적 갈등관계를 '가난'으로 풀어내는 유주현 소설은 전쟁과 전쟁 체험이 서울과 경기지역에 뿌리 깊게 심어놓은 경제적 궁핍의 삶이 어떻게 인간성 파괴와 연결되는지를 밀도 있게 재현하고 있다.

상실된 자아의 타자화된 윤리의식

유주현 소설에서 경기지역은 정치문화적 변화 속에서 빠르게 자신을 변모시키는 서울과의 대비 속에서 상대적으로 낙후되고 정체된 이미지를 가지고 있다. 이에 서울은 경기지역과 밀접한 관계를 맺으면서도 어느 순간 타자적 공간으로 전환함으로써 철저하게 삶의 현실로부터 유리된 욕망의 공간으로 재현된다. 한국에 있어서 1950년대와 1960년대 초는 6·25전쟁과 그 상처로 인해 시대적으로 불안정한 시기였다. 서구 문화의 범람, 전쟁으로 말미암아 급변한 대중 윤리관과 정치·사회적 부패가 현실 그 자체로 다가왔던 시기인 것이다. 그러한 문제의식을 재현하기 위한 공간적 배경이 바로 '서울'이다. 서울의 이미지는 부패 그 자체이다. 작가는 『장씨일가』를 통해 전후 한국, 특히 1950년대의 시대상을 조명하며 한국 집권층 상류가정의 허위와 부패의 욕망과 윤리적 타락을 폭로 고발하고 있다. 앞의 논의에서 살펴보았듯 경기지역의 공간적 특성이 유주현 문학 속에서 '가난'과 관련된 정치적 상징이라면, 서울은 '권력'의 비극적 형상이 재현된 타락의 공간이다.[8] 그래서 유주현 초기 소설의 인물들은 서울로 공간적 이주를 시도하기도 하지만 철저하게 윤리적인 탈출을 시도하기도 한다. '서울 탈출'이라는 이야기 전개의 특성은 서울과 경기지역을 이분화하고 있는 문화적인 차이 혹은 인물들의 윤리적 체계에 대한 문제를 소환해 낸다.

유주현 소설은 경기지역과 서울의 공간적 거리 그리고 문화적 양상의 차이 속에서 서로 간의 공간적 이동과 윤리적 거리를 비극적 플롯을 통해 재현하고 있다. 「임진강」에서는 임진강 유역에 사는 한 노파의 큰아들이 자신의 고향마을을 살리기 위해 서울 부잣집을 털어 필사적으로 서울을 탈출해 고향마을에 이른다. 이렇듯 인물들이 직접 공간적 이탈을 통해서 서울을 떠나는 행위와 더불어 서울에 대하여 심리적인 이질감을 의식적으로 감지하면서 두려움을 드러내는 소설 경향도 있다. 「남한산성」에서는 서울에서 학교 선생을 하는 남녀가 등장해 서울로 돌아가야 한다는 강박관념 속에서 서울을 위선과 드러낼 수 없는 치욕의 역사적 공간으로 환원하고 있다. 「태양의 유산」과 같은 경우 수락산 아래에 살고 있는 노인들은 큰돈을 벌어올 것으로 기대했던 딸이 깜둥이 자식을 데리고 왔을 때 삶의 모든 치욕과 분노를 경험하면서 서울에 대해 두려움과 분노를 드러내고 있다. 행동으로 표출되든 의식적으로 인식되든 서울은 경기지역민들에게 있어서는 (공간적으로는 경기지역이 품고 있는 형국이지만) 정치적으로나 문화적인 측면에서는 상호소통이 불가능한 인식론적인 단절의 공간이며 윤리적으로 타락한 치욕의 공간이 된다.

'서울 탈출'의 모티프를 가장 극적으로 표현한 작품이 「허구의 종말」이다. 고압선 송전주의 중간에 올라 앉아 있는 주인공 '나'는 전쟁 중에 네 번이나 총알을 몸에 맞은 적이 있는 제대 군인이다. 이러한 탈주의 행동 속에는 '살고자 하는 욕망'이 내재되어 있다. 5년 동안에 다섯 번 죽을 고비를 넘긴 셈이다. 이러한 인생 역경은 '전쟁 때문에' 익힌 자기 보호본능의 일종이다. 그런 그가 정복 경찰에 쫓겨 기어 올라온 전신주에서 "……나는 산다. 나는 살 수 있을 것이다. 과거의 전례로 보아, 나는 결코 이대로 죽어질 리가 없다. 그것은 지극히 막연한 자신이기는 하지만 좀 시간이 흐른 다음에 보면 나는 엄연히 살아있으리라는 것을 확신한다"라고 생각한다. 그의 살기 위한 이산의 과정이 한반도 전반에 걸쳐 있다는 점[9]에서 그의 삶은 전쟁 후 살아남고자 하는 한반도인들의 욕망을 대변한다.

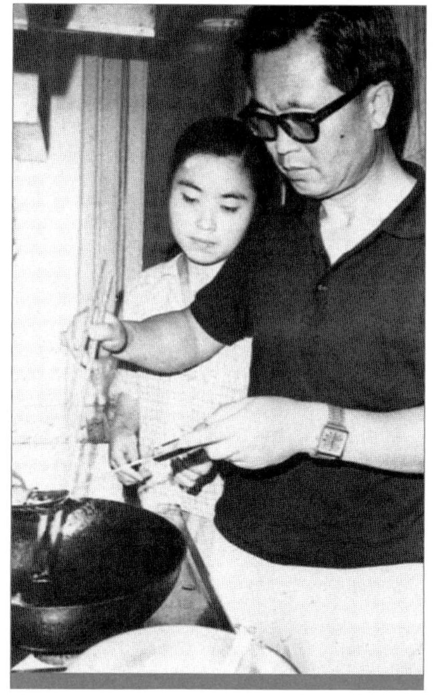

부엌에서 요리하는 유주현

그러한 삶의 욕망 속에는 은애와 함께 서로 사랑하며 살고자 하는 바람 또한 담겨져 있다.

사실 '탈주의 욕망'과 '살고자 하는 욕망'은 동일한 것이지만, 인물의 탈주라는 행동은 소설 속에서 희극적인 요소가 덧붙여진 상태에서 비극적 정서를 불러일으킨다. 그들은 서울에서 무척이나 잘살아보려고 노력하였으나 결국은 끼니를 잇지 못하여 은애가 다시 매음을 시작하게 된다. 아내인 은애는 사창가의 매음녀였다. '나'는 은애를 사창가로부터 구원해 주었지만 현실의 어려움 때문에 다시 사창가의 창녀가 되게 하고 말았다. 그러한 비참한 현실에 고통스러워하지만, "침(사랑)보다는 밥이 먹고 싶은" '나'

는 아내가 매춘을 해서 벌어온 돈으로 지은 밥을 허겁지겁 먹을 정도로 정신과 육체가 피폐해져 있으면서도 "결과적으로 자신의 행동이 비굴해졌어도 그것은 용서받을 수 있다"고 생각한다. 이러한 이율배반적인 성격의 소유자는 유주현 소설의 인물 중에서 보다 보수적인 윤리의식을 가지고 있을 뿐만 아니라, 보다 극단적인 비윤리적 행동(살인, 도둑, 자살 등)을 감행하기도 한다. 그날 밤 마을에 화재가 발생하고 "도둑놈 조심하라"는 아낙네의 외침과 "불낸 사람 나오라"는 경찰관 호통에 기가 막혀 버린 '나'는 그 아낙네의 제니스 라디오를 간단하게 훔쳐 발동이 걸린 채로 세워놓은 경찰 지프차 안에 감춘 다음 차를 몰고 줄행랑을 놓는다.

우이동 어귀를 지나 창동이 거의 가까워 올 무렵, 앵 하는 사이렌소리가 먼 뒤에서 들려오는 것 같았다. 은애가 뒤를 돌아다보았다. 나는 더욱 속력을 가했다. 분명히 사이렌 소리가 들려왔다.

나는 비로소 입을 열었다.

은애 우리에게 해결이라는 게 어디 있느냐고 그랬지?

은애는 나를 빤히 바라보고 있었다. 한 손으로 손잡이를 움켜쥐고 있었다.

이제 우리는 해결되는 거야! 우리의 해결은 이런거야!

나는 더욱 악셀러레이터를 밟았다. 털털거리는 진동에 아랫 윗니가 마구 부딪쳤다. 은애는 나의 허벅다리에다 한 손을 얹었다. 그리고는 힘있게 움켜잡았다. 무서워? 스피드 미터를 바라보며 내가 물었을 때, 은애의 손아귀는 더욱 내 허벅다리에 힘을 주었다. 시속 60마일……

행복해요, 이를데 없이……

─「허구의 종말」 중에서

훔친 경찰차가 만들어내는 속도감을 느끼며 일탈과 탈주의 쾌감 속에

서 '나'와 은애는 행복한 감정을 느낀다. 이러한 행복이란 생명과 도덕의
식을 옥죄어오던 현실에 대한 통쾌한 복수를 의미하면서도 되돌아갈 곳
없는 가난한 현실에 대한 허위의식이다. 나에게 있어 가장 큰 현실적인
문제는 사랑하는 은애를 지키기 위해 가난을 극복하는 문제였다. '사회상
과 싸우면서 성격을 변모시키며 지칠대로 지치고 퇴폐할 때로 퇴폐하였
다'고 그가 생각하는 병오는 나름대로 그 사회상에 적응하며 자신의 현실
적인 문제를 해결하려고 했다. 그래서 적극적인 현실 대응이 인물이 경험
하는 피폐한 생활상을 견뎌내거나 혹은 전환할 수 있는 계기를 마련해
주는 것이다. 그러나 남의 물건을 훔치고 경찰차를 훔쳐 달아나는 '그의
해결'은 무모하고 비현실적이기까지 하다. 비극적인 삶의 모습이란 '권태
와 굶주림과 그리고 은애와의 사랑 때문에 지나치게 단순해지는 상태'이
다. 이것은 한 개인인 '나'로부터 파생되는 것이 아니라 정치 사회적 현실
속에서 만들어지는 억압적 사회구조로부터 파생되는 것인데도 불구하고,
소설은 한 개인의 일탈적 행동에만 초점을 맞추고 다시 그것을 조소하듯
서술하고 있는 것이다. 서울에서 도봉산으로 이어지는 수평적 이동이 가
난을 제도적으로 조장하는 현실 사회에 대한 저항의식을 공간적으로 표
현한 것이라면, 송전주 위로 향하는 수직적 이동은 실존에 대한 궁극적
질문을 던지며 윤리적 자위를 행하는 공간적 표현이다. 그러나 내려올
수도 비상할 수도 없는 현실은 궁색한 자의식의 과잉과 거짓 희망에 대한
좌절을 상징할 뿐이다.

　유주현 소설은 사회적 환경과 한 개인의 불행한 삶을 병치시켜 그 둘
사이의 인과적 관계를 설정하면서도 구체적인 대안 혹은 비판적인 저항
이 결여되었다는 비판을 받았다. 위에서 분석했듯 이야기 속에 재현되는
어떠한 서술적 대상에 대해서도 독자가 동일시를 시도할 수 없는 낯섦을

경험함으로써 핍진하게 소설의 의미가 확장되지 않는다는 한계도 가지고 있다. 그러나 '현실의 근본이 어디에 위치하고 있는 것인가'라는 새로운 역사의식에 대한 문제제기는 현재의 삶과 역사적 삶의 혼재 속에 놓인 '우리'를 작품화하는 경향으로 나아간다. 바로 이러한 점이 '지나간 역사를 어떻게 재현할 것이냐에만 머물러 있던 종래의 역사소설에서 지나간 역사에서 무엇을, 왜 얻어야 할 것이냐라는 시점으로 본격적인 대작을 발표'[10]함으로써 유주현 소설의 문학성을 드러낸다. 그렇다면 유주현 문학이 왜 단편소설에서 장편소설로 장르적 전환을 하게 되었는가, 왜 현실에 대한 사실적 기술로부터 역사적 사건에 대한 관념적 재현으로 나아가게 되었는가라는 질문에 대한 답을 제시할 수 있다. 대부분의 논자들은 장르적 변화에 대해서 '역사에 대한 작가의 관심 변화' 정도로 평가했다. 그러나 실제로는 단편소설의 양식적 특성과 작가 내적인 주제의식이 괴리에 빠질 수밖에 없는 작가적 현실과 소설적 특성 때문에 장르적 전환이 이루어진 것으로 보인다. 유주현이 쓴 단편소설이 전쟁 체험의 공간적 형상화에 그 서사 전략이 집약되어 있다면, 그가 쓴 장편소설의 서사전략은 역사적 사실성의 시간적 형상화에 서사전략이 맞춰져 있다. 따라서 1960년대 중반 이후 유주현 문학의 변화(중단편소설에서 장편소설로의 전환)를 단순한 장르 변화로 보기보다는 전쟁 체험의 재현이 가져오는 모순성을 극복하기 위한 정신적 역사적 치유 과정으로 보는 것이 옳다.[11]

그 시발점이 되는 소설이 중편소설인 「남한산성」이다. 「남한산성」은 3세기 전의 병자호란과 6·25 전쟁을 번갈아 견주어가면서 인간의 삶이란 어떤 것이며 여성의 정조란 귀중한 것인가라는 윤리적 문제를 반복적으로 제기한다.

정조는 동기가 아니라 결과에요. 커피잔이 왜 깨졌는가, 그 동기는 물을 필
요없지 뭡니까. 신부의 눈이 왜 애꾸냐, 그 동기나 원인은 중요하지 않습니까.
깨어진 커피잔은 못 쓰는 폐물이 아니냐 그 말입니다. 외눈백이 여자를 좋아
할 놈은 없어요. 그런 것들은 다 폐물이지 뭡니까!

(……)

정조에 그런 형태가 있던가요? 깨지구 터지구 할 형체가 있던가요?

정화는 역시 따지는 어조다.

철은 역시 자신 있는 대꾸다

있죠. 있잖구요! 정조가 뭡니까? 양심입니다. 양심엔 형체가 있지 뭡니까?
깨지구 찢어지구 하는 게 양심 아닙니까? 일종의 형체란 말입니다. 정조는 그
양심이 아니냔 말입니다.

—「남한산성」 중에서

위의 내용에서 대화를 나누고 있는, 열여덟 살에 정조를 빼앗긴 정화(병
든 어머니의 수술을 위해 괴뢰군에게 몸을 허락했다)와 6·25 때 아내의 간통
현장을 목격하고 그 아내와 간부를 쏴 죽인 김철은 현직 서울 소재 삼류
여학교의 교사들이다. 이들은 서로 사랑하는 사이는 아니지만 어느 날
남한산성으로 놀러오게 되고, 민족적 침탈의 슬픔을 간직한 남한산성의
역사를 이야기하고, 인간 사회의 정조에 대해서 관념적으로 대화하면서
시간을 보낸다. 김철에게 있어서 중요한 것은 정조란 한번 유린되거나
깨어지면 회복할 수 없는 것이다. 그래서 그에게 병자호란 때의 인조와
백성들의 수난은 '치욕' 그 자체인 것이다. 이러한 도덕적 관념을 가진
김철은 전쟁의 공포와 남편의 배신에 고통스러워하던 아내가 다른 사내
와 잤다는 이유로 적을 쏘기 위해 들고 있던 총으로 아내를 살해한다.
그럼에도 불구하고 전쟁이 끝나고 서울이라는 도시에서 그는 윤리 교사

를 하고 있다. 김철의 강박적인 정조에 대한 강조와 역사적 사실로부터 끌어내는 자기 합리화는 타인을 살해한 자신을 정당화하기에는 빈약한 논리로 보인다.

이에 반해 정화는 성과 관련된 문제에서 가장 현실적인 대안을 선택하곤 했다. 전쟁 중에 맹장에 걸린 어머니를 위해 자신의 순결한 몸을 괴뢰군에게 유린당하게 하기도 하고, 다리 하나 없는 상이용사를 돌보기 위해 회사 상무와 밀회를 즐기기도 하고, 기식(寄食)을 위해 찾아간 아버지 친구인 춘배영감과는 묘한 성적 관계를 유지한다. 한편 변호사 지망 청년을 사랑하게 되지만 그는 정화와 같은 여자의 과거를 용납하지 못하고, '빼앗긴 자에게는 죄가 없고 목숨과 바꾼 정절이라면 더럽혀진 게 아니라는 관용'을 믿고 싶지만 현실은 그렇지 않다. 그녀의 성적 자유로움이 은폐되었기 때문에 그녀가 누리고 있는 현재의 사회적 지위가 유지되는 것이다. 정화는 '이 남자하구 이런 슬픈 고장에서 자볼까'라는 충동을 느낀다. 그 이유는 '남한산성에 와서 슬퍼지는 까닭이 남한산성의 영혼과 우리의 영혼이 일치되기 때문이며 다 같이 서러운 내력을 가진 까닭'이라고 생각하기 때문이다. 이 작품의 공간적 배경은 남한산성과 그 부근의 허술한 여인숙에 불과하지만 시대적 배경이 되고 있는 사건묘사는 병자호란, 6·25전쟁 그리고 현재 시간을 넘나들며 복잡하고 중층적이기까지 하다. 이러한 치욕스러운 역사의 반복성에 대한 인식이 유주현 소설을 단편소설에서 장편소설로 전환하게 만드는 계기가 된다. 현재의 타락을 극복하지 못하기 때문에 역사적 반복성을 통해 그 진정성과 해결책을 찾으려는 것이다.

이들은 그날 밤 이름도 없는 여인숙에 들어 동침을 하지만 어떠한 쾌락의 즐거움도 느끼지 못한다. 왜냐하면 철에게 있어서 사랑하지 않는 여자와 밤을 지새우는 건 용납할 수 없는 윤리적 타락이며, 정화에게 있어서는 현실적인 선택이 아닌 낭만적 감상으로 남자와 관계를 맺는다는 것은 서로에 대한 이율배반이기 때문이다. 새벽이 되고 다시 이 둘은 '한낱 이름뿐인 고적' 남한산성을 등진 채 '여전히 시끄러운 도시' 서울로 돌아오는 길을 재촉한다. 「남한산성」의 경우는 이미 서울을 벗어난 공간에서 서울의 삶을 비판적으로 이해하지만 끝내는 다시 서울로 허겁지겁 돌아와야 하는 남녀의 이야기를 다루면서도 '서울 한복판은 재즈와 비키니 스타일과 오고가는 욕설로 온 공간이 꽉 차있는 것 같다'라고 진술하며, 서울을 일종의 윤리적 타락의 공간으로 상징화하고 있다. 즉, 서울은 윤리의식의 늪, 실존의 위기를 조장하는 유혹적인 악마와 같이 부정하고 도망치고 싶다고 해서 벗어날 수 있는 그런 자율적 선택의 공간이 아니다.

「허구의 종말」이 서울에서의 삶이 가져오는 고통과 가난의 비극성을 서울을 탈출하는 플롯으로 극복해 내고 있다면, 「남한산성」은 남한산성의 역사적 비극성을 은폐한 채 서울로의 회귀를 꿈꾸는 현대 도시인의 윤리적 비극을 그려내고 있고 한편으로는 이중적인 역사적 기억(하나는 병자호란 때의 남한산성과 관련되어 있고, 다른 하나는 6·25전쟁 때의 철이의 아내 살해 행위와 관련이 있다)으로부터 벗어나고자 하는 인식적이고 윤리적인 도피를 시도하지만 결국 좌절하고 마는 이야기인 것이다.

어쨌든 시대의 아픔으로 재현된 공간에 대한 상징적 의미부여 과정에서 작가 유주현은 상투적인 인물설정과 관념적인 서술과정과 주제의식 등의 한계를 드러내는 경우가 없지 않다. 스스로의 경제적 활동으로는 가난을 벗어날 수 없는 서울 주변의 경기지역 사람들, 자신의 허위의식을 인식하면서 이율배반적인 현실을 살아가는 경기도 안의 서울 사람들 등 작품 속에 표현된 인물들은 자신이 처한 사회 환경에 대한 능동적인 행동도 비판적인 사유도 하기 힘들 정도로 작가의 정형화된 문체에 갇혀있다. 그래서 이들의 행동은 진정성을 획득하기보다는 기껏해야 현실의 구조적인 모순을 비판하고 풍자할 수밖에 없으며 비전 없는 현재, 갈등 해결 없는 절망적인 현실만을 살아가게 된다.

그러나 이러한 한계에도 불구하고 유주현 소설은 1950~1960년대 경기 지역의 삶을 구조화했던 가난의 의미를 탐색하고 있으며, 그 타자적 공간인 서울이 가지고 있는 문화적 의미에 대해서 음미하게 해준다는 점에서 문학사에 남을 문학지리학적인 성과를 이루었다. 무엇보다 인간의 삶은 사회적 환경과 깊은 관련을 맺을 수밖에 없다. 이에 유주현 소설에서는 지역적 환경에 대한 낭만적 감수성에 기초한 설명적 서술이 아니라, 서울이라는 이질적인 주변 지역과의 경제적 문화적 차이가 만들어내는 갈등을 작품들의 중요한 소재로 다루면서 비판적이고 저항적으로 서술할 뿐만 아니라 전쟁 이후 미군과 한반도의 군사적 상황을 강박적으로 상기해 냄으로써 탈식민주의적으로 확장된 의미에서 경기지역민의 삶을 구현해 내고 있는 것이다.

문학의 힘이란 삶의 주변에서 일어나는 다양한 담론적 현상들을 꿰뚫어보는 비평적 재현의 시선에 있다. 초기작부터 이후의 장편소설에 이르기까지 유주현 소설은 바로 역사적 현재에 대한 예민한 촉수를 통해 제도화된 가난과 타락한 권력을 비판적으로 서술하려고 했으며 그 역사적 정당성을 확보하기 위해 역사적 시공간을 문학적으로 재현함으로써 한국 현대 소설의 진정성을 확립했다.

1 이재선, 『현대 한국 소설사_1945~1990』(민음사, 1991/1994), 81쪽.

2 "산촌의 가난한 농부를 비롯하여 윤리의식이 결여된 무당, 술집 작부, 도둑, 깡패, 상이군인, 과부 등 현실에서 소외되어 아무런 희망 없이 살아가는 인물 유형과 정치인을 비롯하여 겉으로는 화려하지만 온갖 부정과 비리 속에서 인간답지 못하게 살아가는 위선적인 인물 유형이다. 어느 쪽이건 이들은 사회적인 통념상 건강하게 살아가는 인물들이 못 된다는 점에서 비정상적인 인물들이다. (……) 모두 전쟁이 낳은 사생아일 수 있으며 그래서 보편적인 성격의 창출로 볼 수 있다."
   김동환, 「존재와 상황의 갈등과 그 화해 가능성」, 『한국문학대계 32편－유주현 편』(동아출판사), 576쪽.

3 신재은, 「1930년대 소설의 지리시학적 연구」, 서강대 석사논문, 2001, 5쪽.

4 오윤호, 「별사」에 나타난 공간-묘사 연구, ≪어문연구≫, 109호, 2001, 262쪽.

5 Hillis Miller, *Topographies*, Stanford University Press, 1995, pp.10~19 참조.

6 이때 문학지리학이라는 용어는 지난 11월 5일 동국대 한국문학 연구소(소장 김태준 동국대 교수)가 주최한 국제학술 대회 '한국 문학지리학의 새로운 모색: 타자체험과 자기구성으로서의 여행'에서 착안했다. 이 학술 대회에서 내세운 '타자의 발견과 자기 구성'이라는 테제는 유주현 문학을 논의하는 과정에서 서울을 둘러싼 경기 문학의 특성을 밝히는 데 도움을 줄 것으로 믿는다. 아직 문학지리학이라는 용어에 대한 폭넓은 이해와 그 응용의 적확성이 논의되진 않았지만, '문학지리학을 위한 출발선상의 토론'을 발표한 조동일은 문학지리학의 구체적 구현으로 '지방문학사' 연구에 관심을 가져야 한다고 전제에는 동의한 바가 있다.

7 "그리고 작은 아들을 쏜 사람들은 적이 아닐 뿐 아니라 언젠가 형제가 목숨을 건져준 적이 있는 미군이었다는 점을 별다른 강조없이 지나치듯 서술해 나가는 작가의 필치에서는 한국전쟁 과정과 그 이후 사회 곳곳에 잠재해 있던 비극한 한원이 어디에 있었는가를 간접적이나마 제시하고 있다."

김동환, 「존재와 상황의 갈등과 그 화해 가능성」, 『한국문학대계 32 - 유주현 편』(동아출판사, 1995), 580쪽.

8 한편으로 유주현 소설에서 중요하게 다루어야 할 작품들이 있다면 부패한 권력과 타락한 상류 사회의 문제를 다루며 1950년대 정치 풍속도의 단면을 극화했던 『장씨일가』, 『신의 눈초리』, 『육인공화국』 등이다. 이렇듯 부조리한 현실 사회를 고발하고 비판하면서, 인간 본연의 성정을 드러내려는 작가의 작업은 앞서 제시한 문학지리학적 시각과는 또 다른 문학적 성과를 드러내고 있다.

9 작품 속에서 그의 삶의 궤적은 제천, 영천, 포항, 대구, 서울로 전개된다. 이는 또한 그가 삶을 회복했던 순간들의 이력이기도 하다.

10 유현종, 「도도한 장강의 문학」, 오인문 편, 『유주현 연구』(도서출판 서울, 1992), 124쪽.

11 그러나 유주현의 장편소설들이 일정한 한계를 지니고 있다고 평하는 논자도 있다. 이내수는 "그의 장편들은 대부분 신문 연재소설이라, 문학적 성과는 그 작품들이 누린 세속적 성과에 미치지 못한다고 보아진다. 따라서 유주현 문학의 진수는 장편보다는 단편 쪽에서 찾는 것이 그의 문학을 올바르게 이해하는 것이라고 생각한다"[이내수, 「시대 상황의 단면도」, 오인문 편, 『유주현 연구』(도서출판 서울, 1992), 98쪽]라고 말했다.

미군 기지촌 체험과
쑥고개의 한

헐벗은 우리의 가슴에
한 잎 낙엽으로
떨어져 썩기 위하여

인당수보다 더 깊고 깊은
미군들의 털부숭이 가슴에
얼굴을 묻고 흐느끼는 누이야.

네 몸과 바꾼 15불의 화대로도
애비들의 눈은
띄어지지 않는다.

(……) 인당수보다 더 깊고 깊은
수렁 속에 던져진
우리들 마지막 기다림 하나.

—「쑥고개」(문학사상사, 1987)

시인이자 소설가인 박석수(朴石秀)는 1949년 경기도 평택군 송탄면 지산리에서 태어난다. 학생미술실기대회에서 특선을 할 정도로 미술에 재능이 많았으나 불량한 친구들과 어울려 다니다 학교를 퇴학당한다. 가출하여 인천의 모 나이트클럽에서 낮에는 공부하고 밤에는 경리로 일한다. 1970년에 뒤늦게 검정고시에 합격해 박석수는 고등학교 과정을 졸업한다.

1971년에 ≪대한일보≫ 신춘문예에 시 「술래의 잠」이 당선된다. 그러나 오랫동안 무명의 시절을 보내야 했다. 1981년에 ≪월간문학≫ 신인문학상에 「당신은 이제 푹 쉬어야 합니다」로 단편소설이 당선되어 소설가로 재등단한다. 1985년에 ≪여원≫의 편집부장으로 열심히 일하다가 직장에서 쓰러진다. 1988년에 그동안 써왔던 중단편소설들을 묶은 첫 창작집 『철조망 속 휘파람』을 출간하자마자 한 달 만에 재판, 3판에 돌입하는 이변을 연출한다.

1989년 4월 10일에, 박석수는 뇌종양으로 다시 쓰러진다. 그는 끈질긴 투병 생활을 하다가 1996년(47세) 9월 12일에 지병인 뇌종양으로 삶을 마감했다. 그의 시신은 경기도 용인 천주교 묘지에 안장되었다.

미군 기지촌 체험과
쑥고개의 한

최강민(문학평론가, 강원대 강사)

생애

시인이자 소설가인 박석수(朴石秀: 1949~1996)는 1949년 9월 16일에 경기도 평택군 송탄면 지산리에서 태어난다. 그는 수원의 연무동에서 궁핍한 유년시절을 보내고, 중학교 2학년 때 이국적 풍경과 한국적 풍경이 묘하게 뒤섞인 송탄으로 다시 이주한다. 그에게 있어 수원의 연무동 시절과 송탄 시절은 궁핍과 사춘기적 방황에 휩싸였던 어려운 시기이다. 그의 문학적 체험은 대부분 여기에서 생성된다. 특히 기지촌인 송탄의 지리적 배경은 그의 사춘기적 방황과 문학적 욕망을 키운 터전이었다.

박석수는 다른 사람과 같이 정상적인 학교생활을 하지 못했다. 가난과 젊은 혈기 속에서 학교라는 틀에 박힌 제도적 울타리를 감당하지 못했던 것이다. 그는 미술에서도 뛰어난 실력을 보여 1968년(19세)에 아시아 자유청년연맹 학생미술실기대회에서 특선하기도 한다. 그래서 한때 화가를 꿈꾸기도 했던 박석수는 불량학생과 어울리다가 고등학교를 퇴학당하고,

수원문화원 산하의 '장원회'라는 서클에서도 제명당한다. 여기에서부터 그의 순탄한 삶은 어긋나기 시작한다. 박석수는 화가의 꿈을 포기하고 깡패로 성공하는 것을 잠시 꿈꾼다. 그렇지만 수원에서 깡패에게 몰매를 맞고 겨우 살아나면서 그는 이 꿈마저도 포기하고 만다.

박석수는 몸이 회복된 후 낮에는 공부하고 밤에는 인천의 모 나이트클럽에서 경리로 일한다. 이와 같은 체험의 연쇄 속에서 그는 어느 한 곳에 소속되지 못한 채 유랑할 수밖에 없는 보헤미안 의식을 숙명적으로 짊어진다. 작가는 『철조망 속 휘파람』이라는 창작집에서 어디에도 소속될 수 없는 자신의 서글픈 처지를 서럽게 고백한 적이 있다. 그의 문학에 지속적으로 등장하는 소외된 타자의식은 이러한 삶의 체험에서 비롯한다.

> 나는 정상적으로 학교를 다녀본 적이 없어서 학연(學緣)이라는 것이 어떻게 생겨먹은 것인지, 또 쑥고개라는 곳에서 어느 날 문득 상경한 놈이기 때문에 지연(地緣)이라는 것이 어떻게 생겨먹은 것인지를 잘 모른다.
>
> 그 흔해 빠진 동창생들의 모임에도 나는 참석할 수 없었고, 은사님의 회갑연에도 나는 참가할 수 없었다.
>
> —『철조망 속 휘파람』, 「작가의 말」 중에서

박석수는 1970년(21세)에 뒤늦게 검정고시에 합격해 고등학교 과정을 졸업한다. 인천에서 다시 수원으로 거처를 옮겨 공부에 열중할 때, 수원 장원회원 중의 한 사람이었던 어느 여대생으로부터 "올해 신춘문예에 꼭 당선하기를 바란다"는 편지를 받는다. 그는 신춘문예에 시를 응모해 ≪대한일보≫ 신춘문예에 시 「술래의 잠」이 당선된다. 하지만 「술래의 노래」 연작시 30여 편을 썼으나 한 편도 잡지에 발표하지 못하는 무명 시절을 한동안 겪는다. 1972년(23세)에 평택의 사립중학교에 국어교사로 부임했으나 1년 만에 사임하고, '시와 시론' 동인에 가입하다. 하지만 이내 동인지가 폐간되는 불운을 겪으면서 술 마시는 것으로 2년간의 세월을 소비한다. 1974년(25세)에 변두리 잡지사에 입사해 그의 한평생 직업이 될 잡지쟁이 생활을 처음 시작한다. 1976년(27세)에 첫 시집인『술래의 노래』를 출판하지만 별다른 반응을 얻지 못한다. 그 충격에 셋방에 쌓여 있는 첫 시집인 960권의 책을 모두 불태워버리고 다시 시를 쓰지 않겠다고 굳게 결심한다. 1979년(30세)에 변두리 잡지사를 6년간 전전하다가 ≪여원≫이라는 큰 잡지사로 옮긴다. 1980년(31세)에 여원사에서 자매지로 만드는 여성지 스타일의 문예지 ≪소설문학≫을 창간한다.

박석수는 1981년(32세)에 ≪월간문학≫ 신인문학상에「당신은 이제 푹 쉬어야 합니다」로 단편소설이 당선되어 소설가로 재등단한다. 1983년(34세)에 한참 망설이다가 두 번째 시집『방화』를 간행하자마자 어머님이 돌아가신다. 어머니 무덤에 그 시집을 갖다 바친다. 일터를 자매지 ≪직장인≫으로 옮겨 매달 재벌그룹 총수들을 직접 만나 인터뷰를 하면서 판매부수를 크게 신장시킨다. 1984년(35세)에 다시 ≪여원≫으로 부서를 옮겨 ≪여원≫과 새로 창간되는 ≪미용생활≫의 편집까지 겸임하면서 서서히 골병이 든다.

1985년(36세)에 ≪여원≫의 편집부장으로 열심히 일하다가 직장에서 쓰러진다. 박석수는 극도로 건강이 악화되어 잡지쟁이 생활 12년을 청산하고 연고자 하나 없는 충남 당진으로 세 식구가 내려간다. 그것은 매월 회사에서 보내주는 적지 않은 월급을 집에 가만히 앉아서 받는 것이 생리에 맞지 않았기 때문이다. 당진에서 아이는 초등학교에 들어가고, 아내는 그곳 보건소에 취직한다. 박석수는 오랜만에 빈둥거리면서 12년 동안 정

신없이 살아왔던 삶을 되돌아
볼 수 있는 재충전의 시기를 갖
는다. 이때 다시 원고지를 붙들
고 써내려간 것이 단편「거울」
과 중편「동거인」, 「우렁이와
거머리」이다.

1987년(38세)에 다시 상경하
여 도서출판 '흔겨레' 주간에 취
임하고, 중앙대 신문방송대학
원에 입학한다. 이때 중편「동
거인」등을 ≪소설문학≫에 게
재하면서 비로소 평단의 주목
을 받기 시작한다. 콩트집『독
안에 든 쥐』와 세 번째 시집인
『쑥고개』를 출판한다. 1988년

박석수의 캐리커처

(39세)에 그동안 써왔던 중단편소설들을 묶은 첫 창작집『철조망 속 휘파람』
을 출간하자마자 한 달 만에 재판, 3판에 돌입하는 이변을 연출한다. 같은
해 5월에 창작집『우렁이와 거머리』를 출판한다.

1989년(40세) 4월 10일, 다시 쓰러져 강남성모병원에 옮겨져 사흘 동안
혼수상태에 빠진다. 뇌종양으로 판명되어 32번의 방사선 치료를 받으면
서 급성폐렴에 시달리기도 한다. 1990년 2월에 죽음을 예감하면서 장편
『차표 한 장』을 출판한다. 건강이 갈수록 악화되어 하루에 수십 가지의
치료약을 먹으면서 그는 ≪경인일보≫에 연재소설『로보의 달』을 쓴다.
두 달 후 폐렴약을 끊으면서 다시 쓰러져 재입원한다. 죽음의 그림자가

짙게 드리워진다. 1990년(41세)에 장편『로보의 달』이 행림출판사에서 출판된다. 박석수는 끈질긴 투병 생활을 하다가 1996년(47세) 9월 12일에 지병인 뇌종양으로 삶을 마감한다. 그의 시신은 경기도 용인 천주교 묘지에 안장되었다.

작품세계 – 소외된 타자의식과 유한성의 자각

　박석수는 시와 소설에 모두 당선될 정도로 문재가 뛰어난 시인이자 소설가였다. 그는 시집으로『술래의 노래』(1976),『방화』(1983),『쑥고개』(1987)라는 3권의 시집이 있다. 하지만 이전에 발표했던 것을 재수록하는 형식을 취했기에 실질적으로는 2권을 출간했다고 보아야 한다. 그는 소설 창작집으로『철조망 속 휘파람』(1988)과『우렁이와 거머리』(1988), 장편으로『차표 한 장』(1990)과『로보의 달』(1990)이 있다. 이외에 콩트집으로『독안에 든 쥐』(1987)가 있다. 그는 시와 소설을 겸업했지만 1980년대 초반부터는 소설에 좀더 애정을 갖고 창작에 임했다고 볼 수 있다. 이런 점에서 그의 문학세계는 시기적으로 보았을 때, 시인으로서 살았던 1970년대와 소설가로 살았던 1980년대 이후로 크게 나누어질 수 있다. 이 두 시기를 공통적으로 관통하고 있는 것은 수원 연무동과 송탄이라는 유소년기 체험이다. 이러한 그의 문학세계를 지배했던 것은 '소외된 타자 의식, 민족주의에 입각한 현실비판의식, 유한한 생명에 대한 자각과 향수'이다. 이러한 것들이 소재나 주제, 그리고 상황에 따라 어느 한 요소가 좀더 강하게 나타난다고 볼 수 있다.
　박석수의 작품세계는 크게 두 개의 계열로 설명할 수 있다. 그 하나는 과거 자신이 유소년기를 보낸 수원 연무동과 송탄인 쑥고개를 배경으로 한 현실 비판적 작품이고, 또 다른 하나는 성장하여 맞대면한 비정한 현대 도시의 물신주의와 인간소외 현상을 비판적으로 형상화한 작품이다. 이 중에서 그의 문학적 역량이 가장 잘 드러난 것은 미군 기지촌과 관련한 전자의 작품이다. 그가 형상화한 기지촌은 특정 지역에 국한된 풍경만이 아니라 분단국가로서 약소국인 남한이 겪어야 했던 불평등한 현실의 상처이다.

박석수의 초기 문학세계에 자주 등장하는 것은 소외된 타자의식이다. 청소년기의 방황과 학교 퇴학이라는 충격적 사건은 그의 삶을 평범하게 인도하지 않는다. 어디에도 소속될 수 없었던 그의 존재는 내가 누구인가 라는 정체성에 대한 질문을 끊임없이 던지게 한다. 그는 첫 시집인『술래 의 노래』에서 일종의 술래가 되어 숨겨진 진실을, 자아를 찾아 헤맨다. 그는 가난과 절망으로 점철된 유년의 기억을 떠올리면서 삶의 의미를 묻는다. 안타깝게도 술래로 변신한 시인을 기다리고 있는 것은 "네온이 반짝이는 비정의 도시 끝"이었다. 그는 절망적인 현실에서 탈출할 수 있는 비상구를, 무지개를 열망한다. 그렇지만 그것은 쉽게 발견되지 않은 채 시인의 절망은 목구멍까지 차오르면서 숨 막히게 한다.

시인은「제기차기」란 시에서 사 환짜리 제기를 사주지 못해 울어야 했던 엄마, 양공주로 전락했을지 모르는 어릴 적 친구인 난이를 등장시켜 한국의 궁핍한 사회 현실을 드러낸다. 마지막 연에 있던 "아, 온통 찢기고 찢어지는 / 우리나라의 어둠이여, 마음이여"라는 시구절은 어디에서도 희망을 발견할 수 없었던 시인의 절망적 한탄이다. 곰표 밀가루 반 포로 한 달을 견뎌야 했던 슬픈 기억, 냉기뿐인 방, 양말 사이로 삐져나온 엄지발가락, 누더기를 걸친 한 아이로 기억 되는 유년시절은 어둠, 슬픔, 절망,

시집 『쑥고개』의 표지 사진

겨울, 신음, 죽음, 고통, 울음의 이미지로 등장한다. 이렇게 유년시절의 고통스러운 기억을 회상하면서 역설적으로 시인은 냉혹한 현실 속에서 자신의 정체성을 찾는다. 그러나 첫 번째 시집에 등장하는 고통은 아직까지 구체적이기보다 관념성 내지 추상성의 범주를 벗어나지 못한다.

소외된 타자의식은 자신의 유소년 시절을 옭아매었던 열악한 사회 환경들을 본격적으로 성찰하면서 출구를 발견한다. 시인은 자신을, 남한을 옥죄고 있는 현실 모순에 눈뜨면서 삶의 정체성을 회복할 수 있었던 것이다. 시인의 소외된 타자의식은 '기지촌인 쑥고개'라는 대상을 통해 당대의 첨예한 사회적 모순과 조우한다. 시집 『방화』와 『쑥고개』, 소설 창작집인 『철조망 속 휘파람』은 작가의 구체적 현실인식과 개별적 체험이 어우러져 분단조국의 사회적 모순을 적나라하게 폭로한 작품들이다. 쑥고개를 형상화한 작품들에서 한민족의 순결과 동정은 외세인 미군이 한반도에 주둔하면서 철저하게 유린된다. 그가 학창시절에 반항아로 성장할 수밖에 없었던 것도 나약한 의지 탓도 있지만 미군 주둔이 초래한 열악한 사회 환경이 일조했다고 볼 수 있다.

박석수는 쑥고개를 형상화하면서 가슴 깊은 곳에 묻어두었던 자신의 개별적 아픔과 대면하면서 동시에 한민족의 사회적, 역사적 아픔을 공유한다. 이것을 작가의 구체적 작품과 연결하여 설명하면 다음과 같다.

시인의 두 번째 시집인 『방화』를 지배하는 것은 활활 타오르는 불의 상상력이다. 타락한 자신과 타락한 세계를 모두 불태워버리고 싶은 들끓는 욕망은 날카로운 현실 비판의 시를 생산한다. 그 속에서 시인은 고통스러운 실존을 확인한다. 첫 시집에서 보통 명사였던 '현대 도시'는 고유 명사인 '서울'로, 유년의 '연무동 기억'은 사춘기 시절의 송탄 '쑥고개'로 구체화된다. 남한의 변두리거나 이색지대인 기지촌에서 생활하던 시인에게 서울이란 도시는 거대한 마취실 내지 환각의 스크린으로 다가온다. 이때 그가 끊임없이 부정하고 탈출하고자 했던 고향 송탄은 오히려 자신의 자아정체성을 존립시키는 보루가 된다. 이것은 그의 소외된 타자의식의 각성과 분리시켜 설명할 수 없다. 그는 남한에서 일종의 섬처럼 고립된 미군 기지촌에 대해 동병상련의 연대감을 느꼈던 것이다. 이 시집에서 박석수는 쑥고개 연작시를 12까지 창작하면서 과거와 현재를, 개인의 기억을 당대 사회의 구조적 모순과 연결한다.

세 번째 시집인 『쑥고개』는 쑥고개를 집중적으로 형상화한 시들만 모은 시집이다. 시인 이윤택은 박석수의 쑥고개 시들이 시인 김명인의 '동두천'과 구별되고 여타의 1970년대 이후 기지촌 소재 민중시와 구별되는 '살점을 후비는 조각칼 감수성'이라고 명명한다. 하지만 그의 시는 슬픔과 분노가 평이한 영탄과 넋두리에 빠져 팽팽한 긴장을 유지하지 못하는 경우도 있다. 『쑥고개』 시집은 기존에 창작되었던 시들에 쑥고개라는 부제를 새롭게 첨가했을 뿐 대부분의 작품들이 기존에 발표된 것들이다. 이런 점에서 이 시집은 쑥고개를 대상으로 한 박석수의 시들이 일정한 한계에 부딪쳐 동어 반복되고 있음을 보여준다.

박석수는 시적 한계를 소설이라는 장르로 돌파하고자 한다. 이것의 구체적 성과물이 『철조망 속 휘파람』이다. 이 소설집에는 미군 철조망을 지키는 한국인 개보초, 하우스보이, 미군을 상대로 한 접객업소, 양공주 등 미군 기지촌에서 살아가는 다양한 군상들이 등장한다. 작가는 이들을 통해 오만방자한 외세의 폭력과 약소국 남한의 비루한 처지를 효과적으로 대비시킨다. 그것을 통해 작가는 강대국 미국의 횡포에 맞서 싸우기 위한 구체적 방법으로 민족주의적 민중의 연대를 제시한다. 이것은 작가의 소박한 휴머니즘이 반영된 것이다.

박석수의 장편 『차표 한 장』도 1970년대 미군 기지촌을 배경으로 하고 있다는 점에서 『철조망 속 휘파람』과 같은 계열의 작품이다. 이 소설은 시선을 기지촌에만 한정하지 않고 남한의 사회 현실 전체로 확대시킨다. 미군을 통해 밖으로 유출된 정보와 관련하여 남한 수사관이 등장하여 취조하는 장면은 남북한 대치 상황과 국가보안법의 존재를 대외적으로 보여준다. 하지만 평면적인 작중인물의 내면 심리와 치밀하지 못한 사건의 전개는 이 소설의 현실적 리얼리티를 반감시킨다. 미군 기지촌 문제를 분단상황과 연결한 문제의식은 좋았으나 이것을 장편으로 형상화하여 끌고나갈 서사의 힘이 부족했던 것이다. 그래서 이 소설은 본격소설이라기보다 대중소설에 가깝다.

박석수의 문학세계를 지배하는 또 하나의 동인(動因)은 유한한 생명에 대한 자각과 향수이다. 가난에 굶주린 고통스러운 유소년기를 보낸 작가는 삶의 본능인 에로스보다 죽음의 본능인 타나토스에 유혹된다. 더욱이 생사의 경계선을 넘나들게 만들었던 깡패에 의한 구타 체험과 허약한 체질은 죽음과 생명에 대한 자각을 자연스럽게 유도한다. 폐결핵이 등장하는 「제기차기」, 한약을 달여 먹는 「한약을 대리며」, 이외에도 「병상일기」, 「암실 시사회」 등의 시에서 병약한 시적 자아의 모습은 유한한 생명에 대한 자각 속에 존재론적 사유를 하는 시인의 모습을 확인할 수 있다. 30대 중반에 경험한 어머니의 죽음도 이것을 더욱 강화시킨다. 유한성에 대한 자각은 무심코 스쳐 지나왔던 과거에 대한 진한 연민의 정을 불러일으킨다.

그가 생애의 말기에 쓴 『차표 한 장』과 『로보의 달』(1990)은 자신이 시 한부 생명임을 자각하고, 힘겹게 투병하는 과정에 쓴 장편들이다. 그렇지 만 이 작품들은 안타깝게도 큰 문학적 성과를 보여주지 못하고 만다. 아마 도 이것은 투병생활이 가져온 육체의 허약과 체험에 의존해 작품 활동을 한 작가의 한계가 복합적으로 빚어낸 결과라 할 수 있다.

서글픈 현대사의 아픔을 대변하는 쑥고개, 송탄

시인이자 소설가인 박석수가 태어난 곳은 경기도 송탄이다. 그렇지만 그의 유년시절을 대부분 보낸 곳은 경기도 수원의 연무동이다. 연무라는 명칭은 부근에 동장대가 있고 이곳에서 군사 훈련과 무술 연마를 하던 곳이었기 때문이다. 연무동은 면적 $11.64km^2$, 인구 2만 9,014명(2001) 정 도이다. 자연 경관으로 북쪽에 광교산이 솟아있고, 남쪽에 광교저수지가 있어 경치가 아름답다. 특히 광교산 입구는 수목이 울창하고 맑은 개울이 흐른다. 일제 때 지소정이라는 명칭으로 불리던 연무동은 해방 후인 1949 년 8월 15일 수원읍 지역이 수원시로 승격되자 연무동으로 명칭이 바뀐 다. 연무동은 1963년 화성군 일왕면에서 상광교리·하광교리를 편입시키 고, 영화동 일부가 연무동으로 편입되어 오늘에 이르고 있다.

　박석수의 시에 등장하는 연무동은 앞에서 언급한 것처럼 아름다운 풍경으로 그려지지 않는다. 그의 시에 등장하는 연무동은 궁핍, 고통, 절망이 함께 버무려진 잿빛 풍경이다. 그래서 시에서 연무동 시절은 '허기', '깊은 수렁', '텅빈 골목', '굶주린 유년'의 이미지로 형상화된다. 연무동을 배경으로 한 시는 「팽이쌈」, 「엘리베이타 안에서」, 「하학길」, 「불침번」, 「나의 방화」, 「손톱」, 「연무동 사신」, 「연무동 달빛」, 「양말」, 「여름방학」이 있다. 이 중에서 「하학길」이라는 시를 보면 시적 화자가 사친회비를 내지 못해 학교에서 벌서고 혼자 돌아오는 궁핍한 유년시절이 가슴 아프게 형상화된다.

나는 허기가 만나 냇물로 흐르는
연무동 입구 양회다리에
까만 책보를 끼고 앉아
조여오는 어둠을 고사리 같은 손끝으로
자꾸자꾸 헤쳐내며
하수구에서 곧 나올 것만 같은
내 종이배를
언제까지나 그렇게
기다리고 있었다.
9·9단은
까맣게 잊고 말았다.

사친회비를 내지 못해
늦게까지 벌서고
혼자 돌아오는 길.

—「하학길」 중에서

이렇게 부정적 이미지로만 다가왔던 연무동. 그러나 시인이 성장하여 다시 찾은 연무동은 반드시 부정적 풍경으로만 다가오지 않는다. 궁핍과 절망 속에서 하루하루를 힘겹게 보냈지만 그 속에서 삶의 실존을 확인할 수 있었기 때문이다. 추억 속에 자리잡은 과거의 연무동은 삶의 정체성을 상실한 채 질주하는 현재를 성찰하게 하는 일종의 거울 역할을 한다. 물론 산업화와 근대화의 진행 속에 연무동은 더 이상 예전과 같은 모습을 띠지 못한다. 연무동도 다른 공간처럼 이질적인 시공간으로 다가온다. 그럼에도 불구하고 현실의 연무동은 시인의 기억 속에 숨 쉬고 있는 과거의 연무동을 호출하는 귀한 존재이다.

연무동에서 살던 박석수는 중학교 2학년 때 다시 태어난 고향인 송탄으로 이주해 사춘기 시절을 보낸다. 송탄은 해방 전까지 농가 300가구 정도가 모여 농사를 하거나, 숯을 구워 팔던 작은 농촌 마을에 불과했다. 특히 송탄에 소속된 신장동이라는 마을은 본래 숯을 굽는 언덕배기라는 뜻으로 숯고개로 불렸다. 그런데 이것이 쑥고개로 잘못 불리다가 굳어져서 진짜 이름처럼 되어버린다. 한국전쟁이 끝날 무렵인 1952년 12월부터 송탄에 비행장 건설이 시작된다. 이 공군기지는 '오산공군기지'로 알려져 있는데 아마도 50년대 초반에 송탄의 북쪽에 있으며 서울이나 수원에 더 가까운 오산읍이 이 외국 부대의 위치를 설명하는 데 더 편리했기 때문에 붙여진 듯하다. 흔히 '오산 미 공군기지'라 이름 붙여진 송탄의 미군기지는 용산기지의 2배가 되는 국내 최대의 단일기지이다. 약 200만 평의 기지는 태평양 지역에서도 필리핀 클라크 공군기지에 이어 두 번째로 크다. 이 기지가 2.7km나 되는 활주로를 자랑하면서 주한미군의 중추신경이 되기까지에는 한국인 원주민들의 고통의 역사가 자리한다. 소설가 박석수는 「동거인」에서 송탄의 역사적 변천 과정을 다음과 같이 언급해 놓고 있다.

뿐만 아니라 숯처럼 새까만 흑인과 대낮에도 털북숭이 가슴을 드러내 놓고 다니는 백인들이 함께 마을에 진주하면서부터 기지촌이 형성되고 K55 미 공군 비행장이 건설되었다.

그 사방 십 리가 넘는 비행장 건설부지로 집과 숯막과 논밭을 모두 하루아침에 징발당한 원주민들은 좌동과 서정리 목천 쪽으로 밀려나왔으며 나의 할아버지나 아버지도 예외는 아니었다. 할아버지는 일제 시대 때부터 하시던 숯막이 그렇게 폐쇄되자 이듬해 화병으로 돌아가시고, 아버지는 숯막처럼 땅밑에다 움을 파고 콩나물을 길러 오셨던 것이다.

그러니까 숯고개가 미군의 진주와 함께 겪은 수난 30년사는 '숯고개 → 숙고개 → 씹고개로 변모해 온 명칭이 보다 정확히 설명해 주고 있는 것 같다. 이것을 J·C 회원들이 관의 지원을 받으며 '내 고장 이름 바로 부르기 운동'을 벌여 하루아침에 다시 '씹고개(씹밭) → 쑥고개(쑥밭) → 숯고개 → 송탄(松炭)'으로까지 복원시킨 것이다.

─「동거인」, 『철조망 속 휘파람』(한겨레, 1988), 135∼136쪽

전쟁이 끝나고 미군이 주둔하면서 송탄의 인구는 급격하게 증가한다. 이제 송탄은 정겨운 고향보다 '기지촌의 대명사'로 호명된다. 미군 기지촌의 역사는 미국이 1945년 9월 8일 일제를 무장해제시키려고 인천에 상륙하면서부터 시작되었다. 한국전쟁 이후 미군이 본격적으로 한반도에 주둔하면서 기지촌은 한국의 새로운 이색 풍경으로 등장한다.

송탄에서 사춘기 시절을 보낸 박석수는 미군과 관련한 다양한 체험을 한다. 이 체험은 후에 그의 문학의 뿌리를 형성하게 된다. 그의 문학은 송탄에서 발원하여 송탄으로 끝난다고 해도 과언이 아니다. 그는 쑥고개를 시와 소설로 형상화하여 미군의 제국주의적 폭력성과 약소 국민이 겪어야만 하는 차별과 열등의 콤플렉스를 적나라하게 노출시킨다. 쑥고개

연작시 중의 하나인 「심청을 위하여―쑥고개1」은 미군을 상대로 몸을 팔아 돈을 버는 양공주를 심청에 비유한 작품이다. 고소설에서 효심 깊은 심청은 장님인 아버지의 눈을 뜨게 하기 위해 인당수 깊은 물에 몸을 던진다. 심청은 효심에 감동한 용왕에 의해 연꽃을 통해 다시 세상에 나와 임금과 결혼하고, 아버지는 눈을 뜨게 된다. 그러나 박석수의 시에 등장하는 심청은 더 이상 성공신화를 재현하지 못한다. 굶주린 가족들을 부양하고, 동생들을 공부시키기 위해 미군에게 몸을 판 현대판 심청이들은 보답도 받지 못한 채 심신이 망가져야 했던 것이다.

헐벗은 우리의 가슴에
한 잎 낙엽으로
떨어져 썩기 위하여

인당수보다 더 깊고 깊은
양키들의 털부숭이 가슴에
얼굴을 묻고 흐느끼는 누이야.

네 몸과 바꾼 15불의 화대로도
애비들의 눈은,
띄어지지 않는다.

아름다운 연꽃은
끝끝내
피어나지 않는다.

내의 껴입을수록 더 추워지는

이 겨울을
맨 정신으로 살아내기 위하여,

눈 부릅뜰수록 더 어두워지는
이 세상을
좀더 바로 보기 위하여

인당수보다 더 깊고 깊은
수렁 속에 던져진
우리들 마지막 기다림 하나.

─「심청을 위하여─쑥고개1」 전문

간혹 운이 좋은 양공주는 미군과 동거도 하지만 그렇다고 불행의 늪에서 쉽게 벗어나지 못한다. 박석수는 「발길질─쑥고개3」에서 "몸값 떼어 먹고 달아났던 / 존 뭐라는 다섯 번째 남편 / 미군 전용 홀에서 붙잡고 / 몸값 내놓으라고 외치다가 / 군화 자국도 선명한 / 가슴으로 너는 갔지만, / 알콜 중독에 의한 / 무슨 질식사로 다음날 / 네 사인은 설명되었다. // 끝내 죽음마저 / 몸값처럼 뜯긴채 / 누이야 너는 갔지만, / 너는 우리들 가슴에 / 선명한 군화자국으로 살아 있다"라고 비통하게 노래한다. "양키들이 쑥 밭을 만든 쑥고개의 순결" 속에 같은 동포들은 기지촌이나 양공주들을 감싸안기보다 "쑥고개를 씹고개로 발음"하면서 오지의 땅으로 격하시킨다. 순수혈통주의를 신봉하는 남한의 남근중심주의자들과 위정자들은 반공이데올로기를 앞세워 기지촌의 구조적 문제점들을 외면한다. 그들은 한국과 미국 모두에게서 버림받은 어둠의 자식들이었던 것이다. 양자의 외면 속에 기지촌의 문제점을 문학적으로 형상화하는 작업도 '반미=이적 행위'로 인식되었기에 오랫동안 억압되었다. 이런 점에서 기지촌을 줄기차게 형상화한 박석수의 일련의 작업들은 이러한 성역을 무너뜨리는 데에 단단히 일조한다.

박석수의 대표작인 「철조망 속 휘파람」과 「외로운 증언」은 쑥고개1, 2라는 부제가 붙은 일종의 연작소설이다. 이 소설은 송탄에 위치한 미군부대 철조망을 지키던 한국인 경비원의 죽음을 둘러싼 진실을 찾아가는 과정을 그리고 있다. 이 소설에서 미군 부대가 생기면서 그곳에 살던 마을 주민들은 조상 대대로 물려받은 논밭과 산, 가옥들을 남겨 놓은 채 미군 철조망 밖으로 밀려난다. 미공군 비행장 건설을 위한 군용지 징발로 1천 가구 5,000여 명은 하루아침에 삶의 터전을 잃는다. 그들에게 보상으로 주어진 것은 한글과 영문이 타이핑된 수상쩍은 종잇조각 하나였다. 즉, 1년 거치 10년 상환, 그것도 현시가에서 훨씬 못 미치는 값으로 보상해 주겠다는 채권이 고향을 빼앗는 자들이 내미는 것의 전부였다. 주인공인 선구의 할아버지도 토지의 징발 속에 삶의 터전을 잃고 끝내 화병으로 사망한다.

> 1954년도 다 저문 12월의 어느 날, 마을엔 미군 18전투 폭격단이 들어서면서 동쪽 어귀 1백 80만 평의 대지를 송두리째 비행장 부지로 징발했다. 아닌 밤중에 홍두깨식으로 졸지에 보상 한푼 없이 전답과 가옥을 빼앗긴 1천 가구 5천여 주민들은 제대로 항의 한번 못해보고 트랙터에 밀려 지금의 판자촌인 이곳 철조망 밖으로 밀려나오고 만 것이다.
>
> '수탈을 일삼던 지긋지긋한 일제 시대 때도 우리의 숯막만은 그대로 폐쇄되지 않았었는데, 정말 숯처럼 시커먼 양키들이 들어오면서 이게 무슨 날벼락이냐!'고 흥분하면서 할아버지는 경찰서와 리(里)사무소와 면사무소를 열불나게 쫓아다니면서 하소연했지만, 별 뾰족한 수가 없자 그만 식음을 전폐하고 누워

서 가슴만 두드리며 끙끙대다가, 미군 비행장에 F 86개량기가 원자폭탄을 싣고
돌아왔다는 소문이 나돌던 이듬해 3월 말에 홧병으로 세상을 뜨시고 말았다.

―「철조망 속 휘파람」, 앞과 동일, 45~46쪽

한 가족의 비극은 할아버지의 죽음에서 끝나는 것이 아니다. 개보초인 선구의 아버지도 미군 부대를 지키다가 칼침을 맞고 비명횡사했던 것이다. 미군과 관련하여 발생한 2대의 비극은 미군 진주로 인한 남한의 고통이 단기간이 아니라 지속되고 있음을 암시한다. 선구의 아버지는 "낮에는 자고 밤에는 송아지만한 개와 함께 미군부대 철조망을 지키던 " 경비병이다. 이런 아버지를 남들은 '개보초 돼지형'이라고 폄하하여 불렀다. 한대근이라는 당당한 이름이 있음에도 불구하고 '돼지형'으로 불리는 현실은 미군의 진주와 함께 한반도에서 주인의 역할을 하지 못하는 남한의 처지를 상징적으로 암시한다. 미군 병사 스미스는 제대하여 미국으로 돌아가기 전에 군수물자를 빼내어 크게 한탕을 벌이기로 하고, 한국인 동업자로 살갗이와 하우스보이인 쪽배를 끌어들인다. 군수물자를 빼내기로 한 날, 스미스는 개보초 돼지형이 살갗이가 도둑질하는 장면을 목격하게 함으로써 양자의 칼부림을 유도해 이들을 죽음으로 내몬다.

스미스와 쪽배의 군수물자 빼돌리기 작전은 스미스의 배신과 한국인 노무자들의 진실 규명 작업이 이루어지면서 감춰진 진실이 폭로된다. 이 과정에서 아버지의 죽음을 해명하라고 농성을 벌이던 다른 한국인 개보초들은 엉뚱하게 PX 절도 혐의로 헌병에게 끌려가 취조를 받는다. 돼지형의 피살에 스미스라는 제대병이 개입되어 있다는 사실이 알려지자 미군 부대에서 일하던 하우스 보이, 세탁부, 청소부, 잡역부들까지 농성에 가담하여 '살인자 스미스를 소환하라'라고 외친다. 하지만 미군은 진실의

규명 대신에 한국인 개보초들을 모조리 해고시키고 미군 부대 철조망에 접근하면 무조건 발포하겠다는 식의 위압적 태도를 견지한다. 스미스가 유도하여 발생한 개보초 돼지형과 살갗이의 칼부림은 미소 냉전체제가 불러온 동족상잔의 한국전쟁을 연상시키는 알레고리이다. 이때 작가는 아버지의 죽음에 일조한 쪽배를 오히려 도와주는 선구의 행동을 통해 힘없는 약자끼리 서로 보듬어주는 민족주의적 태도가 필요하다고 우회적으로 역설한다. 쪽배는 스미스의 감언이설에 속아 이용당한 채 버려졌다는 점에서 개보초 아버지처럼 또 하나의 희생양이었던 것이다.

쑥고개를 배경으로 한 또 하나의 소설은 중편 「동거인」이다. 이 작품은 「철조망 속 휘파람」이라는 작품과 많은 면에서 유사하다. 주인공 화자의 집안이 미군기지가 들어서면서 땅이 징발되어 쫓겨나고, 할아버지가 그 일로 인해 울화병으로 사망한 부분은 똑같다고 할 수 있다. 차이점은 「철조망 속 휘파람」에서 아버지가 미군의 개보초 역할을 하다가 비명횡사했다면, 「동거인」에서 아버지는 할아버지가 울화병으로 돌아가시자 피눈물나는 노력 끝에 움막을 짓고 콩나물을 재배하여 자수성가한다. 이 소설에서 특이한 인물인 아버지는 모터라는 근대적 기계를 활용하면 많은 노동을 절약할 수 있음에도 불구하고 전근대적인 육체노동을 고집한다. 이것은 정성 어린 육체의 노동을 통해 키운 콩나물만이 제대로 된 콩나물이라는 인식의 소산이다. 이런 점에서 아버지는 교환가치보다 사용가치를 중시하는 전근대적 인물이라고 할 수 있다. 이에 비해 기계를 자유자재로 활용하는 미군은 근대성을 상징한다.

군에서 막 제대한 주인공인 '나(근호)'는 가족에게 독재자로 군림하는 전근대성의 아버지와 우월한 점령군의 오만을 드러내는 근대성의 미군 모두를 비판적으로 바라보는 인물이다. '나'는 아버지의 근면한 절약정신으로 인해 겨우 초등학교 졸업장만을 얻게 된다. 그 이후에 '나'는 중고등 검정고시를 통과하여 어렵게 대학에 진학한다. 이 소설 후반부는 내국인 출입금지 지역인 '클럽 파라다이스' 양키 홀에서 일하는 스트립걸인 22살의 미영을 등장시켜 미군과 관련한 이야기들이 본격적으로 등장한다. 작가는 이 소설에서 미군의 오폭으로 인해 쑥대밭이 되었으나 전혀 피해보상을 받지 못한 일, 미군을 상대로 한 한국의 술집 여자들이 드러내는 어이없는 위계의식, 양공주를 착취하는 미군을 등장시켜 비판적인 대미인식을 드러낸다.

그런데 아버지와 콩나물과 관련한 전반부의 이야기에 비해 스트립 걸을 중심으로 한 후반의 이야기는 긴장감이 상당히 이완되어 있다. 이것은 상투적 도식성과 표피적인 인물 형상화에서 그 요인을 찾을 수 있다. 악역으로 등장하는 미군 토니와 가련하게 희생당하는 스트립걸인 한국인 여성 미영의 모습은 참신한 구성이라고 결코 볼 수 없다. 이 소설에서 술기운을 빌려 느닷없이 정의를 지키는 영웅으로 변신한 주인공인 '나'는 미군 토니와 육박전을 벌인다. 이러한 사건 속에 삶을 성찰한 '나'는 군에서 제대하여 집으로 돌아온 지 엿새 만에 유일한 정신적 스승인 '김영란 선생'을 만나러 쑥고개 고향을 떠난다. 이것은 미군에 대한 부정적 인식만이 아니라 아버지의 삶에 동의할 수 없는 신세대 아들의 저항적 인식도 깔려 있다는 점에서 세대 갈등을 내포한 것이다. 근호가 군 3년 생활 동안 한 번도 집에 휴가로 오지 않았다는 사실도 이것을 뒷받침해 준다. 주인공 근호의 떠남은 아버지의 삶도, 미군의 삶도 긍정적인 미래가 아님을 암시한다. 작가는 미영을 도와주려고 뜻하지 않게 육박전을 벌인 것에서 알 수 있듯 삶의 희망을 소박한 민족주의와 연관된 휴머니즘에서 찾고 있다. 하지만 그의 휴머니즘은 살아 있는 육체를 가졌다기보다 관념적 수준에서 펼쳐진 경우가 많다. 그 결과 그의 소설은 생동감 있는 리얼리티를 충분히 확보하지 못하는 경우가 종종 발생한다. 미군과 관련한 한국인의 피해 양상은 평면적으로 드러나지만 그 이상의 모습을 박석수는 제대로 형상화하지 못했던 것이다.

면이었던 송탄면은 1963년 10월 평택군 송탄읍으로 승격된다. 도시화 근대화의 물결 속에 송탄읍의 인구는 1981년 5만을 넘어서자 송탄시로 승격되어 평택군에서 분리된다. 1995년 5월 송탄시, 평택시, 평택군을 각각 해체하여 도농복합형태의 평택시로 합치면서 송탄시는 시로 승격된 지 9년 만에 역사의 저편으로 사라지게 된다. 이제 송탄시는 희미한 옛사랑의 추억처럼 기억의 모퉁이에서만 존재한다. 옛 송탄 지역은 관광특구로 지정되고, 패스트푸드점이 들어서고 쇼핑 거리가 조성되면서 예전과 달라진 모습을 보인다. 하지만 관광비자로 입국한 외국인 여성들이 미군을 상대로 한 윤락에 종사하는 모습은 여전하다. 더욱이 미군 비행기 이착륙시 발생하는 항공기 소음은 지역주민을 괴롭히는 두통거리이다. 무분별한 퇴폐문화와 소음 공해 속에 기지촌의 지역 주민들은 제대로 된 지역문화를 활성화시키지 못한 채 퇴폐적 소비문화에 시달리고 있는 것이다. 물론 최근에 이것을 시정하려는 움직임이 본격화되고 있는 것은 긍정적이다.

작가 박석수는 고향 송탄을 부정하면서 벗어나고자 했으나 끝내 그곳을 잊지 못했다. 비록 "고향에 가면 / 보고 싶은 것도 / 듣고 싶은 것도 / 먹고 싶은 것도 / 모두 미국화된 / 고향에 가면, / 이제는 하북 냇가까지 / 그들의 정액이 흐르고 있네."(「하북 냇가 - 쑥고개40」) 라고 탄식하고 있지만 고향에 대한 그리움을 막을 수 없었던 것이다. 그곳은 아무리 부인하려고 해도 부인할 수 없는 그가 살아온 삶의 흔적이기 때문이다. 문학평론가 권영민은 연무동이 시인의 의식 깊숙이 가난 속에서 키워나갈 '꿈'을 심어

주었다면, '쑥고개'는 그 '꿈'이 깨어지는 아픔의 단계에 해당한다고 언급한다. 그의 문학작품에서 쑥고개인 송탄은 단순히 한국의 한 지역을 의미하는 명칭이 아니다. 그것은 한국의 서글픈 현대사의 아픔을 고스란히 대변하는 상징적 기호이다.

2004년을 기준으로 하여 경기도 5개 미군 기지촌인 의정부, 동두천, 파주, 송탄, 평택의 성매매 여성의 90%가 외국인 여성으로, 10%가 한국인 여성으로 조사되었다. 미군 기지촌의 성매매 여성이 대부분 필리핀인과 러시아인이라는 사실은 시대의 변화를 암시한다. 그러나 한국인 여성이 겨우 10%에 불과하다고 해서 기지촌 여성의 문제와 그 이외의 문제가 말끔히 해결된 것은 아니다. 분단 조국의 현실이 계속되는 한 미군 기지촌과 관련한 문제는 계속 생산될 것이다.

쑥고개가 낳은 작가 박석수

한국전쟁이 발발하고, 남북한의 분단구조가 고착화되면서 남한에서 반공이데올로기는 국시(國是)로 승격한다. 이 연장선에서 주한 미군에 대한 부정적 표현은 반공이데올로기에 저촉되는 이적 행위로 규정된다. 반미적 목소리 때문에 구속되어야 했던 남정현의 「분지」(1965)는 남한에서 반미가 금기임을 상기시켜 준 역사적 사건이다. 그 후 오랫동안 한국의 작가들은 '반미＝이적성＝친공'이라는 이분법적 공식에 짓눌려 문학적 상상력을 억압당해야 했다.

1980년 5·18 광주민중항쟁은 미국의 위선을 민중들에게 확실히 깨닫게 해준다. 미국은 한반도에 자유민주주의를 심어주기보다 자국의 이익을 위해 진주했음을 보여주었던 것이다. 설사 유혈 진압을 통해 집권한 정권이라도 미국의 이익에 부합한다면 용인할 수 있다는 미국의 이중성 앞에 다양한 이유로 재갈이 물렸던 반미의 형상화는 다시 수면 위로 부상한다. 이 시기에 작가 박석수는 윤정모와 함께 선두에서 1980년대 반미 작품을 생산한다. 개인적 체험에 입각한 그의 기지촌 문학은 피상적으로만 이루어졌던 기지촌의 모습을 나름대로 구체화시키면서 불평등한 한미관계를 되돌아보게 하는 계기를 제공한다. 휴머니즘과 민족주의에 입각한 그의 반미 작품은 문학이 현실의 모순을 비판하는 칼날이라는 평소의 소신에 입각한 것이다.

그렇다고 박석수의 문학세계에 아쉬움이 없는 것은 아니다. 박석수의 작품은 개인적 체험에 머무름으로써 분단 조국의 구조적 모순을 사회적 현실로 확장시키는 데에 일정한 한계를 노출한다. 그 결과 쑥고개라는 대상에서 벗어나지 못한 채 이야기가 동어반복 된다. 1인칭 시점에 의해 형상화된 쑥고개의 기지촌 풍경도 대개 현상을 나열하거나 심정적 민족주의 수준에 머물고 만다. 이것은 반공이데올로기에서 완전히 자유로울 수 없었던 작가의 사회적 인식과 병마에 유린당한 작가의 허약한 육신과 무관하지 않다. 그럼에도 불구하고 민족주의적 입장에서 한미관계의 재정립을 촉구한 박석수의 문학적 성과는 결코 작지 않다. 그의 문학은 분단의 한국 현대사가 낳은 비극적 상처를, 외세에 의한 굴욕의 역사를 복원하였기 때문이다.

송탄의 쑥고개가 낳은 작가 박석수. 한반도에서 분단 모순과 외세로 인한 불평등적 관계가 지속되는 한, 그가 남긴 문학적 유산은 오랫동안 우리들의 곁에 남아 있을 것이다.

부록

가평 출신 문인

김상일(金相一)
장르: 평론
생몰연월일: 1926.3.28~
일본 후미마스 전문학교 졸업
1956: ≪현대문학≫ 「문체론에의 반성」으로 등단.

조세희(趙世熙)
장르: 소설
생몰연월일: 1942.8.20~
경희대학교 국문과 졸업
1965: ≪경향신문≫ 신춘문예 「돛대 없는 장선」 당선 등단.
1978: 『난장이가 쏘아올린 작은 공』(문학과 지성사)
1983: 『시간 여행』(문학과 지성사)

개성 출신 문인

마해송(馬海松)
장르: 아동문학
생몰연월일: 1905.1.8~1966.11.6
개성학당 졸업, 서울 중앙고보 중퇴
1920: 니혼대학 예술과 수학
1921: 홍난파 등과 극단 동우회 조직
1924: 색동회 동인
1959: 대한민국 어린이 헌장 기초 발표
주요 작품
1927: 『홍길동』(신소년사)
1934: 『해송동화집』(개벽사)
1947: 『토끼와 원숭이』(신구문화사)

1953: 『떡배 단배』(학원사)
1961: 『아름다운 새벽』(민중서관)
1962: 『마해송 아동문학 독본』(을유문화사)

개풍 출신 문인

김태영(金泰永)
장르: 소설
생몰연월일: 1933.5.5~
경희대 영문과 졸업
1974: ≪한국문학≫「산놀이」로 등단
주요 작품
1975: 『살려놓고 봐야죠』(대일출판사)
1985: 『다물』(정신세계사)
1987: 『한단고기』(나라기획)
1989: 『인민군』(유림)

박완서(朴婉緒)
장르: 소설
서울대 국문과 졸업
1970: ≪여성동아≫ 장편 공모에 『나목』이 당선되어 등단.
1981: 「엄마의 말뚝」으로 이상문학상 수상
1994: 「나의 가장 나종 지니인 것」으로 동인문학상 수상
1999: 「너무도 쓸쓸한 당신」으로 만해문학상 수상
2001: 「그리움을 위하여」로 황순원문학상 수상

고양출신 문인

박세영(朴世永)
장르: 시
생몰연월일: 1907~1989
주요약력
1920: 배재보고 편입

1922: 배재보고 졸업 후 중국 혜령 영문전문학교에서 수학
1922: 염군사 조직
1925: 조선프롤레타리아예술동맹 결성시 주도적 역할
1927: 시 「농부 아들의 탄식」 발표
1937: 배재고보 교사로 재직
1946: 월북
1950: 조선민주주의인민공화국 최고인민회의 대의원, 작가동맹중앙위원, 조국평화
      통일 위원회 중앙위원
1989: 사망
주요 작품
1931: 『카프시인집』(집단사)
1946: 평론 「해방이후 시단개평」(≪우리문학≫)
1946: 시집 『횃불』(우리문학사)
1947: 평론 「조선프로 시사론」(≪문학비평≫)
1953: 시집 『승리의 나팔』
1956: 『박세영 시선집』
1991: 『산제비』(미래사)

광주출신 문인

구중서(具仲書)
장르: 평론
생몰연원일: 1936.12.10 -
중앙대학교 대학원 국문과 졸업
1963: ≪신사조≫에 「역사를 사는 작가의 책임」으로 등단
주요 작품
1979: 『민족문학의 길』(새밭사)
1979: 『한국문학사론』(대학도서)
1981: 『분단시대의 문학』(전예원)
1983: 『문학을 위하여』(평민사)

박두진(朴斗鎭)
장르: 시

생몰연월일: 1916.3.10~1998.9.16

1939: ≪문장≫ 「묘지송」 외 4편으로 등단

1946: 김동리, 조연현, 서정주, 박목월 등과 더불어 조선청년문학가협회 결성.

1984: 박두진 전집 간행

주요 작품

1946: 『청록집』(을유문화사)

1950: 『오도』(영웅출판사)

1962: 『거미와 성좌』(대한기독교서회)

1963: 『인간 밀림』

1968: 『청록집 기타』(현암사)

1973: 『고산식물』(일지사)

1973: 『사도행전』(일지사)

1973: 『수석열전』(일지사)

1976: 『속 수석열전』(일지사)

1981: 『야생대』(창작과 비평사)

1981: 『에레미야의 노래』(창작과 비평사)

1984: 『박두진 전집』(범조사)

박상우(朴相禹)

장르: 소설

생몰연월일: 1956.7.2.~

중앙대 문예창작과 졸업

1988: ≪문예중앙≫ 신인상에 「스러지지 않는 빛」 당선 등단.

주요 작품

1990: 『지구인의 늦은 하오』(중앙일보사)

1991: 『샤갈의 마을에 내리는 눈』(세계사)

1992: 『시인 마태오』(세계사)

1993: 『나는 인간의 빙하기로 간다』(세계사)

1995: 『독산동 천사의 시』(세계사)

2000: 『사탄의 마을에 내리는 눈』(문학동네)

전형준(전형준)

장르: 평론

생몰연월일: 1952.4.9~
서울대학교 대학원 불문과 졸업
1983: ≪우리 세대의 문학≫에 「어느 리얼리스트의 상상 체계」로 등단.
주요 작품
1986: 『깊이의 시학』(문학과 지성사)
1988: 『또 하나의 세상』(청하)

김포 출신 문인

이문재(李文宰)
장르: 시
생몰연월일: 1959.9.22~
경희대학교 국문과 졸업
1982: ≪시운동≫ 「우리 살던 옛집 지붕」 등을 발표하며 등단.
주요 작품
1988: 『내 젖은 구두 벗어 해에게 보여줄 때』(민음사)
1993: 『산책시편』(민음사)
1999: 『마음의 오지』(문학동네)

허윤석(許允碩)
생몰연월일: 1914.2.25~
1935: ≪조선문단≫ 「사라지는 무지개와 오늬」로 등단.
1976: 『타인을 대행하는 두뇌들』(삼중당)
1979: 『구관조』(문학과 지성사)

남양주 출신 문인

신광호(申廣浩)
장르: 시
생몰연월일: 1940.10.20~
주요약력
1978: 현대시학에 「고지와 새」, 「노래해야지」, 「고지의 말」 추천으로 등단.
1979: 시집 『고지와 새』 발간.

주요 작품
1979: 고지와 새(삼호사)
1992: 내 기억 속의 푸른 사랑(혜화당)
1992: 신광호 산문집-학해춘추9문예사조)
1994: 무지개와 풀밭(경원문화사)
2000: 꿈의 그늘집(뿌리)

이유범(李庾範)
장르: 소설
생몰연월일: 1952.5.16.~
경희대 대학원 국어국문학과 졸업.
1985: 한국문학에 「얼굴내기」를 발표하며 등단.
'작법', '제3세대 비평그룹' 동인.
주요 작품
1985: 「얼굴내기」, 한국문학131
1985: 「귀」, 한국문학144
1986: 「불면시대」, 소설문학122
1986: 「소리」, 현대문학381
1986: 「개구리와 관우」, 한국문학157
1987: 「틈새와 잎새」, 대학주보
1987: 「발언」 한국문학166
1987: 「겨울날의 일곱 마디」 동서문학157
1988: 「임금님의 어느 하루」, 문학정신17
1988: 「안개 태우기」. 한국문학176
1988: 「회심곡」, 문학사상191
1988: 「새」, 동양문학
1989: 「이내섬」, 한국문학184
1989: 「흙내」, 한국문학188
1989: 「가파른 계단 밑에서」, 현대문학416
1989: 「백은대가 안 보인다」, 한국문학191, 이상 소설
1982: 『알몸』(도서출판다독)
1985: 『거미줄 끊기』(창작예술사)
1986: 『절름발이 꿈』(한겨레출판사)

1984: 「소설의 화자」, 어문연구
1986: 「2인칭 소설의 정체와 그 주변」, 신동아
1986: 「소설 거리의 특수양태고」, 어문연구
1990: 『거미줄 끊기』(태성)
1991: 『섬에서 섬으로』(문학아카데미)
1994: 『침묵읽기』(문학동네)
1999: 『회색분필』(두리)

오수일(吳壽一)
장르: 시인
생몰연월일: 1943.11.26.~
성균관대 국어국문학과 및 국민대 대학원 수료.
시문학에 시 「고향은 잠들고」 등이 추천되어 등단.
주요 작품
1983: 사랑 넓이(동천사)

부천출신 문인

변영로(卞榮魯)
장로: 시
생몰연월일: 1897~1961
주요약력
1909: 중앙학교 입학. 3학년때 중퇴
1913: 중앙기독청년회관 영어반 6개월만에 수료
1914: 영시 「코스모스」 발표
1918: 중앙고보 영어 교사
1919: 3.1운동
1920:≪폐허≫ 동인으로 문단 데뷔
1933: 미국 캘리포니아주의 산호세대학 수료 후 귀국
1935: 동아일보사 입사
1946: 성균관대 영문과 교수로 부임
1949: 서울특별시 문화상 수상
1953: 서울신문사 이사, 대한공론사 이사장, 국제펜클럽 한국본부 초대 위원장

1961: 사망
주요 작품
1924: 『조선의 마음』(평문관)
1959: 『수주시문선』(경문사)
1983: 『차라리 달 없는 밤이 드면』(정음사)
1987: 『논개』(자유문학사)

이상로(李相魯)
장르: 시
생몰연월일: 1916~1973
주요약력
1940: 일본 메이지학원 고등문학부 중퇴
1945: YMCA주최 "예술의 밤"에 「오월」 발표
1947: 민중일보 문화부 차장
1973: 사망
주요 작품
1953: 『귀로』(백조사)
1956: 수필집 『옥석혼효』, 『쑥꽃사어록』
1956: 『불온서정』(≪사상계≫)
1964: *「냄새」(≪현대문학≫ 116)
1970: 『이상로전시집』(보문각)
(* 「실락원」, *「분이」, *「인간과편」)

수원출신 문인

김남일
장르: 소설
생몰연월일: 1957~
한국외국어대 졸
1983: 「배리」로 데뷔
주요 작품
장편 『청년일기』
1993~1996: 대하장편 『국경』(풀빛출판사)

1988: 소설집 『일과 밥과 자유』(현암사)
1996: 90년대를 찾아서(개마고원)

김승구(金承久)
장르: 희곡
생몰연월일: ~1994
주요약력
1933: 일본 메이지대학 문과 중퇴
1933: 일본에서 '조선예술좌''삼일극장' 조직 연극활동 시작
1933: 귀국하여 카프에 참여
1938: ≪문화통신≫ 발행
1946: 조선문학가 동맹 맹원 가입. 이후 월북
1947: 북조선 임시인민위원회 예술과장 역임, 시나리오 활동 시작
1949: 북한 최초 예술영화 「내고향」 시나리오 발표
1994.11.27. 사망
주요 작품
1937.1.6~11: 희곡 「유민」(≪동아일보≫)
1949: 시나리오 「내 고향」
1950: 시나리오 「새벽에 온 사람들」
1957: 시나리오 「춘향전」

김훈동(金勳東)
장르: 시
생몰연월일: 1944~
주요약력
1960: '에뜨랑제' 동인으로 활동
수원문인협회 3대 회장 역임
주요 작품
『무심』
『수인선』

나혜석(羅惠錫)
장르: 시

생몰연월일: 1896~1948
주요약력
1918: 일본 도쿄여자미술학교 유화과 졸업
1920: 김우영과 결혼
1921: 한국 여성화가로서 최초의 개인전
주요 작품
1918: 소설 「경희」, 「정순」

박승극(朴勝極)
장르: 소설, 비평
생몰연월일: 1909~
주요약력
1924: 배제고보 입학
1928: 조선일보 수원지국장, 3월 유학, 이후 사상관계로 귀국
1929: 조선 프롤레타리아 예술동맹 수원지부 결성, 준비위원장으로 피선
1929.6 소설 「농민」을 ≪조선지광≫에 발표하여 등단
1946: 조선문학가동맹 창립대회 중앙상무위원으로 선임
1949: 조선민주주의인민공화국 최고인민회의 대의원 피선
주요 작품
1929: 「농민」(≪조선지광≫)
1932: 평론 「푸로문학운동에 대한 감상」(≪비판≫)
1933.7.11~13: 평론 「문필가의 당면한 부분적 임무」(≪조선일보≫)
1946: 「떡」(≪문학≫)
2001: 『박승극문학전집』 중 1권 발간(학민사)

박팔양(朴八陽)
장르: 시
생몰연월일: 1905.8.2.~1989.2.28.
주요약력
1920: 배재고보 졸업 후 경성법학전문학교 입학
정지용, 박제찬 등과 함께 등사판 동인지 ≪요람≫ 발간
1923: ≪동아일보≫ 신춘문예에 시 '신의주'가 당선되면서 등단
1925.2: 시 「저자에 가는 날 - 향수, 가난으로 십년, 서름으로 십년」≪생장≫에 발표

1925.8: 조선 프롤레타리아 예술동맹 가입, 조선일보 입사
1927.1: 시「남대문」, ≪동광≫, 평론「문필노동자 잡감」≪문예시대≫에 발표
1937: 만선일보 기자 역임
1945.8.16: 조선문학건설본부 참여
1945.9.17: 조선프롤레타리아 문학동맹 참여
1946.2.8~2.9: 조선문학자대회 참여
1946.8: 월북
1947: 조선민주주의인민공화국 문예총 중앙위원, 조선작가동맹 부위원장
1950: 평양문학대학 신문학부 교수
1990: 사망
주요 작품
1925:「저자에 가는 날」(≪생장≫)
1928.7:「데모」(≪조선지광≫)
1928.9:「오후의 여섯시」(≪조선지광≫)
1936.1:「승리의 봄」(≪문학≫)
1940:『여수시초』(박문서관)
1947:『박팔양시집』(문화전선사)

박효석
장르: 시
생몰연월일: 1947~
주요약력
1978: 시문학으로 등단
경기도 시인협회 사무국장
주요 작품
『그늘』
『눈물이 정말로 슬픔의 생명이기에』

염재만(廉在萬)
장르: 소설
생몰연월일: 1934~
서라벌예대 문예창작과 졸
1969: 소설「반노」로 등단

주요 작품
1969: 「반노」(청운출판사)
1983: 『죄인 오라하실 때』(한진출판사)
1987: 『칼춤』(심지)

임병호(林炳鎬)
장르: 시
생몰연월일: 1947~
서러벌예대 1975: 시집 『환생』 발간하여 등단
주요 작품
1975: 『환생』(경매출판사)
1978: 『가을엽서』(시문학사)
1982: 『신의 거주지』(제3기획)
1984: 『우만동별곡』(제3기획)

용환신
장르: 시
생몰연월일: 1949~
주요 작품
『아직도 노래할 수 없는 서정을 위하여』

최동호(崔東鎬)
장르: 시, 평론
생몰연월일: 1948~
고려대 대학원 국문과 졸
1979: <중앙일보> 신춘문예에 「꽃, 그 시적 형상의 구조와 미학」이 당선되어 등단
주요 작품
1976: 시집 『황사바람』(설화당)
1983: 『시의 해석』(새문사)
1985: 『현대시의 정신사』(열음사)
1987: 『불확정시대의 문학』(문학과 지성사)
1989: 시집 『아침책상』(민음사)

시흥 출신 문인

백승철(白承喆)
장르: 평론
생몰연월일: 1942.10.18~
현거주지:
중앙대 신문학과 및 동대학원 철학과 졸업.
경향신문 신춘문예에 평론『현대문학의 철학적 기초』가 당선되어 등단.
'상황' 동인.
주요 작품
1966.1:「에스프리의 역사성」, 문학춘추18
1966.2:「전후작가의 문제의식」. 세대31
1966.9:「한국작가 의식에 있어서 구조적 모순」. 청맥21
1989.1:「현대사회와 시의 효용-이효석론」, 월간문학3
1970.1「결산과 전망-소설」, 월간문학15
1971.1「시인의 시대인가」, 월간문학
1971.2「서정시의 재검토」, 월간문학
1973.4「리얼리즘의 형상화 문제」, 문학사상7
1973「윤동주의 내성」, 중앙문화8
1974.2「현대시의 서구주의-박인환」, 심상5
1974.9「신기선 시집『맥박』」, 창작과비평33
1974.10「한의 시학」, 심상13
1983.11「이승훈의 텍스트」, 한국문학121
1985.4「쉽게 읽히는 작품의 반어적 의미」, 소설문학 13, 1985.4 이상 평론
1984:『상황과 비평의식』(문학세계사)
1985:『쓰는 이와 읽는 이』(인문당)

정동수(鄭東秀)
장르: 소설
생몰년월일: 1944.6.15~
단국대 국어국문학과 졸업.
1982: 월간문학에「문패」를 발표하며 등단.
'소설그룹' 동인.

주요 작품

1982.9: 「문패」, 월간문학163
1982.10: 「들 까마귀」, 현대문학334
1983.5: 「장마전선」, 단국문학2
1983.10:. 「송장헤엄」, 한국문학120
1984.6: 「고무줄 총」, 월간문학184
1984.10: 「북망에 부는 바람」, 소설문학107
1984.11: 「지석찾기」 단국문학4
1985.5: 「꿈의 파종」, 현대문학365
1985.10: 「아버지」 한국문학144
1986.10: 「발바닥 들기」, 소설문학131
1986.12: 「탱자 할머니」, 동서문학149
1987.2: 「고향기행2」, 문학정신5
1987.3: 「고향기행1」, 현대문학387
1987.5: 「장마의 끝」, 한국문학163
1988.3: 「고향기행4」, 한국문학173, 이상소설
1983: 떠도는 섬(예전사)
1987: 불꽃여행(문학세계사)
1991: 물 아래 가던 새(민세)
1993: 육식동물은 냄새가 난다(영림카디널)
2001: 모기(밝은 누리)

윤홍렬(尹弘烈)

장르: 소설
생몰년월일: 1924.2.25~
현 거주지: 속초시 교동 현대2차아파트 203동 1304호(033-633-1165)

이종희(李鐘姬)

장르: 시
생몰년월일: 1950.8.20~
현 거주지: 경기도 고양시 덕양구 화정동 부영아파트 6단지 609동 604호
세계의 문학에 「깃발」을 발표하며 등단.
주요 작품

1996: 바다는 알고 있다(조선문학사)
1997: 물방울 하나가 너에게 가고 있다(큰산)

안성출신 문인

김완하(金完河) **본명**(김창완)
장르: 시
생몰년월일: 1958.06.15~
한남대 대학원 국문과 졸업
1987: ≪문학사상≫「눈밭」으로 등단
주요 작품
2003: 『길은 마을에 닿는다』

이지숙
장르: 시
생몰년월일: 1954.11.19~
주요 작품
1995: 『시간의 풀밭』(문학세계사)

유병규(俞炳奎)
장르: 시조
생몰년월일: 1941.06.07~
서라벌예대 문창과 졸업

윤재천(尹在天)
장르: 수필
생몰년월일: 1932.04.28.~
중앙대 국문과 졸업
주요 작품
1974: 『다리가 예쁜 여인』(개문사)
1980: 『문을 여는 여인』(미소출판국)
1984: 『요즈음 사람들』(범우사)
1985: 『나를 만나는 시간에』(혜진서관)

1986: 『처음과 끝, 그리고 그 사이』(혜진서관)
1987: 『나뉘고 나뉘어도 하나인 우리를 위하여』(혜진서관)
1998: 『구름카페』(문학관)
2002: 『청바지와 나』(선우미디어)

이봉구(李鳳九)
장르: 소설
생몰연월일: 1916.1.16.~1983
일본 니혼대학교 수학
1943: 매일신문사 입사.
1966: 15회 서울특별시 문화상 수상.
주요 작품
1966: 『명동이십년』(유신문화사)
1967: 『명동』(삼중당)
1972: 『도정』(삼성출판사)
1978: 『어디서 무엇이 되어 다시 만나리』(경미문화사)
1978: 『명동 비 내리다』(경미문화사)

이유식(李裕植)
장르: 시
생몰연월일: 1938.12.22.~
성균관대 대학원 졸업
주요 작품
1985: 『원주민』(신원인쇄사)

장현기(張玹基)
장르: 시
생몰연월일: 1934.10.10.~
서라벌예대 졸업
주요 작품
1974: 『달팽이』(신흥출판사)
1975: 『달팽이 그 후』(익문사)
1984: 『꽃 기도와 고향편지』(대학서림)

1985: 『85-겨울 기침 소리』(동아사)
1992: 『가시고기가 그린 수채화』(도서출판 서해)
1998: 『情 때문에』(도서출판 예림원)
2001: 『기도하는 순간』(도서출판 서해)
2002: 『황혼길에서 부르는 갈잎의 노래』(도서출판 서해)

정진규(鄭鎭圭)
장르: 시
생몰연월일: 1939.10.19.~
고려대 국문과 졸업
1960: 「나팔서정」이 ≪동아일보≫ 신춘문예에 당선 등단
1980: 한국시인협회상 수상
1985:월탄문학상 수상
주요 작품
1966: 『마른 수수까의 불화』(모음사)
1971: 『유한의 빗장』(학술계사)
1977: 『들판의 비인 집이로다』(교학사)
1979: 『매달려 있음의 세상』(문학예술사)
1983: 『비어있음의 충만을 위하여』(민족문화사)
1984: 『연필로 쓰기』(영언문화사)
1986: 『뼈에 대하여』(정음사)
1989: 『옹이에 대하여』(문학사상사)
1990: 『별들의 바탕은 어둠이 마땅하다』(문학세계사)
1994: 『몸시』(세계사)
1997: 『알시』(세계사)
2000: 『도둑이 다녀가셨다』(세계사)
2004: 『본색』(천년의시작)

조병화(趙炳華)
장르: 시
생몰연월일: 1921.5.1.~2003.3.8.
동경고등사범 수학
1949: 『버리고 싶은 유산』을 발간하며 등단.

주요 작품
1949: 『버리고 싶은 유산』(산호장)
1950: 『하루만의 위한』(산호장)
1952: 『패각의 침실』(정음사)
1954: 『인간고도』(산호장)
1956: 『여숙』(정음사)
1957: 『서울』(성문각)
1958: 『석아화』(정음사)
1961: 『밤의 이야기』(정음사)
1962: 『낮은 목소리』(중앙문화사)
1963: 『공존의 이유』(선명문화사)
1963: 『쓸개 포도의 비가』(동아출판사)
1964: 『시간의 숙소를 더듬어』(양지사)
1965: 『내일 어느 자리에서』(춘조사)
1966: 『가을에 남은 거에』(성문각)
1968: 『가숙의 램프』(민중서관)

안양출신 문인

김대규(金大圭)
장르: 시
생몰연월일: 1942~
연대 국문과 및 경희대 대학원 졸
1960: 시집 『영의 유형』 발표해 등단
1963: 연세 문학상 수상
1985: 흙의 문예상, 경기도 문학상 수상
주요 작품
1960: 『영의 유형』(흑인사)
1962: 평론 「보들레르론」(연세춘추)
1986: 『오, 나의 어머니』(해냄)
1989: 수필집 『사랑의 팡세』(한겨레)

양주 출신 문인

민윤기(閔允基)
장르: 시
생몰연월일: 1947.3.11.~
중앙대 국문과 졸업
1967: ≪시문학≫에 「의지 판매점」이 추천되어 등단.
주요 작품
1970: 『우기의 시』(국방부)
1974: 『유민』(동서문화사)

양평 출신 문인

서근석(徐根錫)
장르: 시
생몰연월일: 1943.6.4~

신덕룡(辛德龍)
장르: 평론
생몰연월일: 1956.2.13.~
경희대학교 국문과 및 대학원 졸업
1985: ≪현대문학≫ 등단.
주요 작품
1993: 『문학과 비평의 언어』(문학아카데미)
1998: 『문학과 진실의 아름다움』(새미)
1999: 『환경위기와 생태학적 상상력』(실천문학사)
2002: 『생명시학의 전제』(소명)

신술래
장르: 시
생몰연월일: 1945.5.6.~
1985: ≪심상≫에 「숲」을 발표하며 등단.
주요 작품

1988: 『밤나무는 여기 참나무는 저기』(심상)

심영구(沈永求)
장르: 수필
생몰연월일: 1935.5.5.~
동국대 대학원 졸업
주요 작품
1993: 『찾자』(융성출판)
1993: 『알자』(융성출판)
1993: 『이매망량뎐』(융성출판)
1995: 『공자도 뭘 몰랐다』(융성출판)
1995: 『물 아래 뜬 달』(교음사)
1997: 『눈물로 베개 적신 사연』(문학관)
1997: 『그리움에 잠못 이룬 사연』(문학관)
2001: 『연인 사중주』(한강 출판사)
2001: 『숨겨둔 애인』(한강 출판사)

이동렬(李東烈)
장르: 아동문학
생몰연월일:
주요 작품
1989: ≪한국일보≫ 신춘 문예 등단.
주요 작품
1989: 『마지막 줄타기』(새남)
1991: 『둥지를 찾아서』(윤성)
1991: 『엄청난 아이들이야』(윤성)
1993: 『달빛에 그네 타는 아버지』(중원사0
1993: 『워리와 벤지』(대원사)
1994: 『생쥐 쥐쥐와 쭈쭈의 풍선여행』(지경사)

여주 출신 문인

원용문(元容文)

장르: 시조
생몰연월일: 1938.11.20.~
서울대 국문과 및 고려대 교육대학원 졸업.
1975: ≪월간문학≫에 「사슴기」로 등단
주요 작품
1980: 『칠인시화집』(신현실사)
1985: 『여름일기』(정인각)

유성호(柳成浩)
장르: 평론
생몰연월일: 1964.5.9.~
연세대학교 국문과 및 대학원 졸업
1999: ≪대한매일≫ 신춘문예 등단
주요 작품
1999: 『상징의 숲을 가로질러』(하늘연못)
2002: 『침묵의 파문』(창작과비평사)

유주현(柳周鉉)
장르: 소설
생몰연월일: 1921.6.3.~1982.5.26.
와세다대학 수학
1948: ≪백민≫에 「번요의 거리」를 발표하며 등단
1976: 대한민국 문화예술상 수상
주요 작품
1953: 『자매 계보』(동아문화사)
1958: 『태양의 유산』(장문사)
1958: 『바람 옥문을 열라』(장문사)
1963: 『강 건너 정인들』(을유문화사)
1967: 『대원군』(삼성출판사)
1967: 『장미부인』(신태양사)
1967: 『조선총독부』(신태양사)
1970: 『대한제국』(신태양사)
1983: 『유주현 역사소설 전집』(양우당)

이형덕(李亨德)
장르: 소설
생몰연월일: 1955.7.5.~
중앙대 문예창작학과 졸업
1988: ≪동양문학≫에 「재회」를 발표하며 등단

정현기(鄭顯琦)
장르: 평론
연세대 국문과 및 대학원 졸업
생몰연월일: 1942.1.3.~
1978: ≪문학사상≫ 「독서, 그 불신의 의도적 멈춤」으로 등단
주요 작품
1983: 『한국근대소설의 인물 유형』(인문당)
1987: 『한국문학의 사회사적 의미』(문예출판사)
1991: 『비평의 어둠 걷기』(민음사)
1994: 『한국문학의 해석과 평가』(문학과지성사)
1997: 『한국 소설의 이론』(솔)
2002: 『한국현대문학의 제도적 권력과 사회』(문이당)

연천 출신 문인

곽하신(郭夏信)
장르: 소설
생몰연월일: 1920.5.20~
동국대 국문과 수학
1938: ≪동아일보≫ 신춘문예 「실락원」 당선 등단
1940: ≪문장≫ 「마냥모」, 「사공」 추천
주요 작품
1955: 『신작로』(희망출판사)

박희진(朴喜璡)
장르: 시
생몰연월일: 1931.12.4.

고려대 영문과 졸업
1955: ≪문학예술≫「무제」외 2편이 추천되어 등단
주요 작품
1960: 『실내악』(사상계사)
1965: 『청동시대』(모음출판사)
1970: 『미소하는 침묵』(현대문학사)
1976: 『빛과 어둠의 사이』(조광출판사)
1980: 『서울의 하늘 아래』(문학예술사)
1982: 『가슴속의 시냇물』(홍성사)
1982: 『사행시』(삼일당)
1987: 『시인아 너는 선지자 되라』(민족문화사)
1985: 『라일락 속의 연인들』(정음사)
1985: 『아이오와에서, 꿈에』(오상사)
1986: 『꿈꾸는 빛사자』(고려원)
1987: 『바다, 만세 바다』(문학사상사)
1988: 『산화가』(불일출판사)
1990: 『북한산 진달래』(산방)

윤모촌(尹牟邨)
장르: 수필
생몰연월일: 1923.8.8.~
주요 작품
1983: 『정신과로 가야할 사람』(교음사)
1987: 『서투른 초대』(교음사)
1990: 『서울 뻐꾸기』(미리내)
1995: 『산마을에 오는 비』(한마음사)
1999: 『오음실 주인』(선우미디어)
2000: 『발자국』(선우미디어)

홍효민(洪曉民)
장르: 평론, 소설
생몰연월일: 1904.1.21.~
동경 세이소쿠 영어학교 졸업

1927: 조중곤, 김두용 등과 『제삼전선』 발간
1927: 「문예시평」으로 평론활동 시작
주요 작품
1939: 『문학과 자유』(광한서림)
1945: 『문학개론』(일성당)
1980: 『행동지성과 민족문학』(일신출판사)

용인 출신 문인

오춘옥(吳春玉)
장르: 시
생몰연월일: 1961.8.28.~
현 거주지: 경기도 수원시 영통구 매탄1동 주공5단지아파트 513동 103호
단국대학교 국어국문학과 졸업
≪심상≫에 「저물 무렵 꽃시계를 바라보며」 등을 발표하며 등단
≪단국문학회≫ 동인

정수자(鄭秀子)
장르: 시조
생몰연월일: 1957~
주요 작품
2000: 『저물녘 길을 떠나다』(태학사)
2004: 『저녁의 뒷모습』(고요아침)

심정구(沈禎求)
장르: 시
생몰연월일: 1933.7.4.~
주요 작품
1974: 『거목』(창문각)
1984: 『가로등』(동화문화사)

이효성(李曉成)
장르: 아동문학가

생몰연월일: 1942.4.7.~
현 거주지: 강북구 수유2동 605-311(993-8239/019-968-2079)

홍사용(洪思容)*
장르: 시
생몰연월일: 1900.5.17.~1947.1.7.
출생지: 경기도 용인군 가흥면 용수리
주요 약력
1919: 휘문의숙 졸업.
1919: 3·1운동 참가, 일경에 피검
1920: 박종화, 정백 등과 문예지 ≪문우≫ 창간
1922: 박종화, 현진건, 박영희 등과 문예동인지 ≪백조≫ 창간
1927: 토월회 참여, 박진과 더불어 극단 산유화회 조직
1930: 홍해성, 최승일과 더불어 신흥극장 조직
주요 작품
1976: 『나는 왕이로소이다』(근역서재)
1928. 12: 귀향(≪불교≫/수필)*

안재성
장르: 소설
생몰연월일: 1940.1.31.~
주요 작품
1989: 『파업』(세계)
1992: 『어느 화가의 승천』(새길)
1992: 『침묵의 산』(청년사)
1993: 『환희의 나날』(새길)
1993: 『피에타의 사랑』(웅진출판)
2004: 『경성 트로이카』(사회평론)

이천 출신 문인

김영희(金寧姬)
장르: 소설

생몰연월일 : 1936.6.17.~
숙명여대 국문과 졸업
1961: ≪현대문학≫에 소설「우기의 문」추천 등단
1968: 소설집『고독한 축제』출간
1980: 소설집『그 겨울의 연가』발간
주요 작품
1968:『고독한 축제』(현대문학사)
1977:『외로운 북소리』(학원사)
1978:『혼자 하는 내기』(융성사)
1979:『행복의 빈 상자』(미소출판사)
1980:『에덴의 강』(한맥출판사)
1980:『그 겨울의 연가』(대가)
1987:『오진 시대』(청한문화사)

성지월(成芝月)

장르: 시
생몰연월일: 1932.1.4.~
이천농고 졸업
1963: ≪한양≫에「석상」발표 등단
1984: 시집『사막길』발간
주요 작품
1963:『석상』
1979:『파계』
1984:『사막길』(지문사)
1987:『길의 소묘』(한멋사)
1990:『이색지대』(인문당)
1994:『마음의 이끼를 푸른 강물에 씻고』(영하)
1999:『인간의 미로』(들꽃사랑)
2000:『피맛골로 가련다』(백련)-시 전집
2003:『여명의 언덕』(천우)

이인직(李人稙)

장르: 소설

생몰연월일: 1862~1916
1900~1903: 구한국 정부 유학생으로 일본 동경 정치학교 수학.
1904: 일본 육군성 한국어 통역관
1906: 국민신보 주필
1907: 만세보 주칠. 대한신문 사장
1908: 원각사 건립.
1916.11.25: 사망
주요 작품
1907:『혈의 누』(광학서포)
1907:『귀의 성』(上)
1908:『귀의 성』(下)
1908:『치악산』(유일서관)
1912:『모란봉』(동양서원)

이하윤(李河潤)

장르: 시
생몰연월일: 1907.4.9.~1974.3.12.
1923: 경성 제일고보 수료
1926: ≪시대일보≫에 시「잃어버린 무덤」발표. ≪해외문학≫ 동인으로 참가.
1929: 동경 호오세이대학 법문학부 문학과 졸업. 중외일보, 동아일보 기자 역임.
1945: 중앙문화협회 상무위원.
1954: 전국문화단체 총연합회 최고 위원.
주요 작품
1939: 시집『물레방아』(청색지사)

한상윤

장르: 소설
생몰연월일: 1941.8.20.~
숙명여대 국문과 졸업
1985:「어머니의 불빛」으로 ≪월간문학≫ 신인상 수상.
1989:『고리』로 대한민국문학상 신인상 수상.
주요 작품
1989:『고리』(동아)

1996: 『메마른 숲』(문예마당)
2000: 『김대건』(상, 하)(뿌리출판사)

한상칠(韓相七)
장르: 소설
생몰연월일: 1938.9.16.~
동국대 국문과 졸업
1974: ≪동아일보≫ 신춘문예에 「개의 아픔」 당선 등단
1988: 소설집 『겨울 백치』 발간
주요 작품
1988: 『겨울백치』(청운)

의왕 출신 문인

신현림
장르: 시
생몰연월일: 1961~
현 거주지: 경기도 수원시 팔달구 우만2동 76-7 삼성아파트 101동 210호
(031-213-4358)
주요 작품
1994: 『지루한 세상에 불타는 구두를 던져라』
1996: 『세기말 블루스』(창작과 비평)
1998: 『나의 아름다운 창』(창작과 비평)
1999: 『희망의 누드』(열림원)
2000: 『빵은 유쾌하다』(샘터사)
2001: 『시간창고로 가는 길』(마음산책)
2003: 『당신이라는 시』(마음산책)
2004: 『해질녘에 아픈 사람』(문학동네)

채정운(蔡正云)
장르: 소설
생몰연월일: 1936.1.29.~
현 거주지: 경기도 과천시 별양동 주공아파트 302동 104호

(02-502-2608)

이화여대 국어국문학과 졸업

현대문학에 「연」이 추천 완료되어 등단.

'오인회' 동인.

주요 작품

1993: 문원리의 봄(윤문)

2003: 『상수리 수풀에 이르러』(창조문예사)

파주 출신 문인

호영송(扈英頌)

장르: 시, 소설

생몰연월일: 1942.5.17.~

현 거주지: 강동구 둔촌1동 주공아파트 132동 306호

(477-5689/011-274-5699)

동국대 연극학과 중퇴.

1962: ≪60년대≫에 시 「배우의 노래」 발표.

1973: ≪문학과 지성≫에 소설 「파하의 안개」 발표.

1978: 소설집 『파하의 안개』 발간.

주요 작품

1962: 『시간의 춤』(자가본)

1965: 『영송시집』(범조사)

1978: 『파(피?)하의 안개』(문학과지성사)

1995: 『흐름 속의 집』(책세상)

1995: 『내 영혼의 적들』(문학동네)

1996: 『유쾌하고 기지에 찬 사기사』(책세상)

1996: 『이 사람이 사는 법』(해돋이)

1999: 『꿈의 산』(책세상)

김명섭(金明燮)

장르: 시인

생몰연월일: 1958.4.29.~

현 거주지: 양천구 신월3동 49-1 대호빌라 가동 202호

(2691-1480)

동국대 경영대학원 수학

1985: ≪서울신문≫ 신춘문예에 시조 「새벽 그리고 한강」을 발표하며 등단

1986: ≪시와의식≫에 시 「장승에게」 발표.

주요 작품

1989: 『임바라기』(늘푸른)

2002: 『서울에도 돼지를 풀어놓자』(반디)

원희석(元熙碩)*

장르: 시인

생몰연월일: 1956.9.18.~

중앙대 신문방송대학원 수료.

1987: ≪문학사상≫ 신춘문예에 시 「물의 옷벗는 소리」로 등단.

≪시나무≫ 편집동인

주요 작품

1986: 『시의 혁명』(한울림)

1987: 『물의 옷벗는 소리』(문학사상사)

1989: 『바늘구멍 앞의 낙타』(고려원)

1999: 『오전 10시에 배달되는 햇살』(민음사)

권혁진(權赫進)

장르: 시인

생몰연월일: 1947.4.28.~

주요 작품

1987: 『프리지아 꽃 들고』(문학과지성사)

평택 출신 문인

김남웅(金南雄)

장르: 시

생몰연원일: 1943~

동국대 국문과 졸업

1965: ≪현대문학≫에 시 「국화」가 추천되어 등단

1984: 경기도 문화예술상 수상.
주요 작품
1965: 『수풀』(동국문학사)
1975: 『잿더미』(현대문학사)
1979: 『내 영혼의 눈을 들어』(한국문학사)

박석수(朴石秀)
장르: 시, 소설
생몰연월일: 1949~
≪대한일보≫ 신춘문예에 「술래의 잠」 당선
1980: 소설 「당신은 이제 푹 쉬어야 합니다」로 월간문학 신인상 수상
주요 작품
1975: 「술래의 노래」(≪현대문학≫)
1981: 「소박」, 「쑥고개2」(≪월간≫ 145)
1982: 소설 「철조망 속 휘파람」(≪현대문학≫)
1987: 『쑥고개』(문학사상사)
1988: 수필집 『철조망 속 휘파람』(한겨레)

포천 출신 문인

이해조(李海朝)
1969~1927: 제국신문 기자
1906: 소설 「잠상태」를 발표
주요 작품
1908: 『빈상설』(광학서포)
1908: 『은세계』(회동서관)
1908: 『구마검』(대한서림)
1908: 『홍도화』(유일서관)
1909: 『원앙도』(중앙서관)
1910: 『자유종』(광학서포)
1910: 『만월대』(동양서원)
1911: 『모란병』(박문서관)
1911: 『화세계』(동양서원)

1911: 『쌍옥적』(보급서관)
1911: 『월하가인』(보급서관)
1912: 『강상기우』(동양서원)
1912: 『고목화』(동양서원)
1912: 『옥호기연』(광학서원)
1912: 『추풍감수록』(동양서원)
1912: 『화의혈』(보급서관)
1912: 『구의산』(상, 하)(신구서림)
1912: 『옥중화』(보급서관)
1912: 『강상련』(동광서국)
1912: 『탄금대』(신구서림)
1913: 『봉선화』(상, 하)(신구서림)
1913: 『연의각』(신구서림)
1916: 『토의간』(박문서관)
1918: 『홍장군전』(오거서창)

채희문(蔡熙汶)
장르: 시
생몰연월일: 1938.4.13.~
한국외국어대 독어과 졸업
≪월간 문학≫ 신인작품상으로 등단
주요 작품
1987: 『가을 레슨』(동천사)
1990: 『밤에 쓰는 편지』(신원문화사)
1991: 『추억 만들기』(예원문화사)
1991: 『추억 만나기』(예원문화사)
1994: 『어느 때까지니이까』(진홍)

화성 출신 문인

김국태(金國泰)
장르: 소설
생몰연월일: 1938.6.4.~

서울대 신문대학원 졸업
1969: ≪현대문학≫에 「까만 꽃」이 추천받아 등단
주요 작품
1978: 『각서풍년』(창작문화사)
1978: 『황홀한 침몰』(율성사)
1980: 『우리교실의 전설』(지성출판사)
1984: 『귀는 왜 줄창 열려 있나』(정음사)
1990: 『어두운 출구』(고려원)
1991: 『이 벙어리 여자는 행복한가』(문덕사)
1992: 『우리시대의 사계』(우석)

조석구(趙石九)
장르: 시
생몰연월일: 1941.12.24.~
고려대 국문과 졸업
1982: ≪시문학≫에 「리어카와 생선」 발표 등단
주요 작품
1981: 『객토』(홍문당)
1983: 『당이여 바다여 하늘이여』(시문학사)
1984: 『허리부러진 흙의 이야기』(문학예술사)
1986: 『닻을 올리는 그대여』(영언문화사)
1990: 『우울한 상징』(영언문화사)
1996: 『시여 마차를 타자』(시문학사)
2000: 『바이올린 마을』(시문학사)
2002: 『붉은 수레바퀴』(시문학사)

홍신선(洪申善)
장르: 시
생몰연월일: 1944.2.13.~
동국대학교 대학원 국문과 졸업
주요 작품
1973: 『서벽당집』(한얼문고)
1980: 『겨울 섬』(평민사)

1982: 『삶, 거듭살아도』(문학예술사)
1984: 『우리 이웃사람들』(문학과 지성사)
1987: 『시여 영혼의 노래여』(혜원출판사)
1996: 『황사 바람 속에서』(문학과지성사)
2001: 『자화상을 위하여』(세계사)
2004: 『홍신선 시 전집』(산맥)

■ 지은이

고명철

1970년 제주 출생. 현 광운대 교양학부 교수. 저서로는 『칼날 위에 서다』, 『'쓰다'의 정치학』, 『비평의 잉걸불』, 『1970년대의 유신체제를 넘는 민족문학론』, 『주례사 비평을 넘어서』(공저), 『한국현대시문학사』(공저) 등이 있음.

고인환

1969년 경북 문경 출생. 경희대에서 박사학위 취득. 현 경희대 교수. 2001년 ≪중앙일보≫ 신춘문예로 등단. 평론집 『결핍 글쓰기의 기원』이 있음.

서영인

1971년 울산 출생. 경북대에서 박사학위 취득. 현 경북대 강사. 2000년 ≪창작과비평≫으로 등단. 평론집 『충돌하는 차이들의 심층』이 있음.

오윤호

1972년 전북 군산 출생. 서강대에서 박사학위 취득. 현 서강대 강사. 2001년 ≪동아일보≫ 신춘문예로 등단. 주요 평론으로 「즐김과 존재의 사이-성석제론」, 「근대적 시민의 식민지 경험」, 「깨어진 역사history, 다시 쓰는 역사herstory」가 있음.

오창은

1970년 전남 해남 출생. 중앙대에서 박사학위 취득. 현 중앙대학교 인문과학연구소 전임연구원. 2002년 ≪경향신문≫ 신춘문예로 등단. 평론집 『비평의 모험』이 있음.

이경수

1968년 대전 출생. 고려대에서 박사학위 취득. 현 고려대 강사. 1999년 ≪문화일보≫로 등단. 평론집 『불온한 상상의 축제』가 있음.

이명원

1970년 서울 출생. 성균관대에서 박사학위 취득. 현 서울디지털대 교수. 1993년 ≪문화일보≫ 신춘문예로 등단. 평론집 『연옥에서 고고학자처럼』, 논저 『타는 혀』, 산문집 『파문』 등이 있음.

임영봉

1964년 경남 김해 출생. 중앙대에서 박사학위 취득. 현 중앙대 교양학부 교수. 1997년 ≪문학사상≫으로 등단. 평론집 『늪에 빠진 표정』이 있음.

장석주

1955년 충남 논산 출생. 시인, 문학평론가. 현 경희사이버대 강사. 1979년 ≪조선일보≫와 ≪동아일보≫ 신춘문예를 통해 등단. 시집 『붉디붉은 호랑이』, 평론집 『들뢰즈, 카프카, 김훈』 등이 있음.

최강민

1966년 서울 출생. 중앙대에서 박사학위 취득. 현 중앙대학교 전임연구원 및 강원대학교 강사. 2002년 ≪조선일보≫ 신춘문예로 등단. 주요 평론으로 「억압된 금기적 욕망과 쌍생아적 상상력 ― 신경숙론」, 「응시의 미학, 숨은 그림을 찾아 ― 하성란론」이 있음.

홍기돈

1970년 제주 출생. 중앙대에서 박사학위 취득. 현 중앙대학교 강사. 1999년 ≪작가세계≫로 등단. 평론집 『페르세우스의 방패』, 『인공낙원의 뒷골목』이 있음.

땅은 글이 되고 물은 시가 되고

ⓒ 경기문화재단, 2006

엮은이 | 경기문화재단
펴낸이 | 김종수
펴낸곳 | 도서출판 한울

편집책임 | 김경아
편집 | 강문선

초판 1쇄 인쇄 | 2006년 8월 10일
초판 1쇄 발행 | 2006년 8월 20일

주소 | 413-832 파주시 교하읍 문발리 507-2(본사)
       121-801 서울시 마포구 공덕동 105-90 서울빌딩 3층(서울 사무소)
전화 | 영업 02-326-0095, 편집 02-336-6183
팩스 | 02-333-7543
홈페이지 | www.hanulbooks.co.kr
등록 | 1980년 3월 13일, 제406-2003-051호

Printed in Korea.
ISBN 89-460-3491-2 03810

* 가격은 겉표지에 있습니다.